NE JAMAIS CRAQUER POUR SON ENNEMI

Surtout pas à Noël

Cœur à prendre
Tome 2

KATE O'KEEFFE

Wild Lime
Books

Prologue

Qui aime les rencards à l'aveugle ? Personne ?

Ouais, c'est bien ce que je pensais.

C'est super gênant et ça se passe rarement bien. Je veux dire, on se met à espérer jusqu'à avoir la tête dans les nuages, pour finalement tomber de haut quand on découvre que le mec est un idiot, un psychopathe, un connard, ou les trois à la fois.

Je suppose que le seul avantage d'avoir Google à portée de main, c'est qu'on n'a jamais à se rendre à un rencard vraiment à l'aveugle.

Le seul problème pour moi en ce moment, c'est que le

type que je suis sur le point de rencontrer est une sorte de vestige des années 90. Pas d'Instagram, pas de TikTok, pas de Snapchat. Même pas un profil Facebook de boomer.

J'y vais à l'aveugle, les amis, et ça ne me plaît *pas* du tout.

Mais me voilà, assise sur une chaise en bois inconfortable dans un pub londonien pittoresque, Céline Dion s'époumonant à chanter que son cœur continuera de battre même si Leonardo DiCaprio a disparu depuis longtemps. Et vous savez ce que je fais ? Je fais comme à chaque fois. Je me mets à espérer.

Ce mec pourrait être différent.

Ce mec pourrait être le Bon.

Non seulement il ressemblera au cousin plus jeune et plus sexy de Theo James, mais il sera gentil, drôle, intelligent, il aura réussi dans la vie et ne sera absolument *pas* bizarre. Et surtout, il me regardera et aimera ce qu'il verra, et notre alchimie sera si instantanée et si forte qu'on pourrait la couper en tranches et la déguster avec une tasse de thé chaud.

Oh, oui. Mes espoirs sont montés si haut qu'ils ont dû atteindre la galaxie voisine, à l'heure qu'il est.

— Il est là, dit mon amie Emma, les yeux brillants.

Instantanément, la nervosité monte d'un cran. Je lève les yeux et je vois un homme traverser le pub bondé dans notre direction. Je le parcours du regard, et la chaleur me monte aux joues. C'est un tombeur classique jusqu'au bout des ongles : grand et athlétique, avec des épaules larges, une mâchoire carrée couverte d'une barbe naissante et des cheveux épais, blond foncé. Sa démarche est déterminée, assurée, et tandis que ses yeux perçants à la Bradley Cooper se posent sur les miens, mon ventre fait un salto involontaire.

Charles Cavendish a tout pour plaire.

Jusqu'ici, tout est parfait.

Je jette un coup d'œil à Emma et lui adresse un petit sourire. C'est elle et son mari, Sebastian, qui ont arrangé ce rencard, et je n'ai accepté qu'à condition qu'ils viennent pour me soutenir moralement. Et oui, il s'agit bien d'Emma et de Sebastian de la célèbre émission de téléréalité *Dating Mr. Darcy*, dans laquelle le célibataire Sebastian a choisi Emma plutôt que moi.

Ce qui ne m'a pas dérangée le moins du monde.

Bon, d'accord, peut-être un peu. Mais ils vont très bien ensemble, et je suis super contente pour eux.

Vraiment.

Bref, revenons-en à cet homme canon qui a tout pour lui et qui s'avance vers moi.

Je me redresse sur ma chaise, reconnaissante de porter une jolie robe qui fait des merveilles pour mon décolleté — c'est-à-dire qu'elle m'*en donne* un —, je place mes longs cheveux bruns sur mon épaule et j'essaie d'agir comme si je rencontrais tous les jours des mecs qui semblent tout droit sortis d'une pub pour un après-rasage.

Ce qui n'est évidemment pas le cas, parce que, vous savez, c'est *la vraie vie*.

Charles Cavendish s'arrête à notre table et salue Emma et Sebastian comme les amis qu'ils sont, tandis que je reste assise à regarder, mes espoirs flottant toujours quelque part dans la galaxie d'Andromède.

Son regard bleu intense se pose de nouveau sur moi, et il fait un petit signe de tête, très anglais. — Bonjour. Je suis Charles Cavendish. C'est un plaisir de faire votre connaissance.

Il est très formel, comme un membre de la famille royale, mais d'une manière totalement attachante et sexy.

— Je m'appelle Kennedy Bennet, je réponds, faisant de mon mieux pour ignorer la façon dont son regard donne à mon ventre l'impression de participer à un concours de danse du ventre.

Il prend ma main dans la sienne.

— Une Mlle Bennet ? demande-t-il, un sourire sexy au coin des lèvres. Ce qui n'arrange en rien l'afflux de sang vers mes joues. — Avec M. et Mme Darcy ici présents, est-ce que ça veut dire que le thème de cette table est Jane Austen ?

Je laisse échapper un petit rire. Ça sort comme un gloussement de gamine un peu trop coquet.

Bien joué, Kennedy.

— C'est mon vrai nom, en fait. Rien à voir avec la série télé. Je le porte depuis toujours.

— C'est comme ça que fonctionnent les noms de famille en général, il me semble, répond-il en s'asseyant sur la chaise en bois à côté de la mienne. — À moins que tu n'épouses un lord, auquel cas tu prends le nom d'une grande demeure à la campagne. N'est-ce pas, Emma ?

— Ouais, bien que je préfère rester la bonne vieille Emma, répond mon amie texane. — Lady Martinston, ça sonne super guindé pour moi.

— Oui. Tu as raison, je réponds. — « Lady Martinston » sonne plus comme un personnage de *Downton Abbey* que comme le nom de ma meilleure amie à Londres.

Charles se penche vers moi et les poils de ma nuque se dressent, comme s'ils étaient un radar à beau gosse.

— Alors, dis-moi, Kennedy, tes amis t'arrangent souvent des rencards avec des inconnus ?

— Oh, je ne dirais pas que tu es un *inconnu*, exactement.

Son sourire s'élargit, illuminant son beau visage.

— Oh, je suis très étrange, en fait. Tu le découvriras bien assez tôt.

— Pas le beau gosse ordinaire, alors, hein ?

Eh oui, je flirte. Qu'on me jette la pierre.

Attendez. Je viens de lui dire que je le trouve canon ?

J'inspire brusquement.

Le type ne se démonte pas.

— Tu me trouves canon ? demande-t-il en riant, ses yeux bleus pétillants.

Alerte ! Alerte ! Redresse ! Redresse !

Oh, à qui je veux faire croire ça ? *Moi*, je sais qu'il est canon. *Lui*, il sait qu'il est canon. Les filles à la table d'à côté savent très certainement qu'il est canon, si l'on en croit les regards qu'elles n'arrêtent pas de lui lancer.

Mais je viens à peine de le rencontrer. Je ne peux pas sortir un truc pareil, après seulement deux phrases de notre toute première conversation.

On peut se montrer trop empressée.

— Oh, je, euh… c'est une expression, j'explique avec autant d'aisance qu'une route pleine de nids-de-poule.

La chaleur de mes joues a commencé à me brûler les yeux.

Son regard ne quitte pas le mien.

— Ça me va très bien de me faire traiter de « canon » par une belle femme.

C'était bateau, ça ? Ça avait un petit côté bateau, mais aussi un petit côté merveilleux.

Je manque de glousser, mais je parviens à me retenir.

Lui aussi, il flirte avec moi.

Est-ce que ça pourrait mieux se passer ?

Comme je ne réponds pas — parce que comment répondre à un truc pareil ? — il demande :

— Quoi ?

Je secoue la tête.

— Rien.

— Non, sérieusement. Tu avais une drôle d'expression. C'est parce que je t'ai dit que tu étais belle ?

— J'imagine.

— C'est toi qui as commencé en disant que j'étais canon, me taquine-t-il. — Ce que j'ai apprécié, d'ailleurs.

— Ah oui ? je demande en riant.

Waouh. Je suis réduite à glousser et à rougir comme une idiote devant ce type.

Il faut que je me reprenne et que j'oriente la conversation vers des sujets plus adultes. Quelque chose qui ne me fera pas fondre sur place sur la moquette du pub.

— Tu habites ici à Londres, Charles ? je lui demande.

— Oui, tout à fait. Et s'il te plaît, appelle-moi Charlie.

— Bien sûr, Charlie.

Je rougis encore. *Mon Dieu.*

— J'ai un appartement pas loin d'ici, en fait. C'est très pratique. J'y vais tout le temps.

— Charlie a un *pied-à-terre* à Mayfair, explique Sebastian, en citant l'adresse la plus huppée de toute la ville. Il y a eu quelques fêtes là-bas au fil des ans.

— C'est quoi, un *pied-à-terre* ? On dirait le nom d'un joueur de foot français, dit Emma.

Sebastian prend un air faussement sérieux. — Brady, on en a déjà parlé. C'est du *football*, pas du soccer.

— Trois cent trente millions d'Américains disent *soccer*, Seb, réplique Emma.

— Alors, on applique la loi de la majorité, c'est ça ? demande Sebastian.

— Eh bien, nous vivons dans une démocratie, donc son argument se tient, répond Charlie en riant. Il se tourne vers moi et ajoute : — *Pied-à-terre*, c'est juste une expression française pour un petit logement en ville qui n'est pas ta résidence principale.

— Je ne qualifierais pas vraiment ton appartement de petit, Charlie, dit Sebastian.

Emma m'a dit que la famille de Charlie possède la moitié de l'Angleterre. Je le jauge du coin de l'œil. Avec sa veste bleu marine magnifiquement taillée et sa chemise blanche impeccable, il a vraiment l'air de mener une vie de privilégié.

Une petite sonnette d'alarme retentit faiblement au fond de ma tête, me rappelant un autre homme que j'ai connu autrefois et qui portait des vestes aussi élégamment et chèrement taillées que la sienne.

Je chasse cette sensation de malaise de mon esprit.

Charlie n'est pas *lui*.

La conversation dévie sur un de leurs amis nommé Rupert, et je dresse l'oreille quand Emma le qualifie de « fêtard ». À l'approche de la trentaine, ça ne m'intéresse pas de sortir avec un mec qui aime trop faire la fête. Aussi sexy et charmant que Charlie puisse être – et il est vraiment sexy et charmant –, apprendre qu'il aime s'éclater le samedi soir pourrait sonner le glas de toute possibilité entre nous.

Les mecs de ce genre ne sont pas vraiment connus pour leur monogamie à long terme.

— Tu es *toi aussi* un fêtard ? je lui demande en retenant mon souffle.

— Je l'ai été un peu, mais c'était la version de moi qui se croyait invincible. Il s'est avéré que je ne l'étais pas. Juste un peu idiot.

Bonne réponse, mec. Bonne et intrigante.

— On dirait qu'il y a une histoire là-dessous.

Une ombre passe brièvement sur son visage avant qu'il ne recompose ses traits. — Peut-être pour un autre jour, répond-il évasivement. Raconte-moi tout sur ta vie ici, à Londres. Je crois que tu as récemment traversé l'Atlantique.

— Oui, j'ai fui le soleil chaud et implacable de la Californie du Sud pour m'installer à Londres, je réponds avec un sourire.

Le téléphone d'Emma sonne. Elle jette un coup d'œil à l'écran et se lève aussitôt. — Je vais prendre cet appel, dit-elle en se retournant pour partir.

— Et je vais nous chercher à boire à tous. Vous prenez quoi ? propose Sebastian.

Charlie me regarde. — Honneur aux dames.

— Je prendrai un verre de Chardonnay, s'il te plaît.

— Une pinte de bière blonde pour moi, merci, Seb, répond Charlie.

Maintenant qu'il ne reste plus que nous deux à table, Charlie demande : — SoCal ?

— C'est l'abréviation de Southern California, la Californie du Sud. Je viens de San Diego.

— Il paraît que c'est une ville géniale. Elle est sur ma liste, mais je n'y suis jamais allé.

— Oh, tu devrais. C'est une ville sympa, surtout si tu aimes les plages.

— Il n'y a pas quelque chose comme une vingtaine de plages à San Diego ?

— Trente et une, je corrige. Toutes de sable doré et magnifiques.

Il étudie mon visage un instant avant de répondre : — Ça te manque, là-bas. N'est-ce pas ?

Soudain en proie à un mal du pays déchirant pour les larges plages, le mode de vie décontracté, et par-dessus tout pour ma famille et mes amis, je réponds : — Ça me manque, en effet, mais j'ai déménagé à Londres pour une nouvelle vie.

— Je sais pourquoi.

Mon rythme cardiaque s'accélère d'un cran. Comment pourrait-il savoir que j'ai déménagé ici pour échapper au souvenir de quelqu'un qui m'a brisé le cœur ?

Je m'éclaircis la gorge. — Ah oui ? je demande, ma voix imitant assez bien celle d'un personnage de dessin animé.

Il hoche la tête, ses yeux pétillant de malice. — Tu es venue pour la météo.

Un rire surpris m'échappe. — Évidemment. La pluie, c'est tellement mieux que le soleil.

— Exactement. Pas de risque de cancer de la peau avec la pluie.

— Ni de marques de bronzage.

— Oh, je déteste les marques de bronzage.

Je suis incapable d'empêcher mon esprit d'imaginer une marque de bronzage sur sa peau dorée, quelque part à l'endroit où j'imagine que ses abdos en tablette de chocolat rejoignent son short.

Hum, hum. Restons-en à une version tous publics, Kennedy.

— Sans oublier la chaleur implacable, dit-il, me ramenant dans la pièce.

— On n'a jamais trop chaud à Londres.

— Sauf si quelqu'un monte le chauffage trop fort, en tout cas. Et puis, trop de soleil, ce n'est pas ennuyeux ? Au moins, ici, on a une douzaine de types de pluie différents.

— Une douzaine ?

— Oh, oui. Il y a la grosse pluie qui fait ploc, la pluie glaciale d'hiver, la pluie de biais poussée par le vent. Pour n'en citer que quelques-unes.

— N'oublie pas la petite pluie fine qui me fait des cheveux fous. C'est une de mes préférées.

À ma grande surprise, il tend la main et prend délicatement une mèche de mes longs cheveux entre ses doigts. La légère traction sur mon cuir chevelu envoie une étincelle électrique parcourir mon dos. — Je n'arrive pas à t'imaginer avec les cheveux en bataille.

— Oh, je suis horrible. Crois-moi, je souffle. Diana Ross sous stéroïdes.

Il laisse échapper un rire grave. — Voilà une image.

Nous partageons un petit sourire, et je sais qu'il le sent aussi, cette attirance instantanée entre nous.

Sebastian revient à la table avec nos verres, et Charlie relâche rapidement mes cheveux. Notre moment est passé.

— Santé, dit Sebastian en levant son verre de vin rouge. Aux bons amis.

— Aux bons amis, répète Charlie.

On peut en revenir aux caresses dans les cheveux ?

Je bois une petite gorgée et je repose mon verre sur la table. — Comment vous vous connaissez, tous les deux ?

— Ça ne date pas d'hier, n'est-ce pas, Seb ? dit Charlie.

— Ça remonte à l'internat. À l'époque, on surnommait Charlie « Sinatra » à cause de ses yeux bleus, et probablement aussi parce qu'il était l'un des organisateurs des parties de poker clandestines. Tu n'appelais pas ça le « Petit Vegas » ?

— « Vegas Light », en fait, répond Charlie, en souriant au souvenir. On se retrouvait après l'extinction des feux dans le sous-sol flippant. Il faisait noir comme dans un four. La seule lumière venait de nos torches.

— Des torches ? Genre, des bâtons avec du feu au bout ? Mais quel âge *as*-tu, exactement ? je demande en riant.

— Genre des lampes de poche en plastique à piles, explique Charlie.

— Ah, des lampes de poche, quoi, je corrige.

Il a un petit rire. — Rappelle-moi un peu qui a inventé la langue anglaise ?

Je lui lance un grand sourire, adorant nos joutes verbales pleines de flirt. — Tu marques un point.

— Emma me fait le coup tout le temps, dit Sebastian.

Charlie, tu te souviens quand on a failli se faire choper par Dumbledore et qu'on a dû planquer les cartes et le whisky de ton père derrière les tableaux emballés ?

— Et que l'alcool avait disparu quand on est revenus le lendemain soir, dit Charlie.

— On n'a jamais su ce qui lui était arrivé.

— Oh, c'était Jerry, c'est sûr.

— Qu'est-ce qui te fait dire ça ?

— Il s'est cassé la figure à la chapelle le lendemain soir, tu te souviens ? Il est tombé la tête la première et a gerbé direct sur les pieds de Fincher. Il a eu de la chance de ne pas se faire renvoyer.

Sebastian rit à ce souvenir. — C'est vrai.

Mon regard passe de l'un à l'autre. — Se casser la figure et Dumbledore ? Vous êtes allés dans un Poudlard hollandais ou quoi ?

— Rien d'aussi excitant, répond Charlie.

— Juste un internat tout ce qu'il y a de plus banal, j'en ai peur, ajoute Sebastian.

L'internat. Bien sûr. Une preuve de plus du milieu privilégié de Charlie.

— Charlie est un très bon joueur de polo, m'apprend Sebastian. Tu joues toujours pour la Septième ?

— Je me fais trop vieux et trop gros pour toutes ces conneries.

Je le parcours subrepticement du regard. Il n'est ni vieux, ni gros. Ce mec est un Adonis. Point.

— N'importe quoi. L'Autre Charles a joué jusqu'au milieu de la soixantaine. Tu n'en es qu'à la moitié, mon pote.

— L'Autre Charles ? je demande.

— Le prince, explique Charlie succinctement, comme si je devais le savoir.

Je hausse un sourcil dans sa direction. — Tu connais le prince Charles ?

— Pas très bien, répond-il.

— Ta famille n'a pas une maison juste à côté de la sienne ? demande Sebastian. Vous êtes voisins.

— Eh bien, si, mais je n'y passe pas beaucoup de temps.

Je cligne des yeux en le regardant. Ce type habite à côté du futur roi de Grande-Bretagne ?

Un sentiment de malaise m'envahit, mais je le repousse.

— Si je comprends bien, si tu as besoin d'emprunter une tasse de sucre à un voisin, ce serait à Charles et Camilla ? je demande.

— Oh non, répond-il, et je commence à me sentir un peu moins comme l'impostrice américaine fauchée et roturière à cette table, jusqu'à ce qu'il ajoute : — Je ne fais pas de pâtisserie.

J'ouvre la bouche pour répondre, puis je la referme.

Il se fiche de moi, là ?

Sebastian n'a toujours pas fini son interrogatoire. — Je ne pense pas que tu devrais renoncer à jouer pour le Seventh.

— C'est quoi, le Seventh ? je demande, encore en train d'assimiler tout ça.

— Je suis désolé, Kennedy. J'aurais dû t'expliquer. C'est une équipe de polo, dit Charlie. Le polo ne doit pas t'intéresser du tout.

Hmmm, c'était un peu condescendant.

— Qu'est-ce qui te fait dire ça ? je demande en gardant un ton léger. Parce que pourquoi supposerait-il que le polo ne m'intéresse pas ? Il ne sait rien de moi.

— Ce que je voulais dire, c'est que je n'imagine pas que tu connaisses grand-chose au polo, ajoute-t-il.

— Je connais tout du polo, je réponds, entendant la note défensive dans ma voix. Ce qui n'est pas tout à fait vrai, à proprement parler. Je n'ai jamais assisté à un match, et encore moins joué, et je serais incapable d'en expliquer les règles même si ma vie en dépendait.

Mais il n'a pas besoin de le savoir.

Le son de cette faible sonnette d'alarme au fond de ma tête augmente de volume. Un homme riche et privilégié qui pense que je ne connais rien à son monde ?

Malgré tout son charme et sa beauté, Charlie Cavendish n'est-il qu'un autre Hugo Carter ?

L'homme qui m'a fait sentir que je n'étais pas à la hauteur.

L'homme qui en a choisi une autre.

J'affiche un sourire. — Pensionnat, polo, voisin de la royauté. Tu es un véritable Elon Musk, je plaisante.

— Seulement avec beaucoup moins d'épouses, lance-t-il avec esprit.

— C'est-à-dire aucune ? je m'enquiers.

— C'est-à-dire aucune, confirme-t-il avec un grand sourire, les yeux pétillants.

Mais le cœur n'y est pas. Il y a quelque chose dans sa référence désinvolte à sa richesse et à son statut évidents qui m'hérisse le poil.

— Assez parlé de moi. Parle-moi de toi, Kennedy. Emma m'a dit que tu étais dans l'émission de rencontres avec elle. Qu'est-ce qui t'a poussée à faire une chose pareille ?

Je pince les lèvres. On ne se gêne pas pour juger, à ce que je vois.

— C'est ma sœur, Veronica, qui a envoyé ma candidature après, eh bien, après qu'elle a décidé que ce serait bon pour moi.

Son sourire s'élargit. — Qu'est-ce que tu avais fait à ta pauvre sœur pour mériter une chose pareille ?

— Merci beaucoup, Charlie, répond Sebastian en riant, tandis que je fulmine intérieurement. S'il n'était pas si sacrément beau et charmant…

Non. Je ne vais pas saboter ça. C'est déjà assez difficile d'être célibataire à vingt-neuf ans, avec une sœur mariée et mère de deux enfants qui vous le rappelle à chaque occasion, sans en plus saboter ce rendez-vous.

Alors, à la place, je prends ça à la légère. — N'est-ce pas évident ? Elle me déteste.

Charlie éclate d'un rire franc. — Comment était notre Mr Darcy ici présent, dans l'émission ?

— Il était trop occupé à tomber amoureux d'Emma pour se préoccuper de nous, les autres candidates.

— C'est vrai, ça, Seb ?

— J'ai bien essayé d'être un gentleman avec tout le monde, répond-il. Mais Kennedy a raison. Ce n'était pas vraiment facile de « sortir avec » les candidates alors que mon cœur était déjà pris.

— Tu as été un vrai gentleman, Seb. Toi et Emma, vous êtes faits l'un pour l'autre, lui dis-je. Et sans l'émission, je ne vivrais pas ici, et j'adore vivre ici. Londres est géniale.

— On voit que tu es nouvelle ici. Attends un peu d'avoir affaire aux retards du Tube, à toute cette pluie et aux files d'attente interminables, me dit Charlie.

— Les Anglais adorent faire la queue, ça, c'est sûr. Me sentant plus détendue, je lui demande : et toi, tu fais quoi dans la vie ?

— Oh, tu sais. Un peu de ceci, un peu de cela, répond-il de manière évasive.

— Ne fais pas ton mystérieux, dit Seb. Charlie dirige l'entreprise familiale.

— Ah oui ?

— Enfin, mon père est le patron. Je suis le C.O.O. du groupe.

— Ça a l'air important.

— Ça m'évite de traîner dans les rues.

— De traîner dans les rues ? Je suis étonnée que tu aies le temps de faire quoi que ce soit d'autre. Tu vois, Kennedy, c'est plus un empire qu'une entreprise, dit Sebastian. Il y a combien de sociétés ?

— Quelques-unes, répond-il modestement.

— Waouh. Alors, on t'a juste donné cet empire commercial, c'est ça ? je demande en riant, même si je ne plaisante qu'à moitié. Parce qu'on dirait que ce type s'est tout vu servir sur un immense plateau d'argent dans la vie.

Il secoue la tête. — Pas « donné » exactement.

— Tu as dû passer un entretien ?

— Eh bien, non, mais...

— D'accord. J'ai compris. Je le dis avec un sourire qui masque le fossé grandissant entre nous.

Moi ? J'ai dû me battre pour tout ce que j'ai. Pour aller à l'université, pour obtenir mon premier emploi, pour trouver le job de mes rêves en tant que rédactrice pour le magazine *Claudette*, ici à Londres.

Il devient de plus en plus difficile d'ignorer le tintement de cette cloche.

Les yeux de Charlie se plissent. — Qu'est-ce que tu insinues, au juste ? Que je ne suis qu'un pauvre petit garçon riche qui n'a jamais eu à travailler de sa vie ? Ses traits sont doux, mais il y a un nouveau tranchant dans sa voix.

— Bien sûr que non, dit Sebastian. N'est-ce pas, Kennedy ?

— Tout ce que je dis, c'est qu'on ne naît pas tous avec une cuillère en argent de la taille du Texas dans la bouche. C'est tout, dis-je.

— Ça a l'air terriblement inconfortable, répond Charlie en riant. En fait, j'irais même jusqu'à dire que c'est une impossibilité anatomique.

— C'est une métaphore. Je croise les bras et pince les lèvres, le défiant du regard.

Mes espoirs sont retombés sur terre avec un bruit sourd et décevant.

Emma revient à table, sent la tension et me lance un regard interrogateur. Je ne sais pas trop comment faire passer le message *ce type me plaisait bien jusqu'à ce que je découvre que c'est un crétin de privilégié à qui on a tout donné toute sa vie.* Mais je n'arrive pas à trouver comment dire ça d'un seul regard.

— Dites, vous saviez que vous aviez plein de choses en commun ? demande-t-elle en se rasseyant. Kennedy a grandi à San Diego et adore la plage. N'est-ce pas, Kennedy ?

— La plage. Bien sûr, je réponds. Je ne veux pas être entraînée dans une nouvelle conversation avec ce type. Je connais son genre. Bon sang, je suis sortie avec son genre.

Et ça ne s'est pas bien terminé pour moi.

— Et Charlie, tu aimes faire des courses de bateaux à moteur, non ? continue Emma.

— Il m'arrive de m'y adonner, répond-il d'un air hautain.

Il m'arrive de m'y adonner ? C'est qui, ce type ?

Je saute sur l'occasion. Je n'en suis pas fière, mais c'est ce que je fais. — Tu vois, c'est là que nous différons encore une fois : j'aime surfer, faire du paddle et nager, alors que toi, tu aimes créer de la pollution sonore et de la *vraie* pollution avec un hors-bord. Je lui souris, mais c'est plus un défi qu'un désir d'être polie.

Il penche la tête sur le côté. — Donc, tu ne fais qu'un

avec la nature, et moi je suis une sorte de crétin de la méca-nique, c'est ça que tu insinues ?

Il a mordu à l'hameçon.

J'élargis mon sourire. — Je n'ai pas dit ça.

Il secoue la tête. — Tu es impossible, tu le savais ? Oh, mais qu'est-ce que je raconte ? Bien sûr que tu le sais.

J'écarquille les yeux. — C'est *moi* qui suis impossible ? Ce n'est pas moi qui ruine la sérénité de l'océan et qui déverse de l'essence sur les pauvres créatures marines en dessous, détruisant leur fragile écosystème.

Ouah. Qui aurait cru que j'étais une telle écolo-guerrière ?

— Ce n'est pas comme si je prenais un bidon d'*essence*, dit-il d'un ton suffisant, comme si c'était le mot correct pour *gas* et non la stupide version britannique, et que je le vidais par-dessus bord à chaque fois que je sors en bateau.

— C'est tout comme.

Il vide sa bière et repose le verre vide sur la table. — Eh bien, ça a été une excellente soirée. Merci, Sebastian et Emma, pour le verre.

Il a clairement décidé qu'il en avait assez.

Suis-je triste de cela ?

Ce serait un *non catégorique.*

Il se lève de table. — Ce fut un tel plaisir, Kennedy. Ne *remettons* pas ça.

Je me contente de lui lancer un regard noir.

Bon débarras.

Il tourne les talons et s'en va, suivi par un Sebastian confus.

— Mais c'est quoi ton problème, Kennedy ? demande Emma, une fois que les garçons sont hors de portée de voix.

— Quoi ? Ce type est un con. — Il te plaisait. Tu le draguais.

— C'était avant de savoir que c'était un pilote de hors-bord trop privilégié qui se prend pour le nombril du monde.

— Il n'est pas comme ça. Bien sûr, il est riche, mais c'est un type normal. Seb et lui sont de très bons amis.

— Pauvre Seb.

Elle pousse un soupir. — D'accord. J'ai compris. Charlie n'est pas le type qu'il te faut.

— Non.

— Compris.

— Parfait.

— Mais il te plaisait, *si*.

— C'est un crétin.

— Bon à savoir.

Un instant plus tard, Sebastian revient à la table. — Eh bien, ça s'est bien passé, dit-il d'un ton sarcastique. Je suis désolé que ça n'ait pas marché entre vous deux.

Je hausse les épaules. — On ne peut pas gagner à tous les coups.

— Et je crois que ça sonne la fin de notre carrière d'entremetteurs, Brady, lance Sebastian à Emma.

— Et Rupert ? ose-t-elle suggérer.

Elle est sérieuse, là ?

— Non ! répondent fermement Sebastian et moi.

— Plus de rencards arrangés, Em. Promets-le-moi, je la préviens.

Elle hoche la tête à contrecœur. — Promis.

Pour ma part, je serai ravie de passer le reste de ma vie sans plus jamais avoir à aller à un rencard arrangé, surtout avec quelqu'un comme Charlie Cavendish.

Chapitre 1

Noël à Londres est tout simplement magique : animé, froid et envahi par des gens pressés emmitouflés dans leurs vêtements d'hiver qui ne vous regardent pas dans les yeux, mais vraiment magique. Les décorations de Noël s'étendent au-dessus de nos têtes, d'un côté à l'autre de la large rue, scintillant sur fond de ciel froid et gris foncé. Des anges, des étoiles, des sapins de Noël, des décorations, la totale. Elles scintillent et pétillent, petits rayons de lumière dans la grisaille du cœur de l'hiver.

Comme je l'ai dit, c'est tout simplement magique.

Alors, me voici avec mes trois meilleures amies londoniennes, Zara, Lottie et Tabitha, debout sur Regent Street, d'habitude complètement embouteillée, à attendre que les illuminations de Noël soient officiellement allumées pour la saison.

— Aïe !

Je détourne mon attention des guirlandes lumineuses bientôt illuminées pour me tourner vers Lottie. Elle sautille sur un pied en se plaignant bruyamment. — On t'a encore marché dessus ? je demande. Elle fait un signe de tête sinistre en grimaçant.

— Il y a tellement de monde ici, et ils se bousculent tous et sont extrêmement impolis. C'était la brillante idée de qui, au fait, de venir voir les illuminations de Regent Street s'allumer ?

— Kennedy, répondent Tabitha et Zara à l'unisson.

Lottie lève les yeux au ciel. — La touriste américaine. Forcément.

— Quoi ? C'est Noël et nous sommes à Londres. *Bien sûr* qu'il fallait venir. C'est magique.

— Dis ça à mon pied, réplique Lottie.

— Je ne suis pas une touriste, non plus, je renifle. J'habite ici, ce qui fait de moi une Londonienne.

— Aïe ! s'exclame Lottie une fois de plus, et un homme petit, trapu et chauve avec une paire d'yeux tatoués sur le cou se retourne et lui lance un regard noir.

— Regardez un peu où vous allez, heiiiiiin, crache-t-il.

Il étire la dernière voyelle si longtemps qu'elle pourrait avoir son propre code postal.

— Regarder où *elle* va ? se moque Tabitha, incrédule. *C'est vous* qui avez marché sur le pied de notre amie.

— Qu'est-ce que vous racontez ? J'ai pas de grands pieds. C'est vous qui avez de grands pieds, dit-il en la reluquant.

— Ah oui ? demande-t-elle. Eh bien, mon amie ici a

de petits pieds délicats. Elle désigne Lottie, dont les pieds sont en effet petits et délicats. Mais je ne sais comment, vous et vos prétendus pieds pas si grands que ça avez réussi à marcher sur les siens.

— Et alors ? Qu'est-ce que ça peut vous faire, heiiiiin ?

Encore un étirement de syllabe inutile de la part de M. Tatouage-Sympa-Sur-Le-Cou.

Lottie pose sa main sur le bras de notre amie fougueuse. — Tabitha, non. Ce n'est pas grave.

— Ouais, laisse tomber, mon pote, dit l'un des amis de l'homme, tout aussi chauve et tatoué. Ce sont des nanas. Tu veux pas te chercher des noises avec des nanas.

Des nanas ? On a des plumes et un bec maintenant ?

M. Tatouage-Sympa-Sur-Le-Cou toise la grande et mince Tabitha de la tête aux pieds avant de lui jeter un regard méprisant. Il se remet à tenir son téléphone en l'air alors que nous attendons tous que l'on appuie sur le bouton « on » et que les lumières au-dessus de nous s'allument.

— Type sympa, je marmonne à voix basse.

— Tabitha, tu n'aurais vraiment pas dû dire quoi que ce soit, gronde Lottie. Tu dois juste laisser couler.

—Je ne faisais que te défendre, proteste-t-elle. Ce type est un idiot.

— Chut ! disons-nous toutes les trois, au cas où il écouterait encore. Idiot ou pas, aucune de nous ne veut le provoquer davantage. On ne peut pas dire qu'il était charmant.

— Il y a littéralement près d'un million de personnes ici, en ce moment, dit Zara en consultant son téléphone. Un million de personnes. C'est de la folie.

—Je pense que chacune d'entre elles m'a marché sur

le pied, se plaint Lottie en le frottant contre son autre jambe.

Je regarde ses ongles vernis qui dépassent de ses sandales à talons hauts. — Tu aurais peut-être dû porter des chaussures fermées. On se les gèle. Je suis surprise que tu n'aies pas encore d'engelures.

— Ne sont-elles pas adorables, ces chaussures ? Elle ignore ma remarque. J'ai un truc de boulot après et je dois être mignonne.

— Pour Matt de Rêve ? je demande, et elle me sourit.

— Je suis sûre qu'il va me voir sous un nouveau jour ce soir. J'ai aussi mis une nouvelle robe sexy de sa couleur préférée sous mon manteau.

— Quelle est sa couleur préférée ? demande Zara.

— Le noir.

Zara fait la grimace.

— C'est bizarre, comme couleur préférée. C'est comme dire que mon plat préféré, c'est le chou-fleur.

— Comment tu peux comparer le noir et le chou-fleur, au juste ? demande Lottie.

— Ils sont tous les deux fades. Insipides, explique Zara, notre amie décoratrice d'intérieur.

— Zara a raison. Le noir est en fait l'absence de couleur, donc techniquement, ça ne peut pas être sa couleur préférée, dit Tabitha.

— Je ne vais pas lui dire ça, parce que c'est bizarre, répond Lottie. Bref, le plan, c'est qu'il me voie ce soir avec ces talons d'enfer et cette jolie robe, et qu'il tombe amoureux de moi.

— Bonne chance, ma belle, je lance, même si je pense qu'il lui faudra plus que de la chance avec ce type. D'après ce qu'elle nous a raconté, le beau Matt ne l'a jamais vue autrement que comme sa collègue de travail ces trois dernières années. Je ne suis pas sûre qu'une nouvelle robe de la couleur de l'absence et des chaussures à vous filer l'hypothermie y changent quoi que ce soit de sitôt.

Le compte à rebours commence et soudain, les lumières au-dessus de nous éclatent en une explosion lumineuse et une fanfare se met à jouer un air de Noël bien connu. La foule autour de nous applaudit avec enthousiasme et je reste bouche bée devant la beauté du spectacle au-dessus de nos têtes. Des rangées et des rangées d'anges, leurs ailes déployées d'un immeuble géorgien à l'autre, traversant toute la largeur de la rue à quatre voies, s'étendant jusqu'à l'angle de la rue en direction de Piccadilly Circus, remplissent le ciel nocturne.

— C'est incroyable ! je crie pour couvrir les acclamations de la foule, en levant mon téléphone pour filmer. Ma famille à la maison va être tellement jalouse que j'aie pu être là pour ça.

— C'est si beau, approuve Lottie.

Des feux d'artifice fusent au-dessus de nous, leurs détonations résonnant à travers moi. L'atmosphère est électrique, et j'oublie les inconnus malpolis avec des tatouages sur les yeux qui nous traitent de « nanas », la foule qui se bouscule pour avoir la meilleure place. J'oublie le froid. Je contemple la beauté à couper le souffle des lumières flottant au-dessus de moi et je laisse échapper un soupir de contentement. Vous voyez, d'où je viens, on n'a rien de tel. La température la plus froide qu'il fasse à San Diego à Noël, c'est un doux 18 degrés et, bien que ce soit une ville de taille respectable, elle n'est pas bondée comme Londres avec ses 13 millions d'habitants. Bien sûr, on a des illuminations de Noël, mais rien d'aussi majestueux.

Je balaie la scène avec mon téléphone pour tout enregistrer. De la magnifique architecture aux lumières et aux feux d'artifice, pour moi, ce n'est rien de moins que la perfection de Noël.

Je sens qu'on me tire la manche de mon manteau.

— Allez, Kennedy. Tu n'en as pas marre de faire la touriste ? On va manger, déclare Zara.

— Je nous ai réservé une table dans un nouveau bar à tapas à quelques rues d'ici, et il faut qu'on y aille maintenant si on veut garder notre table, ajoute Tabitha.

— Il faut que j'aille à la fête de mon bureau pour éblouir Matt, dit Lottie.

Je secoue la tête en les regardant toutes.

— Vous êtes de vraies Londoniennes blasées. Où est passée votre capacité d'émerveillement ? Où est votre sens de la magie ? On doit redevenir des petites filles, voir tout ça avec des yeux neufs et émerveillés. J'écarte les bras dans un geste ample pour appuyer mes dires, et je heurte immédiatement M. Tatouage Sympathique sur le Cou d'un bras et une femme d'âge mûr dans une veste duveteuse à imprimé léopard de l'autre.

— Désolée, désolée, je leur dis à tous les deux.

— C'est rien, ma belle, dit la femme en veste léopard.

M. Tatouage Sympathique sur le Cou, comme on pouvait s'y attendre, a une approche différente.

— C'est quoi ton problèèèème ? dit-il, suivi d'une liste de jurons qui ferait rougir un rappeur.

— J'ai dit de laisser tomber, mon pote, le prévient son ami, en m'adressant un sourire aux dents du bonheur et un clin d'œil malicieux. Ça va ? me demande-t-il.

— Super. Bien. Merci, je réponds.

Lottie me donne un coup de coude.

— Tu as dit que tu étais prête à tomber amoureuse. Que penses-tu de ce type ?

Je lui lance un regard noir.

Les yeux de Zara se tournent vers les hommes.

— Ce serait le bon moment pour y aller, tu ne crois pas, Kennedy ?

Je pousse un soupir résigné.

— J'imagine. Attends une seconde. Je lève mon téléphone au-dessus de ma tête une fois de plus pendant que je termine mon tour complet à trois cent soixante degrés, capturant toute la scène. J'éteins mon appareil photo.

— Terminé.

Mes amies ne perdent pas un instant de plus. Tabitha passe son bras sous le mien et me tire à travers la foule.

— Oh, partez pas. Vous êtes des nanas super canons, nous crie l'ami de M. Tatouage Sympathique sur le Cou, ce qui ne fait qu'accélérer notre rythme à travers la marée humaine pour nous engouffrer dans une rue adjacente.

— Tu es sûre que tu ne veux pas y retourner ? Il était magnifique. J'ai particulièrement aimé sa gestion économique de ses cheveux *et* de ses dents, dit Tabitha avec un sourire en coin.

Je secoue la tête en la regardant.

— Tentant, mais non merci.

Nous marchons encore quelques rues jusqu'à ce que nous arrivions à un restaurant animé et branché. Tout à fait le style de Tabitha.

— Je vais vous laisser, les filles, dit Lottie en nous faisant chacune une accolade rapide. Souhaitez-moi bonne chance avec Matt !

— Bonne chance, disons-nous toutes, avant qu'elle ne s'éloigne dans la rue en trottinant sur ses talons.

— Cette fille va finir avec des engelures et perdre un orteil, déclare Zara en secouant la tête.

— Tout ça au nom de l'amour, ma belle, dis-je. Entrons. On se les pèle, dehors.

— *Maintenant* qu'elle s'en rend compte, réplique Tabitha en roulant gentiment des yeux.

Nous poussons la porte du bar à tapas et sommes immédiatement frappées par la chaleur, le brouhaha et l'arôme délicieux qui s'en dégage. L'eau me monte à la bouche, envoyant des messages à mon ventre, qui gargouille pour être nourri sur-le-champ.

L'hôtesse nous conduit à notre table, où nous nous défaisons de nos couches de vêtements d'hiver. J'ai dû m'acheter une toute nouvelle garde-robe quand je suis arrivée dans cette ville il y a un peu plus d'un an. Manteaux, écharpes, gants, bonnets, bottes. Enveloppée dans tout ça, la fille de Californie du Sud que je suis se sent comme un burrito géant.

Mmm, burrito.

Ouais, j'ai faim.

— Qu'est-ce qui te fait envie ? demande Zara en parcourant le menu sur son porte-bloc.

— Tout, je déclare. Sauf le poulpe et ses petites ventouses.

— Qu'est-ce qu'il y a de mal à ça ? C'est délicieux avec des pommes de terre et de la sauce tomate, réplique Tabitha.

— Prends-en si tu veux. Moi, je vais prendre tout le reste. Je pose mon menu sur la table au moment où mon téléphone bipe. Je le retourne et remarque que c'est un message de Candice, ma colocataire, ou « flat mate » comme on dit ici au Royaume-Uni.

J'aimerais dire que je suis heureuse de voir un de ses messages, mais ce n'est pas le cas. Ce n'est jamais une bonne nouvelle quand je reçois un message d'elle.

J'ai rencontré Candice en répondant à une annonce « recherche colocataire ». Elle possède un joli trois-pièces dans un immeuble non loin de chez Zara à Fulham, et elle cherchait quelqu'un pour l'aider à rembourser son prêt immobilier paralysant. C'était un endroit mignon et, fraîchement débarquée en ville et ne connaissant que deux personnes dans toute l'Angleterre, dont aucune ne vivait à Londres même, j'étais ravie de l'avoir trouvé si facilement.

Alors, j'ai emménagé et j'ai commencé à passer du temps avec Candice après le travail et le week-end.

Ce qui était super jusqu'à ce que la folie s'installe. Et par folie, j'entends sans limites, impolie et globalement difficile à côtoyer.

Je laisse échapper un grognement en lisant l'écran, une boule d'argile se formant dans mon ventre.

— Qu'est-ce qu'il y a ? demande Zara.

— Candice.

— Je ne comprends pas que tu vives encore avec une personne qui te vole tes vêtements et te les rend avec des auréoles de transpiration et une odeur de fauve, me dit Tabitha.

Les yeux de Zara s'écarquillent pour devenir des soucoupes. — Elle fait ça ?

— Oh que oui, répond Tabitha à ma place. Est-ce qu'elle ne t'a pas dit qu'en tant que propriétaire, il était tout à fait normal qu'elle ait accès à toutes tes affaires et que c'était comme ça que ça marchait en Angleterre ?

Mes lèvres se pincent en une ligne fine au souvenir de cet événement. — Elle a quelques difficultés avec la notion de limites.

Tabitha secoue la tête. — Je ne suis pas sûre qu'elle saurait ce qu'est une limite si elle se battait sur le front pendant la Première Guerre mondiale.

— J'ai décidé de lui laisser le bénéfice du doute. Elle a été très adorable à ce sujet, je réponds, ne sachant pas vraiment pourquoi je défends cette fille.

— Et alors ? me pousse Tabitha.

— Et alors, j'avais besoin d'un endroit où vivre.

Tabitha et Zara secouent toutes les deux la tête en me regardant.

— Tu peux toujours venir squatter le canapé de Lottie et moi. Tu le sais, propose Zara.

— Ou le mien, me dit Tabitha.

— C'est gentil de votre part.

— Lis le message de Candice, ordonne Tabitha.

— Ouais. Je veux savoir ce qu'elle a encore fait, ajoute Zara.

Je déverrouille mon téléphone et parcours son message, le cœur se serrant à chaque mot que je lis. — Elle vient de me dire qu'elle organise une fête improvisée ce soir et que je ne devrais pas être surprise si quelques personnes décident de rester dormir. Je fais une pause pour l'effet dramatique avant d'ajouter : — Par terre dans ma chambre.

— Sérieusement ? s'esclaffe Zara. Kennedy, il faut que tu déménages.

Je laisse échapper un soupir, l'effort de chercher un nouvel endroit aspirant toute mon énergie. — Je suppose que oui.

— J'ai une idée, dit Tabitha. J'ai une amie qui a un appartement fabuleux. Apparemment, elle doit s'absenter six mois pour le travail, et elle m'a dit hier encore qu'elle cherchait quelqu'un pour le garder et qu'elle n'avait toujours pas trouvé.

— Où ça ? je demande.

— Au Portugal ou en Espagne ? Ou c'était en Norvège ? Je ne me souviens plus.

— Non, je réponds en gloussant, je veux dire, où se trouve son appartement ?

— Notting Hill. Le quartier chic.

— Tout Notting Hill n'est pas chic ? je demande.

— Tabitha, ton amie doit être pleine aux as, dit Zara.

— Oh, oui. C'est une grande youtubeuse. Elle a cette chaîne sympa à propos de, eh bien, d'elle. Je suis déjà allée chez elle. C'est bien. Tu adorerais, et tu l'aurais pour toi toute seule.

Elle prend son sac pour sortir son téléphone.

— Tu veux que je lui demande s'il est toujours disponible ?

— Tu parles ! je m'exclame, excitée.

— Oui, Kennedy, je crois bien qu'il l'est, répond Tabitha, sur son ton typiquement pince-sans-rire.

J'attends avec impatience pendant qu'elle tape un message.

Une fois qu'elle a terminé, elle repose son téléphone sur la table.

— C'est fait. Bon, commandons.

Nous attirons l'attention du serveur et commandons de quoi nourrir tout un régiment.

Tout en mangeant, nous parlons de nos vies. Tabitha et moi nous lamentons sur le fait que nous sommes toujours célibataires à presque trente ans, et notre amie l'amoureuse, Zara, nous dit qu'elle a presque trop de nouvelles clientes en décoration d'intérieur depuis que j'ai convaincu mon patron de présenter ses créations dans *Claudette*, le magazine de mode et de style de vie pour lequel je travaille.

— Je ne pourrai jamais assez te remercier, Kennedy. Tu as complètement transformé mon entreprise.

— Eh bien, ce n'était pas seulement moi. Ton copain a aussi parlé de toi à tous ses clients, tu te souviens ? Comment va Asher, et pourquoi n'est-il pas là ce soir ?

— Il a dû aller à Prague pour le travail, mais je vais le rejoindre là-bas pour le week-end.

Son visage s'illumine d'un immense sourire, et une vague d'envie me traverse.

Ça doit être merveilleux d'être amoureuse.

— Oh, tu vas adorer Prague, Zee. Tu y es déjà allée ?

demande Tabitha en piquant un petit poulpe avec sa fourchette, ventouses et tout. Mmm, délicieux. Tu devrais goûter, Kennedy.

Je lève les mains en l'air.

— Je te l'ai dit : le poulpe et moi, ça fait deux.

Zara secoue la tête.

— J'y suis allée une fois, il y a des années avec ma famille, mais j'ai l'impression que ça va être beaucoup plus romantique cette fois.

— Avec ton *amoureuux*, la taquine Tabitha, et Zara rougit.

Le téléphone de Tabitha émet un bip sur la table et je lui dis :

— Prends-le. C'est peut-être ton amie pour l'appart.

Un instant plus tard, Tabitha a fini de lire le message et me regarde.

— Tu peux la rencontrer chez elle à neuf heures demain matin ?

Le poids que Candice m'avait mis sur l'estomac disparaît en un éclair.

— Absolument.

— Du beux squader mon ganabé bour la nui, dit Zara la bouche pleine de tapas.

— Bonne idée, ma belle. Tu n'as pas envie de te réveiller avec une bande d'inconnus sur ton plancher, me dit Tabitha.

Je souris à mes amies londoniennes.

— Merci, les filles. Vous me sauvez la vie.

— C'est un miracle de Noël, dit Tabitha d'un ton sardonique.

— Je suis sérieuse. *Vous* êtes le miracle de Noël. Merci, je réponds avec un grand sourire, la pensée d'avoir mon propre chez-moi loin, très loin de Candice installant une mine réjouie sur mon visage.

Chapitre 2

Après avoir passé une nuit inconfortable sur le canapé deux places de Zara et Lottie — ce qui n'est pas une mince affaire quand on mesure un mètre soixante-treize —, j'emprunte un chemisier propre pour le mettre avec ma jupe de la veille et je prends le métro en direction de Notting Hill.

Alors que je remonte au niveau de la rue, je consulte mon téléphone. L'amie de Tabitha s'appelle Delphine Fox, ce qui, à mon avis, sonne complètement inventé. Elle m'assure que non. J'ai cherché « Delphine » sur Google, car je n'avais jamais entendu ce prénom, et apparemment, ça veut dire dauphin en grec. Je vais donc rencontrer une renarde-dauphine grecque.

Ça promet.

Je suis le plan sur mon téléphone à travers les rues opulentes jusqu'à me retrouver dans une avenue élégante bordée de chaque côté par des bâtiments aux couleurs pastel. Je lève les yeux vers un immeuble de quatre étages, doté de balcons en fer forgé et d'imposantes colonnes. C'est grandiose, ça a l'air de coûter une fortune, on dirait un décor pour un épisode de *La Chronique des Bridgerton*, et je m'attends presque à voir débouler une calèche remplie de dames en chapeaux et robes taille Empire.

Je vérifie l'adresse, puis je la vérifie à nouveau.

Je savais que la youtubeuse Delphine était riche, mais cet endroit, c'est un autre niveau.

Au moment où je repère l'interphone et où je m'apprête à appuyer sur le bouton de l'appartement 5B, mon téléphone sonne. Je jette un œil à l'écran. C'est ma sœur, Veronica, pour son appel de routine.

— Salut, Ronnie, je réponds. Je suis sur le point de visiter un nouvel appartement. Je peux te rappeler plus tard ?

— Tu déménages encore ? Tu n'arrêtes pas de bouger. Pose ça. On ne mange pas les sous-verres. Ce n'est pas de la nourriture. La dernière partie est destinée à l'un de mes neveux, qui est manifestement en train de goûter un sous-verre.

Je patiente. Il y a quelques bruissements, puis elle enchaîne :

— Pourquoi tu déménages ? Qu'est-ce qui s'est passé avec ton appart ?

— Ça n'a pas marché.

— Mais je croyais que tu aimais bien la fille avec qui tu étais en coloc. Candy ou Caitlin. Maman en a besoin, s'il te plaît. On ne mange pas les fleurs, non plus. Ce n'est pas de la nourriture, mon cœur. Enfin, on peut manger certaines fleurs comme les capucines, mais ce n'est pas le sujet.

— C'était Candice, et non, je ne l'aimais pas. C'était un vrai cauchemar. Mais les choses s'améliorent pour ta petite sœur. Ce nouvel endroit a l'air incroyable. Je contemple l'élégant bâtiment qui me surplombe, tandis qu'un homme à l'air pimpant en veste de tweed et cravate passe avec un caniche noir en laisse.

— Ma chérie ? demande-t-elle, et je ne sais pas si c'est à moi ou à l'un de ses enfants, jusqu'à ce qu'elle dise :

— Kennedy, tu es toujours là ?

— Oui, mais il faut que je te laisse. Je rencontre la fille dont je vais garder l'appart dans une minute.

— Garder l'appart ? Tu veux dire surveiller l'appartement de quelqu'un pendant son absence ? Oh, ma chérie. C'est tellement précaire. Tu sais que maman est super inquiète pour toi.

Je ressens une pointe de mal du pays. Je la chasse aussitôt.

— Je vais très bien. J'ai le job de mes rêves, un super groupe d'amis, et j'ai un bon pressentiment pour ce nouvel endroit. Alors, dis à maman que je vais bien et que je l'appellerai bientôt, d'accord ?

— D'accord, répond-elle à contrecœur, mais tu peux rentrer à la maison n'importe quand. Tu le sais, n'est-ce pas ?

— Je rentre pour quelques jours à Noël, tu te souviens ?

— Tu sais ce que je veux dire. Pour plus qu'une simple visite. Mon Dieu, j'aurais aimé ne jamais t'inscrire à cette stupide émission de téléréalité. Comme ça, tu ne nous aurais jamais quittés, et je n'aurais pas à gérer les angoisses de maman pour son bébé à l'autre bout du monde.

— Ronnie, personnellement, je suis contente que tu m'aies inscrite à *Un rencard avec Mr Darcy* parce que ça m'a forcée à sortir d'une mauvaise situation.

— Il t'a brisé le cœur. Je le déteste pour ça.

Je serre les lèvres dans une vaine tentative d'étouffer la douleur dans mon cœur.

Ce qui est ridicule. *Plus que* ridicule.

Bien sûr, Hugo Carter m'a brisé le cœur. Bien sûr, il est maintenant heureux en ménage avec la femme apparemment parfaite pour qui il m'a quittée. Mais c'était il y a presque deux ans.

Deux *ans*.

Pourtant, je ne peux m'empêcher de sentir mes entrailles se nouer à la simple pensée de lui.

Il était Monsieur Country Club et j'étais Madame Serveuse de Burgers. Il était le Gendre Idéal et j'étais la Fille des Mauvais Quartiers.

On dit que les contraires s'attirent, mais ce qu'on oublie d'ajouter, c'est que lorsqu'une version plus convenable pointe le bout de son nez, on se fait mettre à la porte.

Bon, je ne dis pas que je suis toujours amoureuse de ce type. Ce n'est pas le cas. Ça, j'en suis absolument certaine. Mais il m'a blessée d'une manière que je n'avais pas vue venir.

Il m'a fait me sentir *inférieure*.

Il m'a donné l'impression que je n'étais pas assez bien : ni pour lui, ni pour son style de vie, et encore moins pour sa famille.

Je sais ce que j'aurais dû faire. J'aurais dû me changer les idées et avoir une aventure peu judicieuse avec le genre de mec à éviter. Pour évacuer tout ça. Au lieu de ça, j'ai laissé ma sœur m'inscrire à une émission de téléréalité de rencontres où je n'avais pas la moindre alchimie avec le bachelor, et j'ai passé tout mon temps à me demander ce que j'allais faire du reste de ma vie.

Tellement drôle.

Mais ensuite, j'ai repéré une offre d'emploi pour un poste de rédactrice chez *Claudette*, le magazine féminin britannique que j'adorais en grandissant. J'ai postulé, et j'ai obtenu le poste. J'ai eu l'impression que les étoiles s'alignaient enfin pour moi.

Et le fait que ces étoiles s'alignaient dans un autre pays, loin de celui où Hugo et sa nouvelle femme parfaite filaient le parfait amour, n'était qu'une simple coïncidence.

Ou du moins, c'est ce que je me disais.

— Ronnie, je suis heureuse ici à Londres. C'est un endroit super sympa. Rien que les lumières de Noël suffisent à donner envie d'y rester. Il faut que tu viennes avec Dan et les enfants.

— Le vol a l'air d'être un cauchemar. Mon cœur, pose ta sœur. Non ! Fais ce que maman te dit. Pose. Ta. Sœur.

— Ronnie ? Il faut que je te laisse, dis-je, mais elle est trop occupée à gérer ses enfants pour m'entendre. Salut. Je raccroche et j'ouvre mon application Instagram, me rendant immédiatement, comme toujours, sur la page de Hugo. La même image qu'hier me regarde. Lui et sa femme en train de skier à Aspen dans leurs combinaisons de ski de marque assorties.

Beurk.

Je glisse mon téléphone dans mon sac à main.

Remettant mes cheveux en place et affichant un sourire, j'appuie sur le bouton du 5 ter et je regarde la caméra. J'attends, les nerfs à vif.

Il faut absolument que ça marche.

— Allô ? dit une voix de femme.

— Oui, bonjour. Je suis Kennedy Bennet. Tabitha m'a dit que vous cherchiez quelqu'un pour garder la maison.

— Tu es américaine ? Ma Tabby ne m'avait pas dit ça.

Ma Tabby ? Je parie que Tabitha adore se faire appeler comme ça. Je tente d'empêcher un fou rire de m'échapper, figeant mon sourire tout en fixant la caméra.

— J'espère que ça ne pose pas de problème ? je demande comme si être américaine était 1) une mauvaise chose et 2) quelque chose que je pouvais changer sur-le-champ.

Je suis sur le point de proposer de prendre mon meilleur accent anglais — que l'on m'a dit être, au mieux, ridiculement mauvais — quand elle dit :

— Tu es là maintenant et tu as l'air assez sympa, alors autant que tu montes. Cinquième étage. Appartement 5 ter. Tu peux prendre l'ascenseur si tu veux.

Je souris en entendant le mot anglais « lift » pour ascenseur.

— Pas de souci. Merci.

Un bourdonnement retentit et la porte s'ouvre. Une fois dans le hall, j'observe le haut plafond, le sol brillant et le lustre magnifique. Tout est blanc, à l'exception des miroirs aux cadres noirs qui tapissent les murs et du tapis rouge foncé sous mes pieds.

Ayant pris quelques kilos dernièrement, je renonce à l'ascenseur et prends plutôt les escaliers. On m'avait prévenue qu'il existait une chose appelée « l'injection d'Heathrow » quand on déménage au Royaume-Uni. Au début, j'ai cru que ça avait un rapport avec un vaccin, mais depuis, j'ai appris que ça faisait référence aux cinq kilos et plus que les gens prennent ici à cause du rythme de vie effréné et de tous les repas pris au restaurant.

J'ai bien besoin de ces escaliers.

J'atteins l'étage et je remarque qu'il n'y a que deux

portes : 5 bis et 5 ter. Je frappe au 5 ter et, un instant plus tard, la porte est ouverte à la volée par une fille de mon âge. Elle porte une longue robe bohème vaporeuse avec des rangées de bracelets autour des poignets, ses cheveux blonds sable relevés en un chignon désordonné sur sa tête qu'il me faudrait des heures pour réussir.

— Bonjour. Tu dois être Kenny, dit-elle avec un sourire, ses bracelets cliquetant alors qu'elle me fait la bise. Enfin, ce sont plutôt des bises à côté des joues. Entre. Je t'en prie.

— Merci. C'est Kennedy, en fait. Pas Kenny, dis-je en la suivant dans l'appartement et en regardant la pièce. Pour Londres, c'est absolument immense, avec de hauts plafonds majestueux, de grandes fenêtres et une belle cheminée ornée, devant laquelle se trouvent des canapés confortables de couleur crème et un tapis turc rouge sur du parquet. La pièce est accueillante mais élégante, et mon envie de vivre ici monte en flèche.

— De l'herbe de blé ? me propose-t-elle, alors qu'elle se dirige à pas feutrés vers la cuisine américaine, pieds nus et bagues aux orteils. Vu qu'il fait assez froid pour qu'il neige dehors, c'est une vraie fournaise ici, et je commence à retirer mes couches superposées, mon accoutrement de burrito londonien.

— Non, ça va aller. Mais merci. L'idée de boire de l'herbe de blé n'est pas franchement attrayante.

— Tu sais, tu devrais vraiment en boire, dit-elle en aspirant un liquide vert foncé à l'air peu ragoûtant à travers une paille en métal. Ça fait baisser le cholestérol, ça booste le système immunitaire et ça expulse la moindre toxine de ton corps.

Ça a l'air douloureux.

— Waouh ! Incroyable.

— Je n'accepte pas de non comme réponse, Kenny.

Tiens. Elle verse un peu du liquide vert dans un verre et me le tend.

Je me creuse la tête et finis par trouver une échappatoire. — En fait, je suis intolérante au gluten, je baratine, donc je ne suis pas sûre de pouvoir boire de l'herbe de blé, à cause, tu sais, des allergies.

Je n'ai aucune idée si l'herbe de blé contient du gluten, et j'espère qu'elle non plus.

— Et c'est Kennedy, pas Kenny. Kenny, c'est un nom de garçon.

Elle me dévisage tout en aspirant sa boisson. — Pas d'herbe de blé ?

— Pas d'herbe de blé.

— Tu rates tous ces bienfaits. Elle repose mon verre intact sur le comptoir de la cuisine. Tu sais, Kenny est un prénom terriblement étrange pour une fille. C'est le diminutif de quelque chose ? Ou c'est juste un de ces prénoms américains bizarres, comme Tic et... Elle s'interrompt en cherchant un autre prénom américain « bizarre ».

— Tac ? je propose.

— Oui, ou Tac. Tic et Tac. Hmm, ça me dit quelque chose.

— C'est un vieux dessin animé.

— Oh, je ne crois pas, non.

— Si, j'en suis sûre. Ce sont deux petits frères tamias. Tic est le rusé et l'intelligent, Tac est un peu plus lent à la détente.

Elle me regarde avec un air vide.

— Ils mangent beaucoup de noix ? j'ajoute, comme si ce détail était l'argument décisif.

— Je n'ai absolument aucune idée de ce dont tu parles, Kenny.

— En fait, mon prénom, c'est Kennedy. Pas Kenny, je répète pour au moins la troisième fois.

— Comme le président ?

— Si tu veux.

— Il était drôlement beau gosse, non ? Dommage qu'il se soit fait tuer. Quel gâchis. Et sa pauvre femme. Remarque, il aurait eu environ cent ans maintenant s'il était encore en vie. N'est-ce pas ?

— Je… suppose que oui.

— Tu as des frères et sœurs ?

— Une sœur.

— Elle porte aussi le nom d'un de vos présidents ?

Je pense à Veronica, pleine de bonnes intentions mais envahissante, et je souris à l'idée qu'elle puisse s'appeler Eisenhower ou Roosevelt. — Non, et je ne porte pas le nom d'un président non plus. Kennedy est un prénom de fille, comme Dauphin. Je secoue la tête en réalisant mon erreur. — Euh, je veux dire Delphine.

Elle me jauge de ses yeux plissés tout en aspirant le fond de sa boisson avec sa paille. — Tu sais pour qui j'ai de la peine ? Jackie O. Elle était si ravissante ce jour-là, n'est-ce pas ?

Eeeet nous revoilà en train de parler des présidents.

— Le jour où le président Kennedy a été assassiné ? je demande.

Elle hoche la tête. — C'est l'une de mes icônes de mode, en fait. Cette toque ? Splendide.

Je balaie du regard sa longue robe à fleurs, vaporeuse, ses pieds nus et ses bagues d'orteil. Le style de Delphine ne pourrait pas être plus éloigné de l'esthétique tirée à quatre épingles de Jackie O, même en y mettant de la bonne volonté. — Je suis d'accord. Jackie O était une véritable icône de mode.

Elle s'accoude au comptoir. — Comment ça, « était » ?

— Ben, tu sais bien.

Elle fronce les sourcils. — Non, je ne sais pas.

C'est à moi d'annoncer à cette femme que sa prétendue icône de mode, Jackie Onassis, est morte ?

— Je crains qu'elle ne soit morte. Il y a un certain temps, en fait.

— Mon Dieu. Eh bien, ce n'est pas une bonne nouvelle. Tu es sûre ?

— Oui. Assez sûre. C'était il y a assez longtemps, en plus. Dans les années quatre-vingt-dix, je crois.

— Oh, c'est si triste, acquiesce-t-elle, portant la main à sa poitrine, le visage crispé comme si elle allait pleurer.

— Oui. C'est très triste.

— Mais tu sais ce qu'il y a de génial aussi ? Ce nouveau filtre Instagram que j'ai découvert ce matin.

— D'acc*ooo*rd. Je lui lance un regard incertain.

Cette conversation part vraiment dans tous les sens.

Delphine prend son téléphone sur le comptoir de la cuisine, le lève en l'air tout en collant sa joue contre la mienne, et prend une photo de nous. Elle pianote sur son téléphone avant de retourner l'écran. — Regarde. On est tout simplement divines.

Je jette un œil à la photo et je vois mon propre reflet. Je me ressemble, mais en version impeccable, avec des yeux brillants et un teint rosé, sans défaut. — Waouh, c'*est* divin.

— Je t'enverrai les infos. Tu veux voir l'appartement ?

— J'adorerais. Je suis tellement excitée de vivre ici. Ça a l'air absolument magnifique.

— Je vais te faire visiter. Elle fait un geste de la main vers le salon et dit : — Tu as déjà vu cette pièce, et là, c'est la cuisine. La salle à manger est au fond du couloir.

Je la suis tandis qu'elle me mène de pièce en pièce. D'abord, la salle à manger avec sa longue table et ses chaises en chêne, puis la salle de bain carrelée de blanc avec un sol en damier noir et blanc, et ensuite la chambre d'amis qui ressemble à une chambre d'hôtel-boutique, avec une couette crème et douillette et des oreillers accueillants, et des photos de vaches en noir et blanc qui décorent les murs.

Finalement, nous arrivons dans la chambre principale baignée de lumière. Comme le reste de l'appartement, elle est décorée dans des tons crème avec des touches de vert. Il y a une autre cheminée à une extrémité avec une photo d'une vache en noir et blanc qui nous regarde, et un lit immense avec une tête de lit rembourrée en lin à l'autre bout, positionné de manière à pouvoir s'asseoir dans le lit et contempler la cime des arbres de Notting Hill.

La seule chose qui semble déplacée dans la pièce est un grand Winnie l'Ourson en peluche sur un tabouret d'enfant dans un coin. Ce doit être un de ses jouets d'enfance préférés, qu'elle a gardé par sentimentalisme.

— Ton appartement est tellement magnifique, Delphine, dis-je. J'adore.

— Attends, ce n'est pas tout. Voici ma partie préférée, dit-elle en ouvrant une double porte. Je la franchis, m'attendant à trouver une autre salle de bain, mais je suis accueillie par le spectacle le plus merveilleux qui soit. Un dressing, rempli de chaussures, de sacs à main et de portants de vêtements. Il y a un pouf au milieu de la pièce, sous un lustre suspendu au haut plafond, et un miroir du sol au plafond pour admirer son reflet dans la tenue choisie pour la journée.

Je reste plantée là, bouche bée. C'est comme si des anges chantaient pour moi, me disant que je suis officiellement arrivée au paradis du dressing.

— C'était une autre salle de bain avant, mais j'ai demandé à Eddie de tout enlever et de construire ça. J'ai vu le design dans un épisode de *Real Housewives* et j'ai su qu'il me le fallait absolument.

— Qui a besoin d'une deuxième salle de bain quand on peut avoir tout ça ? C'est absolument parfait.

— Je savais que tu me plairais, dit-elle en me prenant dans ses bras.

Je cligne des yeux, surprise. — Ah oui ?

— Presque dès le moment où on s'est rencontrées. Alors, tu voudrais garder mon appartement pour moi ? Je pars pour au moins six mois, donc jusqu'au début de l'été.

Une vague de bonheur m'envahit. — J'adorerais garder ton appartement, Delphine.

Elle m'offre son joli sourire. — Bien. C'est donc réglé.

Je fronce le nez. — Juste une chose, par contre. Tabitha n'a pas précisé combien tu demandais, et en voyant cet endroit, c'est peut-être hors de mon budget.

Elle me regarde avec une expression vide. — Je suis désolée. Je ne comprends pas.

Je ne sais pas trop comment le dire autrement.

— Quel est le loyer à la semaine pour cet appartement ?

— Oh, je suis propriétaire. Il n'y a pas de loyer.

Elle rend une conversation déjà gênante encore plus délicate.

— Non, ce que je veux dire, c'est combien *tu*, dis-je en la pointant du doigt pour être bien claire, vas demander à *moi*, dis-je en me pointant du doigt, pour vivre ici ?

Ses traits se métamorphosent en un sourire. — Tu crois que je vais te demander de l'*argent* ? Oh, tu es sotte, Kenny. Je veux dire, Kennedy. Kennedy, il faut que je m'en souvienne. Comme le président. Elle se tapote le côté de la tête. — Oh, ça me rappelle la pauvre Jackie O. Elle prend un air sombre.

J'ignore le flot de pensées aléatoires qui s'échappe de ses lèvres. — Tu es en train de dire que tu ne vas pas me faire payer pour vivre ici ? je demande.

— Bien sûr que non. Enfin, tu devras payer les factures.

Je pousse un soupir de soulagement. Je n'en reviens pas d'avoir autant de chance ! — Bien sûr.

— Le genre de trucs comme l'électricité et le machin de Wi-Fi. Oh, et la note de Harrods, aussi.

— La note de Harrods ?

Elle me regarde comme si je lui avais demandé si le ciel était bleu. — Pour les courses de la semaine. Ça arrive à ma porte tous les lundis matin et le seul truc agaçant, c'est que je dois tout ranger dans le frigo. J'aimerais qu'ils envoient quelqu'un pour s'occuper de cette partie. Pas toi ?

— Tu fais tes courses dans le grand magasin le plus cher de Londres ?

— Est-ce que Harrods est le grand magasin le plus cher de Londres ?

— Je crois bien que oui.

— Eh bien, dans ce cas la réponse est oui, je suppose. Par contre, j'adore leurs macarons. Pas toi ? Ils sont à tomber par terre.

— Oh, leurs macarons ? je demande, n'en ayant jamais mangé un seul de ma vie. — Je suis sûre qu'ils sont absolument délicieux.

Je note mentalement que la livraison de Harrods devra de toute évidence cesser dès mon emménagement. Je n'ai pas ce genre d'argent. Un supermarché ordinaire fera l'affaire pour la personne simple que je suis, qui n'est pas une star de YouTube.

— Oh, et tu devras t'occuper de Lady Moo, bien sûr. Mais je suis sûre que Chabby Cat t'a tout dit à son sujet.

Je jette un coup d'œil à la photo de vache surdimensionnée au-dessus de la cheminée. Delphine ne peut sûrement pas posséder une vache. Pas à Notting Hill, en tout cas.

— Lady Moo ? C'est un poisson ou quelque chose comme ça ? Je ne me souviens pas d'avoir vu d'aquarium, je tente, parce que nous sommes à Notting Hill, pas dans la campagne anglaise.

— Un poisson ? demande-t-elle, sa voix montant d'une octave, alors qu'elle éclate de rire. — Qui appellerait un poisson Lady Moo ?

— Quelqu'un qui aime les vaches ?

Elle pousse un cri de rire, comme si j'avais dit la chose la plus drôle du monde. — Oh, tu es trop marrante. Chabby Cat n'avait pas mentionné que tu étais marrante.

— Bien sûr.

— Non, Lady Moo est mon précieux petit toutou-chou. Elle est sortie en ce moment, mais elle devrait rentrer d'une minute à l'autre.

— Toutou-chou ? Dans le sens d'un chien ?

Avant qu'elle ait eu le temps de répondre, on frappe à la porte d'entrée. — Oh, quelle coïncidence. Ça doit être Lady Moo.

Je hausse un sourcil. — Elle sait frapper aux portes ? je demande en plaisantant.

Nouveau rire de Delphine. — Trop marrante ! Elle était de sortie, tu sais. Elle faisait ses petites affaires de toutou-chou. Elle passe devant moi en coup de vent pour sortir du placard, et je la suis bêtement.

Des affaires de toutou-chou ? Je pince les lèvres pour réprimer un rire.

Je savais bien qu'il devait y avoir un hic pour que cet endroit soit aussi magnifique et sans loyer. S'occuper d'un chien peut être une grosse responsabilité. Ne vous méprenez pas, j'adore les chiens. J'ai grandi avec des chiens. Mais être une fille célibataire, vivant seule avec un travail à plein temps, et devoir s'occuper d'un chien en même temps ? Ce n'est pas si simple.

Surtout qu'un chien portant le nom d'une vache doit être sacrément énorme. Non ?

Delphine ouvre la porte d'entrée dans un cliquetis de bracelets et s'exclame : — Lady Moo ! Oh, tu m'as manqué ! Tu es un amour. N'est-ce pas qu'elle est un amour ?

M'attendant à un chien qui m'arrive à la taille, je baisse les yeux alors qu'une petite chienne noire et blanche fait irruption dans la pièce et saute immédiatement sur Delphine, son petit bout de queue s'agitant à toute vitesse, faisant se balancer son corps d'un côté à l'autre. Delphine la caresse en roucoulant que c'est une gentille fille, avant que le « toutou-chou » ne pose ses yeux sombres sur moi.

L'instant d'après, elle a abandonné Delphine et se précipite sur moi en poussant le couinement le plus étrange que j'aie jamais entendu de la part d'un chien. C'est un croisement entre le cri d'une banshee et celui d'une *Real Housewife* ivre, déterminée à prendre sa revanche sur un autre membre du casting.

— Lady Moo n'est-elle pas une chienne absolument magnifique ? demande Delphine en prenant dans ses bras la chienne folle de joie. La chienne se met aussitôt à lui lécher le visage, et ses piaillements baissent d'un cran pour devenir un peu moins assourdissants. Ça reste tout aussi bizarre. — Je l'appelle Lady Moo parce que c'est une petite vache canine, tu ne trouves pas ?

Je souris à la chienne exubérante dans ses bras. Ses taches font penser à une vache, c'est certain, mais la ressemblance s'arrête là. — Elle est très... vache-esque, je réponds.

— Elle a fait une super balade et six dépôts, quatre liquides et deux solides, dit une voix à côté de moi.

J'ai été si occupée à regarder la chienne, et à me sentir soulagée qu'elle n'ait pas la taille d'une vache comme je l'avais craint au début, que je n'avais même pas remarqué qu'elle était arrivée à la porte avec une humaine. C'est une adolescente, d'environ quinze ou seize ans, en jean et en baskets, qui tient à la main une laisse pour chien jaune vif couverte de strass roses en forme de cœur.

— Salut, je suis Kennedy, je lui dis avec un sourire.

— Je m'appelle Esme. Elle ajoute sans que ce soit nécessaire : — C'est moi qui promène la chienne.

— Je m'en doutais. La possibilité de pouvoir prendre cet appartement vient de grimper en flèche. Avec Esme qui promène la chienne, je peux aller à mon travail sans avoir à m'inquiéter pour elle pendant la journée. — Tu habites dans le coin ? je demande.

— Juste en bas, en fait. Appartement 1A.

De mieux en mieux.

— Aïe ! Oh, Lady Moo, tu es si méchante ! s'emporte Delphine, attirant notre attention. Elle essaie de démêler les pattes avant de sa chienne de son chignon, bien que la façon dont Lady Moo a réussi à monter si haut me dépasse.

— Attends, laisse-moi t'aider, je propose. J'attrape une des pattes de la chienne et je m'efforce de défaire les cheveux de Delphine, tandis que la chienne fait de son mieux pour me lécher le visage. Une fois la première patte libérée, l'autre est un jeu d'enfant, et je tiens la petite chienne à bout de bras avant de la reposer au sol. Elle détale, ses pattes partant dans toutes les directions sur le parquet glissant, et disparaît dans la chambre de Delphine.

— Merci infiniment. Ça fait mal, Lady Moo, gronde Delphine, même si la chienne n'est plus en vue. Son chignon autrefois élégant ressemble maintenant, eh bien, il ressemble à ce qu'il reste après qu'un chien s'y est emmêlé.

— Je reviendrai à quatorze heures pour la ressortir, si ça te va ? demande Esme.

— Oh, merci, ma chérie, roucoule Delphine en lissant ses cheveux. — Voici Kennedy, au fait. Pas nommée d'après un président américain, au cas où tu te poserais la question. Elle va vivre ici pendant mon absence.

— Cool. On se verra alors, me dit-elle.

— Oui. Ravie de t'avoir rencontrée.

Esme referme la porte derrière elle.

— Lady Moo est toujours comme ça ? je demande à Delphine.

— Elle a beaucoup de caractère, mais je l'encourage. Je pense que ça fait partie de son charme. Elle vient d'une longue lignée de Terriers de Boston de race, tu vois. Elle peut être un peu… têtue.

— Comment ça ?

— Oh, tu verras. Je suis sûre que tu l'adoreras bientôt, tout autant que moi.

Je l'espère.

Je passe en revue les aspects pratiques de la garde de la chienne dans ma tête. — Pourras-tu me donner des instructions pour les soins de Lady Moo ? Comme sa clinique vétérinaire et ce qu'elle mange ?

— Bien sûr. Je te laisserai une note. C'est très facile de s'occuper d'elle. Oh, mais elle n'aime pas les hommes. Enfin, les mauvais hommes.

— Que fait-elle quand elle voit un « mauvais » homme ?

— Elle aboie, mais genre, beaucoup. Elle est géniale quand je sors avec un nouveau mec. Elle peut trier les bons des mauvais pour moi.

— Hum. Pratique.

Un bruit étrange de gémissement, suivi de grondements et de jappements, vient du fond du couloir.

— Qu'est-ce qu'elle fabrique ? je demande.

— Oh, j'imagine que je sais, répond Delphine en se dirigeant dans le couloir vers la chambre principale.

Je la suis, ne sachant pas trop quoi penser.

Nous arrivons dans la chambre, où j'aperçois Lady Moo en train de déchiqueter la peluche de Winnie l'Ourson qui se trouvait auparavant sur le tabouret d'enfant. Des morceaux de rembourrage volent partout, et je repère une oreille abandonnée sur le sol.

Je jette un coup d'œil à Delphine. Elle sourit à Lady Moo qui éventre son jouet, comme si elle trouvait tout à fait normal que sa chienne détruise ce que j'avais supposé être son trésor d'enfance.

— Tu veux que je l'arrête ?

— Mais pourquoi diable ferais-je ça ? demande-t-elle, comme si j'avais suggéré quelque chose de complètement extravagant.

B*iii*en sûr.

— La seule chose que tu dois faire quand elle est dans l'une de ses humeurs, c'est de t'assurer qu'elle n'avale pas les yeux. Sinon, tu devras les récupérer dans ses petites crottes de chien et les mettre ici.

Les récupérer dans ses petites crottes de chien ? *Ah ça non, jamais de la vie.*

Elle ouvre un tiroir de sa table de chevet et en sort une boîte en plastique. À l'intérieur, il y a au moins deux douzaines d'yeux en plastique qui me dévisagent tous.

C'est plus que glauque.

— Ils ont tous été, tu sais, digérés ? demande-je, incrédule.

Delphine hoche la tête d'un air solennel. — Je suis sûre que ce n'est pas bon pour elle, alors je les récupère tous pour m'assurer qu'ils ne sont plus coincés dans son petit corps. Il y a un nombre pair ici. C'est comme ça que je le sais.

— Compris, dis-je avec un sourire forcé, parce qu'il est hors de question que je fouille dans les crottes d'un chien pour retrouver les yeux de Winnie l'Ourson.

Et ce sont des mots que je n'aurais jamais cru penser de toute ma vie.

— Tu ne pourrais pas simplement l'empêcher de mâchouiller le jouet ? suggère-je, ce qui me semble être la chose la plus logique à faire ici.

— Empêcher Lady Moo de mâchouiller son jouet préféré ? Un air d'émerveillement se peint sur son visage.

— Ben... ouais.

Elle cligne des yeux plusieurs fois avant qu'un sourire n'étire ses lèvres. — Il n'y a pas à s'inquiéter pour le jouet. J'en ai plein. Elle valse jusqu'au placard du couloir et ouvre une porte pour révéler une collection d'au moins trente peluches identiques de Winnie l'Ourson, empilées les unes sur les autres, nous fixant toutes. — Tu vois ?

Trente paires d'yeux me regardent en retour, un sourire déplacé sur leurs visages d'ours en peluche. Ils ne connaissent pas leur destin, mais moi si, et il n'est pas joli à voir.

— Tout ça, c'est pour le chien ?

— Elle est obsédée, que veux-tu que je te dise ? Et si elle n'en a plus, j'ai un compte chez Hamleys, comme ça tu pourras aller en chercher d'autres.

— Hamleys, c'est cet immense magasin de jouets sur Regent Street, c'est bien ça ? J'y étais allée une fois, juste après mon arrivée à Londres. Avec ses auvents rouges et ses vitrines de jouets colorées qui me rappelaient l'enfance, je n'avais pas pu résister.

— Bon, je te donne les clés, dit-elle en sortant de la pièce. — Je prends l'avion demain en fin d'après-midi, donc ça te va si tu viens demain soir ? Comme ça, Lady Moo aura de la compagnie.

Je prends la clé qu'elle me tend. — Bien sûr. Merci beaucoup pour tout ça, Delphine. Je prendrai bien soin de l'appartement pour toi. Et de Lady Moo, évidemment.

— Ne me remercie pas, Kenny. C'est toi qui me rends service. Pas l'inverse.

Je ne me donne pas la peine de la corriger.

Dix minutes plus tard, je dévale la charmante rue bordée d'arbres en direction de la station de métro. Je n'arrive pas à croire que je vais pouvoir vivre dans un endroit aussi magnifique *sans payer de loyer*. Fini Candice, finie la chambre minuscule. Tout cet endroit est à moi, à moi, à moi.

Bien sûr, il y a un Boston Terrier un peu dingue et destructeur de Winnie l'Ourson à gérer, mais en vérité, tout ça arrive au moment parfait pour moi. J'ai trop hâte de commencer ma nouvelle vie ici, à Notting Hill.

Qu'est-ce qui pourrait bien mal tourner ?

Chapitre 3

— JE N'EN reviens pas que tu aies la chance de vivre ici, s'exclame Lottie, alors que nous déposons une nouvelle pile de cartons sur le sol du salon de Delphine.

— Je sais, hein ? Je me sens tellement adulte. Je me redresse et retire mon sweat à capuche de l'UC San Diego avant de m'essuyer le front avec la manche de mon t-shirt gris à manches longues.

— Eh bien, tu *auras* bientôt trente ans, alors tu devrais te sentir adulte, répond Tabitha en posant une valise contre le mur et en s'étirant le dos.

Je lève les yeux au ciel, cette pensée formant une boule pesante dans mon ventre. — Ne m'en parle pas.

Trente ans. L'idée n'est pas séduisante. Il y a quelque chose dans ce chiffre. Quelque chose de concret. De sérieux. Trente ans, c'est l'âge où je devrais avoir mis de l'ordre dans ma vie. L'âge où je suis censée avoir rencontré le grand amour, peut-être même m'être mariée, et envisager la maternité. C'est le moment où ma vie est censée être toute tracée.

En ce moment, je suis comme un faon nouveau-né qui essaie de se tenir sur des pattes chancelantes et qui s'étale de tout son long à chaque pas qu'il tente de faire.

Eh oui, je suis une Bambi de vingt-neuf ans.

Lottie regarde autour d'elle la pièce luxueuse avec ses hauts plafonds, ses grandes fenêtres et ses meubles raffinés. — Je devrais vraiment lancer ma propre chaîne YouTube.

— Ouais, parce que je suis sûre que c'est aussi simple que ça. Tu décides de devenir une star de YouTube et *bam*, tu en es une. Je lui offre un sourire sardonique.

Elle pousse un soupir. — Pas faux. Mais on peut toujours rêver.

J'examine les cartons et fais un décompte rapide. — Encore un voyage et je pense qu'on a terminé.

— Heureusement qu'il y a cet ascenseur, c'est tout ce que je dis. Tu imagines si on avait dû monter tous ces cartons par les escaliers ? dit Tabitha.

— Un cauchemar, approuve Lottie.

— Où est-ce que tu veux ça ? dit une voix grave derrière nous, et je me tourne pour voir une paire de longues jambes avec une pile de cartons dans l'embrasure de la porte. Une tignasse de cheveux noirs et une paire d'yeux sombres sont visibles par-dessus le carton du haut.

— C'est toi, Asher ? Je traverse le parquet pour m'approcher de lui.

— Bien sûr que c'est moi.

Zara apparaît dans l'encadrement de la porte, tenant une bouteille de champagne dans une main et un de mes sacs de sport en bandoulière. — Surprise ! On s'est dit qu'on allait venir t'aider à emménager. Elle me salue d'une accolade avant de me fourrer la bouteille glacée dans les mains et de laisser tomber mon sac par terre. — Le champagne, c'est toujours utile pour déballer les cartons, tu ne trouves pas ? dit-elle avec une lueur dans les yeux.

— Tu es la meilleure. Merci, dis-je en roucoulant. — Cet endroit n'est-il pas magnifique ?

— Oh, oui, carrément ! déclare-t-elle en entrant dans la pièce. — Où est la chienne folle dont tu nous as parlé ?

— Elle est chez Esme, la promeneuse de chiens. Je me suis dit que ce serait mieux qu'elle ne déchiquette pas tout pendant que j'essaie de déballer mes affaires.

— Tu n'es pas seulement une jolie fille, répond Zara.

— Je vais poser ça ici, d'accord ? dit Asher d'un ton sec, en abaissant les cartons sur le sol avec un *bruit sourd*.

— Désolée, je réponds précipitamment. — J'étais trop occupée à saluer ma copine. Merci beaucoup de m'aider. Je fais un autre décompte rapide des cartons et des bagages. — Je n'arrive pas à croire que vous ayez monté les dernières affaires. Merci, les gars.

— Cet ascenseur sort tout droit de l'Europe médiévale, ajoute-t-il, en parlant de l'ascenseur vieillot de l'immeuble. Je le trouve charmant, mais il ne date certainement pas de ce siècle.

Ni même peut-être du précédent.

— Ouais, parce qu'ils avaient beaucoup d'ascenseurs en Europe médiévale, Ash, le chambre Zara.

Asher secoue la tête. — Tu vois ce que je veux dire, Zee. Il est sacrément vieux.

— En fait, ils avaient des monte-charges à l'époque. Ça remonte même aux Romains, explique Lottie depuis la fenêtre. — J'ai appris tout ça lors d'une de mes super fascinantes visites de musée, vous savez.

— Je n'en doute pas, ma belle, répond Zara en levant les yeux au ciel avec bonne humeur.

Lottie nous organise régulièrement des excursions dans les musées bizarres et loufoques de Londres. Nous sommes allées dans la première salle d'opération de la ville, ce qui nous a complètement fichu la trouille, au muséum d'Histoire naturelle, bien plus agréable, et au musée Sherlock Holmes, pour n'en citer que quelques-uns.

Asher éclate de rire. — Tu es un puits de science inutile, Lottie.

— Ce n'est pas de la science inutile. C'est intéressant. Tu devrais passer plus de temps à explorer ta ville d'adoption et moins de temps à roucouler avec ta copine, bougonne-t-elle, bien que nous sachions toutes qu'elle n'est pas vraiment vexée. Lottie est si bonne pâte et facile à vivre que je ne peux pas l'imaginer être vexée par grand-chose.

Sauf par sa mère. Clairement, par sa mère.

— Bon, si on a fini avec les cartons et les sacs, débouchons cette bouteille et trinquons à ton nouveau chez-toi, dit Zara. Où sont les verres ?

— Je n'en ai aucune idée. Allons voir dans la cuisine. Alors que je fouille dans les placards, on frappe à la porte, qui est ouverte.

Esme entre, Lady Moo dans les bras. — Salut, dit-elle, l'air mal à l'aise. Son regard se pose sur Asher et ses joues s'empourprent instantanément. Asher est un très beau mec et, habillé de son t-shirt blanc moulant et de son jean qui mettent en valeur son physique, il a de quoi faire grimper le rythme cardiaque de la plupart des femmes, et encore plus celui d'une adolescente.

— Salut, Esme. Entre, je t'en prie, dis-je en traversant la pièce pour prendre Lady Moo dans mes bras. Lady Moo. Tu as été sage avec Esme ?

— Elle l'a été. Enfin, aussi sage qu'elle peut l'être, quoi, répond-elle. Elle a fait trois pipis et deux crottes, rapporte-t-elle d'un ton solennel.

Je plisse le nez. Est-ce que j'ai vraiment besoin d'autant de détails ?

— Tu sais quoi ? Tu n'es pas obligée de me dire ça. Que tu la promènes, ça me suffit amplement.

— Mais Delphine aime toujours savoir. Je crois qu'elle tient les comptes.

— Je ne suis pas Delphine.

— D'accord.

— Je vous présente Esme, dis-je, tandis que tous mes amis la saluent. Elle leur fait un petit signe de la main, rougissant encore plus.

— Je dois y aller. J'ai une dissertation à rendre, me dit-elle.

Je la remercie et referme la porte derrière elle, puis je pose Lady Moo par terre. Elle se précipite aussitôt pour saluer mes amis, essayant de leur grimper sur les jambes et rebondissant comme un ballon de basket sous caféine, tout en émettant ce même gémissement étrange.

— Waouh, quelle chienne enthousiaste, commente Asher.

— Tu dois être un type bien, je lui dis. Delphine dit qu'elle aboie sur les mauvais. Ça doit être un outil de sélection assez utile pour les rencards.

— Je ne te dis pas à quel point je suis soulagé d'apprendre que j'ai l'approbation d'une chienne qui porte le nom d'une vache, répond-il.

Lady Moo file dans le couloir en direction de la chambre principale.

— Où va-t-elle, si pressée ? demande-t-il.

Je secoue la tête en pinçant les lèvres. — Ne demande pas.

— Pourquoi ?

— Elle a un truc avec Winnie l'ourson. Un truc destructeur. En gros, elle le massacre quotidiennement. Ce n'est pas beau à voir.

— Elle massacre Winnie l'ourson ? demande Lottie, consternée. Mais j'adore Winnie l'ourson. C'est un trésor national.

Tabitha glousse. — Ce n'est qu'une peluche. Rien de grave.

— Lady Moo n'a aucun scrupule à détruire un trésor national. Mais Delphine est super organisée. Regardez. J'ouvre la porte du placard du couloir pour révéler les rangées d'oursons jaunes en t-shirt rouge qui nous dévisagent. Leurs expressions nous indiquent qu'ils n'ont aucune idée du sort qui les attend.

— Oh mon Dieu, marmonne Zara, alors que Lottie, Tabitha et elle contemplent la scène.

— On se croirait dans un magasin de jouets qui vend exclusivement des oursons jaunes, commente Asher.

Zara fait quelques pas à gauche, puis revient sur ses pas. — Leurs yeux te suivent quand tu bouges. C'est flippant.

— On ne peut pas dire que Winnie l'ourson est flippant, proteste Lottie en en attrapant un sur une étagère pour le serrer dans ses bras. J'en avais un comme ça quand j'étais petite. Je l'adorais.

— Lady Moo aussi, répond Tabitha avec un sourire malicieux.

— Arrête ! se plaint Lottie.

Zara demande : — Je me demande si tu lui donnais un ours en peluche lambda, est-ce qu'elle le massacrerait aussi ?

— Apparemment, c'est seulement Winnie, je réponds.

Zara secoue la tête. — Bizarre.

— Trop bizarre.

Tabitha hausse les épaules. — Cette chienne a des exigences, c'est tout. Pas de jouets de seconde zone pour elle.

Lady Moo revient dans la pièce avec le dernier Winnie l'ourson en date serré fermement dans sa gueule, trébuchant sur le jouet bien plus grand qu'elle à chaque pas ou presque. Imperturbable, elle parvient jusqu'au salon, où elle pose ses pattes avant sur le ventre du jouet et grogne en tirant sur sa fourrure, arrachant l'une des oreilles de la peluche avant de la jeter.

— Cette chienne est très intense, commente Asher.

— Je vais la sevrer de Pooh, je déclare, et Tabitha et Zara se mettent toutes les deux à glousser. Je lève les sourcils vers elles.

— Quoi ? Ça sonne bizarre, répond Tabitha.

— La sevrer de Caca, répète Zara, et les gloussements des deux filles se transforment en un véritable éclat de rire.

Je secoue la tête en regardant mes amis.

— Je ne suis pas sûre de comprendre un jour l'obsession des Britanniques pour l'humour pipi-caca.

— Je te rejoins là-dessus, approuve Asher. Hé, tu penses qu'on devrait lui présenter Stevie ? demande-t-il, en parlant du Jack Russell de Zara.

Zara désigne les fragments de Winnie l'ourson maintenant éparpillés dans la pièce.

— Tant qu'elle n'essaie pas de faire *ça* à mon précieux bébé.

— Attendons de voir si je peux lui faire confiance avec

d'autres chiens, je réponds. Regardez ce spectacle écœurant si vous en avez le cran. Je vais nous servir des coupes de champagne.

Quelques instants plus tard, Lady Moo s'acharne toujours férocement à éventrer le pauvre jouet, et nous trinquons à mon nouvel appartement.

— Tu vas être tellement heureuse ici, ma belle, déclare Lottie.

— Comment pourrait-il en être autrement ? Cet endroit est merveilleux, acquiesce Zara.

On frappe de nouveau à la porte.

— Ça doit encore être Esme. Elle a peut-être oublié de me dire quelque chose. Je me dirige vers la porte d'entrée et je jette un œil par le judas. À ma surprise, il y a un groupe de personnes dans le couloir, pas seulement Esme.

— Bonjour ? je lance, les consignes de sécurité de mon père à Londres me revenant en tête.

— Bonjour, répond une voix de femme. Nous sommes vos nouvelles voisines et nous pensions passer pour arroser la pendaison de crémaillère.

Je lance un regard interrogateur à mes amis.

— Arroser la pendaison de crémaillère ? Ça ne ressemble pas à quelque chose que j'ai envie de les laisser faire.

— Ça veut dire boire un verre avec toi pour te souhaiter la bienvenue dans l'immeuble, explique Zara.

— Ah, d'accord. Compris. J'ouvre la porte et suis accueillie par un groupe de cinq personnes souriantes, toutes des femmes, et toutes dans la soixantaine ou la septantaine. Certaines sont en jupe, d'autres en pantalon chic. Elles ont toutes au moins deux rangs de perles autour du cou et chacune sans exception porte des lunettes.

L'une d'elles serre une bouteille de champagne à la main.

— Bonjour, ma chère, dit une femme âgée aux cheveux d'un blanc éclatant, portant une paire de lunettes à monture rose avec de petits nœuds à chaque extrémité. Delphine nous avait dit que sa gardienne d'appartement était une jeune femme adorable, mais elle ne nous avait pas dit à quel point vous étiez jolie.

Elle me plaît déjà.

— Merci beaucoup, je réponds en clignant des yeux face à la foule de femmes qui, de toute évidence, me toise de la tête aux pieds.

— Elle est mince.

— Elle est jeune.

— Elle a un joli minois.

— Vous êtes Américaine ! s'exclame la femme aux lunettes roses.

Je souris.

— Tout à fait.

— Elle n'avait pas mentionné ça, dit une autre femme, celle-ci avec des cheveux gris raides et une paire de lunettes en écaille de tortue.

— C'est une information que nous aurions certainement dû avoir, approuve une autre.

— Mais on va quand même entrer, n'est-ce pas ?

— Qu'est-ce qui se passe ?

— On arrose la pendaison de crémaillère de l'appartement de Delphine avec sa nouvelle gardienne, explique à voix haute la femme aux lunettes roses à l'autre femme.

— Oh, ça, je le sais, répond-elle.

— Alors ? me lance la femme aux lunettes roses. Vous ne nous invitez pas à entrer ?

J'observe le groupe. Elles me regardent toutes, l'air expectatif.

Contre toute attente, je dis :

— Mais oui. Bien sûr. Entrez. Désolée pour tous les

cartons. Je m'écarte pour les laisser passer, et elles s'engouffrent dans l'entrée puis dans le salon, papotant bruyamment entre elles comme une volée de moineaux.

Je présente mes amis en donnant leurs prénoms.

— Il semblerait que ces dames soient le comité d'accueil de l'immeuble, j'explique.

— C'est exact, dit la femme aux lunettes roses. Nous avons décidé il y a longtemps d'aller à contre-courant de la tendance de ce quartier, peu amical avec les nouveaux, alors nous voilà. Et nous l'assumons haut et fort.

— Je pense que c'est un truc londonien plutôt qu'un truc propre à Notting Hill, dit Lottie, et je dois dire que je suis d'accord avec elle. Les Londoniens semblent vouloir regarder partout sauf les autres, surtout dans les transports en commun. Mon amie néo-zélandaise du travail, Shelley, a dit qu'il lui a fallu des semaines pour s'habituer à ne pas saluer tous ceux qu'elle croisait dans la rue – quelque chose que tout le monde fait apparemment tous les jours dans sa petite ville de Ranfurly.

— Oh, Lady Moo. Je vois que tu as encore fait des tiennes, dit Lunettes Roses en regardant la chienne, qui est maintenant affalée sur le tapis, en train de mâchouiller le seul bras qui reste à Winnie l'Ourson. Le reste du pauvre jouet est éparpillé sur le sol du salon, comme si un massacre venait d'avoir lieu. Ce qui est le cas, en fait — un massacre de rembourrage, du moins.

— Il va me falloir un peu de temps pour m'habituer à cette manie qu'elle a, dis-je.

— J'ai toujours dit à Delphine de lui apprendre à ne pas attaquer ce pauvre Winnie, mais elle ne voulait rien entendre.

Mes deux amies matures, Tabitha et Zara, pouffent de rire devant cet humour pipi-caca.

— C'est vrai qu'elle ne voulait rien entendre, lancent quelques-unes des autres en chœur.

— C'est barbare de profaner ainsi un jouet si précieux, dit la plus petite du groupe.

— Tu as tellement raison, approuve Lottie.

— Mais comme nous sommes impolies de ne pas nous présenter correctement, dit Lunettes Roses. Je suis Barbara Burt, continue-t-elle en désignant tour à tour ses voisines. Voici Gertie, voici Evelyn, voici la benjamine du groupe, Elsey, et enfin et surtout, voici Maude. Elle est un peu dure d'oreille, alors il faut parler fort.

Elle désigne le membre le plus petit et le plus rond du groupe, qui lève la main pour nous saluer, un large sourire sur son visage joufflu.

— Elle a des opinions bien arrêtées, n'est-ce pas, Maude ? continue Barbara.

— Qu'est-ce que tu dis ? demande Maude.

— Tu as des opinions bien arrêtées ! répète-t-elle plus fort.

— Moi ? Oh, oui. Si on ne peut pas avoir ses propres opinions, que peut-on avoir ? répond Maude.

Ce n'est pas faux.

Tout le monde dans la pièce se serre la main et se salue avant que Barbara ne propose de sabrer sa bouteille de champagne. Peu de temps après, les Mamies, comme je les surnomme dans ma tête, nous rejoignent avec un assortiment de verres et de tasses à la main, et nous trinquons à mon arrivée dans l'immeuble.

— Comment trouvez-vous l'appartement ? demande Elsey, la prétendue benjamine du groupe.

— Il est magnifique. Je pense que je vais adorer vivre ici. Dans quel appartement êtes-vous ?

— Je suis juste en dessous de toi, explique Elsey. Je vis avec mon Siméon, mais nos enfants ont quitté le nid, j'ai bien peur. Notre chère Petra est partie à Oxford il y a quelques années et, bon, voilà. Tout ce que je peux dire, c'est que ce groupe est tout simplement merveilleux. Elles m'ont aidée à traverser mes jours les plus sombres. Tu as beaucoup de chance avec tes voisines, tu sais.

— Ça se voit. Elles sont toutes très accueillantes.

— Oh, mais il y en a d'autres qui arrivent.

Je cligne des yeux en la regardant. — Ah bon ?

— Oh, oui. Nous ne sommes que l'avant-garde. Je peux bien te le dire maintenant : nous voulions voir comment tu étais avant de laisser les autres entrer. Elles peuvent être un peu fouineuses, tu vois. Toujours à fourrer leur nez là où on ne leur demande rien. Nous voulions nous assurer que tu étais du genre à savoir te débrouiller, et tu sembles tout à fait l'être.

— Des voisines fouineuses, hein ? je demande en lançant un regard amusé à mes amis, parce que si ces dames ne sont pas les voisines fouineuses, comment diable sont les autres ? Le bon vieux cliché.

— Elles sont inoffensives, en vérité, mais pas grand-chose n'échappe à cette Winnifred de l'appartement 3A. En parlant d'elle, je pourrais envoyer un message au groupe WhatsApp pour leur dire de venir.

— Oh, vous n'avez pas besoin de faire ça, je proteste, mais mes paroles tombent dans l'oreille d'une sourde. Elle a déjà sorti son téléphone et elle est en train de tapoter, rameutant le reste de l'immeuble.

Barbara s'approche de moi d'un pas furtif. — Alors, raconte-moi tout sur toi, ma chère Kennedy. Tu es céli-bataire ?

Ça, c'est aller droit au but.

— Je suis célibataire.

— Et tu veux le rester ?

— Eh bien, je suppose que non, je réponds d'un ton incertain.

— Quel âge as-tu ?

— Vingt-neuf ans.

— Oh, la terrible trentaine approche. Eh bien, il va falloir trouver quelqu'un et fissa, tu sais. Tu vois quelqu'un ? Et est-ce qu'il est du genre à se marier ? Pour ton bien, j'espère qu'il est du genre à se marier.

Et c'est *Winnifred* la fouineuse ?

Je me force à sourire. — Euh, non. Je ne vois personne.

Elle me tapote le bras. — Ne t'en fais pas, ma chère. Je m'occupe de l'affaire. Gertie ! Dis donc, Gertie ! appelle-t-elle, et Gertie, qui parlait avec Zara et Asher de je ne sais quoi, se tourne vers nous et hausse les sourcils.

— Qu'y a-t-il, Barbara ?

— Kennedy dit qu'elle est célibataire à vingt-neuf ans et qu'elle cherche l'amour.

Son visage s'illumine. — Ah oui ?

Barbara se retourne vers moi et me demande : — Tu as trente ans quand ?

— Dans quelques semaines, je réponds, en priant pour que la terre m'avale.

Barbara aspire bruyamment, comme si j'étais le commandant du Titanic et que je venais de lui annoncer que nous allions tous périr. — Quelle honte ! Trente ans et célibataire ! Oh, ma chérie. Il *faut* absolument qu'on fasse quelque chose.

— Oui, il le faut, confirme Gertie, et les autres Mamies Cane hochent la tête en signe d'approbation.

Génial.

Je lance un regard effaré à mes amis. — Ce n'est pas la peine. Vous n'avez rien à faire. Je suis très bien comme je suis. Vraiment.

— Oh, que non. Tu aimes les garçons ou les filles ? Ou

tu es un de ces nouveaux trucs à la mode ? Comment ils appellent ça ? demande Elsey.

— Bilingue, dit Gertie avec assurance.

— Ce n'est pas bilingue, proteste Elsey. C'est le contraire. C'est non-bilingue. Non ?

— Tu veux dire non-*binaire*, bande de vieilles chèvres, dit Evelyn, celle en pantalon beige et pull en cachemire. Bilingue, ça veut dire qu'elle parle plus d'une langue, et Dieu seul sait ce que non-bilingue veut dire.

— Ne pas parler deux langues. C'est évident, Evelyn, dit Barbara d'un ton sec.

— Alors c'est juste monolingue, non ? demande Elsey.

— Je ne crois pas que ce soit ça. Comment ça s'appelle quand on ne parle qu'une langue ? demande Maude.

— Anglais, répond Elsey, et les cinq Mamies Cane gloussent de rire.

— Très drôle, ma chérie, déclare Barbara.

— De quoi tu parles ? demande Maude.

Lottie et moi échangeons un regard en nous pinçant les lèvres pour retenir un fou rire.

— Alors, Kennedy ? Qu'est-ce que c'est, au final ? Les garçons ou les filles, ou les deux ? interroge Elsey.

— Ou aucun, ajoute Barbara. C'est toujours une possibilité, de nos jours.

— Eh bien, ce ne serait pas drôle du tout, dit Gertie.

— Qu'est-ce qui ne serait pas drôle ? demande Maude.

— Ne vouloir embrasser personne, explique Gertie d'une voix forte.

— Même moi, je veux embrasser quelqu'un, et j'ai quatre-vingt-onze ans. Ce Colin Firth. Délicieux, déclare Maude avec un grand sourire.

Evelyn secoue la tête. — Cette génération a rendu tout ça bien compliqué, n'est-ce pas ?

Barbara l'ignore d'un geste de la main. — C'est une

conversation pour un autre jour. Kennedy ? Dis-nous tout. Qui aimes-tu embrasser ?

Les dix paires d'yeux derrière leurs lunettes se tournent vers moi.

Je jette un coup d'œil à mes amis, qui me regardent aussi, un air de jubilation sur le visage. — Je… euh… j'aime embrasser les garçons, je crois, je déclare à contre-cœur, et elles éclatent en jacassements excités tandis que mes amis pouffent de rire.

— Tu es dans le pétrin, maintenant, me dit Asher.

— Oh, les possibilités, déclare Barbara, la main sur le cœur. Comment s'appelle déjà le fils de Doreen ? Celui qui est allé à York et qui a gagné beaucoup d'argent avec les chevaux ?

— Doreen n'a pas de fils, répond Elsey.

— Si, elle en a un. Il est grand avec un derrière plutôt imposant, explique Barbara.

— Parce que c'est une fille, répond Evelyn.

— Oh. Bon, alors pas celui-là, dit Barbara.

— Et ce charmant monsieur qui habite dans la rue d'à côté ? Celui qui porte toujours un béret, suggère Elsey.

— Pas lui. Il est sûrement français. Ça vient de Gertie.

— Bien vu, acquiesce Elsey.

C'est au tour d'Evelyn de faire une suggestion. — Oh, je sais. Et ce jeune homme séduisant qui a emménagé à l'étage ?

— Celui qui fait les rénovations ?, demande Elsey.

— Tu veux dire celui qui a refusé qu'on lui souhaite la bienvenue dans l'immeuble ?, déclare Barbara.

— C'est ça. Comment il s'appelle, déjà ?, demande Evelyn.

— Je ne suis pas sûre qu'il soit fait pour notre Kennedy. Il a beau être séduisant, il est trop impoli. Qui refuserait une fête de bienvenue ?, demande Barbara en secouant la tête.

— Et en plus, il ne veut pas venir aux super événements de l'immeuble. C'est un vrai grincheux, déclare Gertie.

Ça fait un moment que j'écoute les Cancanes essayer de décider avec qui elles vont me caser.

— Écoutez, c'est bon, je dis en les interrompant. Parce que franchement, trop c'est trop. Personne n'a besoin de me trouver un homme, que ce soit celui qui habite à deux rues d'ici ou celui qui fait les rénovations. Je suis très bien comme je suis.

Mes paroles tombent dans l'oreille d'une sourde. J'essaie encore une fois, puis j'abandonne et je rejoins plutôt mes amis près du comptoir de la cuisine.

— Ça va être quelque chose de vivre ici, me lance Asher, hors de portée de voix des Cancanes qui jacassent.

Zara se met à rire. — Elles vont te marier avant la fin de la semaine, ma belle.

— Pas si je peux les en empêcher, je réponds.

— Oh, elles sont inoffensives, déclare Lottie. Je suis sûre qu'elles seront d'adorables voisines et, étant donné que la plupart des Londoniens passent toute leur vie sans jamais rencontrer les gens qui vivent juste à côté de chez eux, je pense que tu as beaucoup de chance.

— C'est vrai, ça, approuve Tabitha.

On frappe à la porte. Je passe devant les dames qui complotent et je l'ouvre à la volée. Cette fois, je suis accueillie par une foule encore plus nombreuse. Les gens sont d'âges variés ; il y a Esme et ce qui semble être sa petite sœur.

Je cligne des yeux, incrédule face à eux. — Vous êtes tous mes nouveaux voisins ?, je demande.

— Absolument, répond un homme d'environ soixante-dix ans, avec une épaisse moustache grise et une canne. Il me tend la main et nous nous la serrons. — Oscar Peabody.

— Eh bien, entrez. Plus on est de fous, plus on rit. Au moment où les mots quittent ma bouche, Lady Moo apparaît à mes pieds. Ses yeux se posent sur Oscar Peabody et elle se met à grogner et à reculer, avant d'éclater en jappements frénétiques.

— Dites donc, calmez-vous, petit chien, dit Oscar.

Lady Moo n'écoute pas. Elle claque des dents et aboie sans s'arrêter.

— Je suis vraiment désolée, dis-je pour couvrir le vacarme. Delphine a dit qu'elle n'aimait pas les hommes. Je ne précise pas « les mauvais hommes », car ce ne serait pas très courtois entre voisins. Je la prends dans mes bras, mais ça n'arrête en rien ses aboiements. — Je vais l'emmener dans une autre pièce.

Je me dépêche d'aller dans la chambre avec elle. Je jette un œil à la moquette et me ravise, alors je la mets plutôt dans la salle de bains. Si elle fait ses besoins, au moins ce sera facile à nettoyer.

Je retourne dans le salon, où Barbara et Gertie me coincent. — Ce petit chien est un très bon juge de caractère, tu sais, me dit-elle d'un ton de conspiratrice. Cet Oscar Peabody, c'est une mauvaise nouvelle.

— Vraiment ? je demande.

— Oh, oui. Il s'est marié cinq fois et il a douze enfants, et aucun ne lui adresse plus la parole, m'apprend Gertie.

— Et il traîne de la terre dans le couloir depuis le jardin commun, se plaint Barbara.

— Je suis désolée d'entendre ça. Pour les femmes, les enfants et pour la terre aussi.

Peu de temps après, entre les cartons et le nombre de personnes présentes, mon nouveau salon est bondé. Tout le monde sirote sa boisson dans les tasses et les verres que j'ai pu trouver, discutant, riant et passant globalement un bon moment.

On frappe de nouveau à la porte et Barbara lance : — Je vais ouvrir pour toi, ma chère Kennedy, avant de contourner la foule pour atteindre la porte d'entrée.

Je la suis, mais Barbara a déjà atteint la porte. Elle l'ouvre et je m'arrête net, bouche bée d'incrédulité en découvrant qui se tient sur le seuil.

— Oh, c'est vous, dit Barbara, le ton de sa voix indiquant qu'elle n'est pas franchement ravie de le voir.

— Bonjour, Mme Burt, répond l'homme. Alors que son regard passe de Barbara à moi, ses yeux d'un bleu intense s'écarquillent de surprise avant que les commissures de ses lèvres ne se relèvent en un sourire.

— Toi ? je parviens à dire, sous le choc.

— Je pourrais dire la même chose, répond-il d'un ton bien trop suave.

— Qu'est-ce que tu fais ici ? je balbutie, en détaillant son costume bleu marine superbement coupé, sa chemise blanche au col ouvert et son manteau d'hiver drapé sur un bras.

Soudain, mes vieilles baskets usées, mon jean et mon T-shirt à manches longues ne me semblent plus aussi mignons qu'un instant plus tôt.

— C'est un plaisir de te revoir aussi, Kennedy, répond l'homme. Son ton m'indique qu'il a surmonté sa surprise initiale de me voir ici, dans l'appartement de Delphine.

Parce que ce mec est trop privilégié, trop riche, trop sûr de lui, et en plus, il est là.

Charlie Cavendish.

Son visage se fend d'un sourire narquois, tel un chat qui aurait un accès illimité à la crèmerie, ce qui le rend exaspérément séduisant. — Bienvenue dans mon immeuble.

Chapitre 4

Je cligne plusieurs fois des yeux en le regardant, mon esprit peinant à assimiler cette nouvelle et horrible information.

Charlie Cavendish habite dans mon nouvel immeuble.

Sérieusement ?

Allez, l'Univers ! Qu'est-ce que je t'ai fait ?

— *Ton* immeuble ? je demande, tandis qu'un puissant mélange de perplexité, de choc et d'incrédulité remplace le sang qui coule dans mes veines.

— Eh bien, pas vraiment *le mien*. Je ne possède pas tout l'immeuble, juste les deux appartements du dernier étage, que j'ai rénovés pour n'en faire qu'un, plus grand, répond-il.

Ce doit être le rénovateur impoli dont parlaient les Mémés.

Ça ne m'étonne pas.

Ses lèvres s'étirent en un sourire, montrant à quel point il savoure de me voir décontenancée.

Le sadique.

— Alors, *tu es* la gardienne de l'appartement de Delphine, on dirait.

— Je ne savais pas que tu habitais ici. Je plisse les yeux en le regardant. Tu as un appartement à Mayfair.

Il hausse un sourcil. — Tu t'es renseignée sur moi, Kennedy ?

— Renseignée sur toi ? Bien sûr que non, je renifle. Tu l'as mentionné, c'est tout.

— Eh bien, maintenant, j'habite à Notting Hill. Juste au-dessus de toi, en fait. Il lève les yeux au plafond. Ton plafond est mon plancher, dit-il d'un air songeur.

Tuez-moi. Tuez-moi maintenant.

Je lève le menton et ancre mon regard dans le sien pour lui montrer à quel point cette nouvelle information me laisse de marbre.

À l'intérieur, je bous.

De tous les bars, de toutes les villes, du monde entier...

Il me dit : — Je vais essayer de ne pas être trop bruyant, mais je te préviens, je suis un lève-tôt.

Évidemment.

— Moi aussi, je réponds.

— Cinq heures du matin ?

Je suis tentée de répondre que je me lève bien avant cinq heures, mais ce serait un mensonge éhonté. — À peu près, je souffle.

Sept heures, c'est presque cinq heures, n'est-ce pas ?

— On se verra dans l'ascenseur, alors.

— Tu peux compter dessus.

— Super.

— Super.

Le coin de ses yeux se plisse d'une manière agaçante et sexy alors qu'un large sourire s'empare de son visage.

Je n'esquisse pas le moindre sourire.

Comment le pourrais-je, alors que je viens de découvrir que Charlie « Monsieur-je-sais-tout » Cavendish habite au-dessus de moi ? Je veux dire, les chances de le croiser ne doivent pas être élevées s'il se lève à une heure pas possible, mais quand même. Je *saurai* qu'il est là.

Si l'appartement de Delphine n'était pas aussi magni-fique et si je n'avais pas un besoin aussi désespéré d'un logement, je déménagerais sur-le-champ.

— Tu as manifestement reçu le mot pour la fête de bienvenue, lui dit Barbara, d'un ton froid.

J'ai été tellement absorbée par la bombe « Charlie Cavendish habite au-dessus de moi » que j'avais totalement oublié que Barbara était à mes côtés.

— En effet. Merci, madame Burt.

— Nous avons invité tout le monde, alors ne te sens pas spécial ou quoi que ce soit, lance-t-elle.

Je réprime un petit sourire. Il l'appelle Madame Burt, mais elle m'a dit de l'appeler Barbara. Je suis ici depuis cinq minutes et je suis déjà plus populaire auprès des voisins que lui.

Ça ne m'étonne pas. C'*est* une personne horrible.

— Je vais essayer de ne pas me sentir spécial, répond-il, ses yeux bleus brillants.

Une tache floue noire et blanche attire mon attention du coin de l'œil, et je me tourne pour voir Lady Moo foncer sur nous. Elle s'arrête brutalement devant Charlie.

Oh, ça promet.

— Bonjour, petite chienne, roucoule-t-il.

Je m'attends à ce qu'elle se lance dans la même crise de jappements et de grognements qu'elle a réservée à Oscar Peabody, mais au lieu de ça, elle se contente de renifler les chaussures de Charlie, son embryon de queue frétillant alors qu'elle essaie de sauter pour poser ses pattes avant sur ses jambes.

Mais qu'est-ce que… ?

— Ta chienne est toujours aussi amicale ? demande-t-il en se penchant pour la caresser.

Je plisse les yeux en la regardant. *Lady Moo, espèce de traîtresse.*

— Ce n'est pas ma chienne, dis-je.

— Oh, c'est celle de Delphine. Bien sûr, dit-il en lui grattant le derrière des oreilles.

Je me penche et la prends dans mes bras, mettant un terme brutal à la séance de caresses. — Comment tu es sortie de la salle de bain ? je lui demande.

— Eh bien, c'est inattendu, commente Barbara, les yeux écarquillés derrière ses énormes montures roses. Lady Moo n'aime pas certains hommes. Elle me lance un regard lourd de sens.

De toute évidence, Lady Moo n'est pas la devineresse d'hommes mauvais qu'on prétend, si elle n'aboie pas sur le pire du pire.

— Alors, comment vous vous connaissez, vous deux ? demande Barbara.

— Kennedy et moi sommes sortis ensemble, répond Charlie avec aisance, avant que j'aie pu dire quoi que ce soit.

— C'est vrai ? s'esclaffe-t-elle. Kennedy, tu nous caches des choses.

— Je n'appellerais pas « sortir ensemble » un horrible premier rendez-vous arrangé que Charlie a quitté en avance, je réplique.

— Tu as planté Kennedy à un rendez-vous ? s'étonne Barbara, et je suis plus que ravie quand elle lui lance un regard noir. Pourquoi ça ne me surprend pas ?

Je crois que j'adore cette femme.

Je lui souris. — Oui, Charlie. Pourquoi ça ne surprend pas *Barbara* ? je demande de manière appuyée, en insistant sur son prénom.

— Madame Burt, je pense que cela ne regarde que Kennedy et moi, répond-il.

Ça ne passe pas très bien avec Barbara, qui a un problème avec les limites. Elle pince les lèvres et le toise de la tête aux pieds. — Je vois.

— Bon, je vous ai apporté un cadeau de bienvenue, dit Charlie en tendant une magnifique orchidée en pot. Delphine m'avait assuré que « Kenny » adorerait les orchidées, ce qui m'a fait supposer que vous seriez un homme.

— Eh bien, ce n'est pas le cas.

— Je vois ça.

Je prends l'orchidée dans mes mains. — C'est gentil. Merci. Ça me coûte physiquement d'être aimable avec cet homme, mais il m'a fait un cadeau et la moindre des choses est d'être polie. En plus, j'adore les orchidées, mais il est hors de question que je le dise à Charlie Cavendish.

— J'imagine que vous voulez entrer, lui dit Barbara avec autant d'enthousiasme qu'un enfant face à un cours d'algèbre.

— Ce sera une visite rapide. Je voulais seulement souhaiter la bienvenue à la gardienne de l'appartement de Delphine. J'ai beaucoup de travail.

Je grogne.

— Charlie ? Zara apparaît à la porte. Qu'est-ce que tu fais là ?

Son visage s'illumine d'un sourire sincère.

— Zara, dit-il, tandis qu'elle l'enlace et dépose un baiser sur sa joue. J'habite à l'étage.

— C'est ici ton *pied-à-terre* londonien ? demande-t-elle, émerveillée.

— J'ai acheté ici il y a quelques mois.

— Waouh, Charlie, c'est une sacrée adresse.

— Je m'y plais, répond-il, de cette manière modeste qu'ont les gens qui pourraient se noyer cent fois dans leur propre argent.

Je roule des yeux comme s'ils faisaient un tour de grande roue. *Tellement* typique !

— Je termine quelques rénovations en ce moment, mais j'adorerais vous inviter, toi et Asher, une fois que tout sera fini.

Elle lui sourit radieusement. — Ce serait super sympa.

Asher apparaît derrière Zara et l'enlace par la taille.

— Charlie ? demande-t-il, avant de me jeter un regard interrogateur.

— Charlie habite à l'étage, explique Zara, tandis que les deux hommes échangent une poignée de main maladroite. Maladroite, parce que Zara est littéralement coincée entre eux.

— Eh bien, ça promet d'être intéressant. Asher tourne son regard vers moi et fait jouer ses sourcils.

— Non, pas du tout, je grince entre mes dents serrées, la chaleur me montant aux joues.

— Est-ce que vous tous, les jeunes, vous connaissez cet homme ? demande Barbara.

— Oui, répondons-nous avec plus ou moins d'enthousiasme. Enfin, le mien varie. Ceux d'Asher et Zara sont réels. Le mien ? Beaucoup moins.

— Eh bien, ton travail peut attendre, Charlie. Tu vas devoir entrer et te joindre à la fête, déclare Barbara d'un ton catégorique.

J'ouvre la bouche pour protester et la referme aussitôt. Je peux difficilement lui refuser l'entrée, pas alors que mon salon est plein à craquer de voisins que je viens à peine de rencontrer.

— Merci, mais comme je l'ai dit, j'ai vraiment beaucoup de travail. Je vais vous laisser, proteste Charlie.

C'est la première chose qu'il ait dite à laquelle je peux souscrire.

— N'importe quoi ! réplique Barbara. Tu peux entrer et te faire bien voir de tes voisins. Tu passes tout ton temps à te terrer dans cet appartement qui est le tien, tu ne viens jamais aux repas partagés, ni aux fêtes, ni aux soirées quiz. Nous sommes fiers d'avoir beaucoup d'événements sociaux dans cet immeuble, et tu ne viens jamais à rien ! Le moins que tu puisses faire, c'est de souhaiter la bienvenue à Kennedy.

Je fais la moue et lève les sourcils dans sa direction.

Ai-je déjà dit que j'adore cette femme ?

— Je ne savais même pas que tu t'appelais Charlie jusqu'à il y a un instant. Tout ton courrier est adressé à « C. Cavendish », continue Barbara.

Il cligne des yeux en la regardant.

— Vous regardez mon courrier ?

— Eh bien, pas à l'*intérieur*, bien sûr, concède-t-elle. Ce serait une violation de ta vie privée.

Il la fixe du regard.

— Oui. Oui, en effet.

— Alors, Charlie, je commence, pour détourner la conversation du courrier, n'hésite pas à aller travailler si tu en as envie.

Il lève les yeux vers les miens.

— En fait, j'adorerais entrer et rencontrer tout le monde. Il est grand temps, n'est-ce pas, Madame Burt ?

— En effet, Charlie.

— Sérieusement, ne te dérange pas, je dis les dents serrées.

— Ce n'est aucun dérangement, réplique-t-il, avec ce sourire condescendant qui étire les coins de sa bouche. Celui qui me dit exactement ce qu'il pense de moi.

Je pousse un grognement tandis qu'il franchit la porte pour entrer dans le salon bondé. Il est immédiatement alpagué par les Cancaneuses, qui lui servent un verre et le bombardent d'un flot de questions. Il me lance un regard déconcerté et je lui souris gentiment en retour.

Tu récoltes ce que tu sèmes, mon pote.

Zara croise les bras et l'observe.

—Charlie Cavendish habite dans ton immeuble. Comment ça va se passer ?

— Ça ira très bien. Barbara dit qu'elle ne le voit jamais et, d'après ce que j'ai pu constater, je suis sûre qu'elle se mêle des affaires de tout le monde. En plus, il m'a déjà dit qu'il se lève super tôt, ce qui n'est pas mon cas. Je ne verrai quasiment jamais ce type.

— Je l'espère. Pour ton bien. Je sais que tu n'es pas sa plus grande fan.

Je jette un coup d'œil vers lui. Il est toujours encerclé par les Cancaneuses, qui ont toutes tellement envahi son espace personnel qu'il a l'air de préférer être n'importe où sauf ici. Maude s'agrippe à son bras et lui dit quelque chose de sérieux, et il hoche la tête, le corps raide.

Il doit détester ça.

Mon visage s'illumine d'un large sourire à cette pensée.

— Je pense que ça va aller. Aucune d'elles ne l'aime bien.

— Oh, je suis sûre qu'elles ne le connaissent tout simplement pas.

— D'après ce que je vois, ce sont de bonnes juges.

Elle se tourne vers moi.

— Dis-moi un truc. Pourquoi tu le détestes autant ?

— Je n'ai jamais dit que je le détestais.

— Ça saute aux yeux, ma belle. Emma m'a dit que quand Seb et elle vous ont arrangé ce rencard, le courant est super bien passé entre vous, mais ensuite, elle a eu le dos tourné cinq secondes et tout est parti en vrille.

— Ce n'était pas cinq secondes. Elle est partie une éternité.

— C'est pas la question. Alors ? Qu'est-ce qui s'est passé entre vous deux ?

Je hausse les épaules. — Ce n'est pas mon genre, c'est tout.

— Il est canon, il est pété de thunes et il est super sympa. Ce n'est pas ton genre ?

— Oui, il est canon et pété de thunes, je concède, mais sympa ? Si tu penses qu'un mec qui t'étale ses privilèges à la figure est sympa, alors toi et moi, on n'a pas les mêmes valeurs.

— J'ai du mal à l'imaginer faire un truc pareil. OK, c'est plus l'ami de Seb que le mien, mais je le connais depuis des années et il a toujours été adorable.

Comment expliquer à mon amie que pour moi, ce n'est pas pareil ? Zara vient d'une famille aristocratique dont la maison est aussi grande qu'une enfilade de gymnases d'école mis bout à bout. Je sais que sa famille n'est pas richissime aujourd'hui, mais elle a fréquenté les meilleures écoles du pays et, jusqu'à récemment, elle n'avait même pas besoin de prendre sa carrière d'architecte d'intérieur au sérieux.

Moi ? Je viens d'un milieu très différent. Mon père

travaillait dans le bâtiment et ma mère faisait le ménage dans des motels. Ce sont des gens bien, mais ils n'ont jamais eu un sou vaillant. Je n'avais certainement pas de fonds en fiducie pour payer mes études, et je ne connais personne dans mon cercle social de l'époque qui vînt d'une famille riche.

— Tout ce que je sais, c'est que c'est l'impression qu'il me donne, en tout cas.

Zara plisse les yeux. — Comment as-tu trouvé mon frère quand tu l'as rencontré dans l'émission ? demande-t-elle.

— Il était très bien.

— Il ne vient pas vraiment des bas-fonds, mais il ne t'a pas dérangée comme le fait Charlie.

— C'était différent.

— Comment ça ?

— C'était comme ça, c'est tout.

Elle me dévisage avant de déclarer : — Intéressant.

— Qu'est-ce qui est intéressant ?

— Rien.

Je lève un sourcil dans sa direction.

— C'est juste que la richesse et la position sociale de Sebastian ne t'ont pas dérangée, mais celles de Charlie si. Ça doit bien vouloir dire quelque chose.

— Ouais, que Sebastian est un type bien.

Elle éclate de rire. — Je ne te ferai pas changer d'avis sur Charlie, n'est-ce pas ?

Je secoue la tête. — Non.

Lottie se fraie un chemin à travers la foule jusqu'à nous. — Ces gens sont divins. Tu savais qu'Evelyn est bénévole dans un refuge pour femmes, que Barbara anime un club de tricot, et qu'Isla, la sœur de ta promeneuse de chiens, étudie pour devenir ballerine ?

— Tu as bien bavardé, dis donc, je commente.

— Il faudra que tu ailles au dîner participatif de Noël. Elles m'ont dit que c'est l'événement mondain de l'année. Je pense que tu vas adorer vivre ici, ma belle.

— Surtout avec Charlie Cavendish qui vit à l'étage, me taquine Zara, ses yeux sombres pétillants.

— Charlie Cavendish habite dans cet immeuble ? C'est pour ça qu'il est là ? demande Lottie, les yeux ronds. — Ça va être intéressant.

Encore ce « intéressant » ?

— En fait, je pense que ça va être très ennuyeux, je réponds, en m'assurant que le ton de ma voix montre bien à quel point ce sera ennuyeux pour moi.

— Pourquoi l'as-tu invité à entrer s'il est si ennuyeux ? demande Lottie.

— C'est Barbara qui l'a traîné à l'intérieur. Elle s'est plainte qu'il ne venait à aucune des fêtes de l'immeuble, j'explique. — Je crois qu'il essayait de prouver quelque chose.

— Eh bien, elles n'ont certainement pas l'intention de le lâcher d'une semelle pour l'instant, commente Lottie, et nous nous tournons toutes les trois vers lui, toujours entouré par la foule de dames âgées à lunettes et colliers de perles, dont deux s'agrippent à ses bras.

Ayant l'impression de sentir nos regards sur lui, il jette un coup d'œil dans notre direction et articule *à l'aide*. Je lui lance un regard qui veut dire *jamais de la vie*, mais mes amies traîtresses prennent pitié de lui.

— Il faut le sauver, déclare Lottie.

— Oh, oui, c'est clair, approuve Zara. Pauvre Charlie. Je nomme Kennedy pour cette mission.

— Pas moi. Je secoue la tête. Il est hors de question que j'aille « sauver » un homme adulte d'une bande de vieilles dames, surtout si cet homme adulte est Charlie Cavendish. — C'est un grand garçon. Je suis sûre qu'il peut se débrouiller tout seul.

— Il a besoin de nous. Regarde-le, dit Zara.

Je reporte mon regard sur lui et observe Barbara continuer à le sermonner pour je ne sais quoi. Je suis sûre qu'il mérite chaque mot.

Je croise les bras. — Ne te gêne pas. Moi, je vais aller parler à certains de mes autres nouveaux voisins. Les gentils, ceux qui ne me prennent pas de haut.

— Ah non, tu ne vas pas t'en tirer comme ça. Viens avec moi. Lottie commence à me tirer à travers une foule d'adolescents jusqu'à la lisière du groupe des Mégères. — Sois une bonne hôtesse et sauve ton beau voisin, m'ordonne-t-elle.

— Je suis obligée ? je pleurniche, avec la même intonation qu'un des enfants de ma sœur.

— Oui, tu es obligée, répond-elle solennellement. Et ne crois pas un seul instant que je n'ai pas remarqué que tu n'as pas nié qu'il était canon. Elle me donne un coup de coude. — Allez. Va sauver ce pauvre type. Dis-lui que tu dois lui parler de quelque chose.

— De quoi ?

— Je ne sais pas. Des trucs de beaux voisins.

— C'est quoi, ces « trucs de beaux voisins » ?

— Invente. Elle hausse les sourcils et me fusille du regard. — Maintenant.

Je pousse un soupir de défaite. Lottie ne me laissera pas m'en tirer, alors autant l'arracher aux griffes des Mégères. Ensuite, je pourrai aller parler à quelqu'un d'autre.

— Allez, vas-y. Elle me donne un autre coup de coude, cette fois avec une force complètement superflue, si bien que je finis par trébucher dans le groupe.

— Kennedy, dit Charlie, en me considérant avec surprise.

Je prends une profonde inspiration pour me préparer à lui parler pour la deuxième fois ce soir — une punition cruelle et inutile, à mon avis — et je dis d'une voix forte : — Est-ce que je peux te parler de quelque chose ? C'est, euh, super important.

Il ne se le fait pas dire deux fois.

Sautant sur l'occasion d'échapper à l'interrogatoire, il répond : — Super important, tu dis ? Bien sûr. Mesdames, ça a été un immense plaisir, et je prends bonne note de votre remarque sur le fait que je devrais participer à plus d'événements de l'immeuble, mais notre charmante hôtesse a besoin de moi. Alors, si vous voulez bien m'excuser.

Barbara pose la main sur son avant-bras. — Promets-moi de venir au repas participatif de Noël de Maude. Il y aura du vin chaud.

— Je vous le promets.

— Et au croquet sur la pelouse pour le Nouvel An, ajoute Elsey. C'est une tradition hivernale. Tu devras bien te couvrir.

— Bien sûr.

— Et à notre club de tricot. On se réunit tous les mardis, dit Gertie.

J'ai presque pitié de lui.

Mais seulement presque.

Charlie lève les mains en signe de reddition. — Je ferai de mon mieux pour venir à tous les événements de l'immeuble dans un avenir proche, si mon emploi du temps me le permet, déclare-t-il. Ça vous va ?

Cela semble satisfaire les dames, qui retirent leurs mains de ses bras. Elles s'écartent comme la mer Rouge pour le laisser passer.

Une fois libéré de leur emprise — littérale —, ses traits se détendent. — Merci pour ça. Je croyais que je n'allais jamais réussir à leur échapper. Elles sont plutôt insistantes, n'est-ce pas ?

— Je viens à peine de les rencontrer, donc je ne peux pas vraiment dire, même si elles m'ont l'air tout à fait charmantes.

Ses lèvres s'étirent. — Vraiment ? Donc, je peux en conclure que je te verrai bientôt au repas de Noël, au croquet et à leur club de tricot ?

— Tu vas à leur club de tricot ?

— Je ne manquerais ça pour rien au monde.

Je ricane. L'idée de quelqu'un d'aussi arrogant, égocentrique et pompeux que Charlie Cavendish assis dans le salon de quelqu'un, à jacasser en tricotant, me fait sourire.

— Quoi ? demande-t-il.

— Rien. C'est juste que je ne t'imaginais pas en tricoteur. Ça ne fait pas très *polo*, si ?

Il pince les lèvres.

— On va devoir se refaire la conversation de notre rencard arrangé ?

Je détourne le regard pour lui montrer à quel point notre rendez-vous compte peu pour moi.

— Je dis ça, je dis rien.

Il se tait, et je sens son regard sur moi.

— Peut-être que j'irai au club de tricot, finit-il par dire.

— Bien sûr. Toi, tricoter. Je vois ça d'ici.

— C'est possible.

— Mais bien sûr.

— Je pourrais.

— Tu ne le feras pas.

— J'ai compris, Kennedy. Tu ne m'apprécies pas.

— Et toi non plus, tu ne m'apprécies *pas*, je rétorque.

— Je n'ai jamais dit ça.

— Tu n'as pas eu besoin. C'est évident.

— Je crois que c'est plutôt *toi* qui me salues comme si tu allais avoir une coloscopie.

Je laisse échapper un rire.

— Entre toi et une coloscopie, le choix est vite fait, mec. Crois-moi.

Il pince les lèvres pour réprimer un sourire, ses yeux d'un bleu irisé agaçant qui brillent intensément.

— Ah oui ?

— Ne fais pas semblant d'être content de me voir, toi non plus. Autant être honnêtes l'un envers l'autre, maintenant qu'on va vivre dans le même immeuble.

— *Mon* immeuble.

— Peu importe.

— On est honnêtes l'un avec l'autre, maintenant, c'est ça ?

— Eh bien, au moins, *moi*, je le suis. Toi, tu t'accroches encore à la fiction que tu vas rejoindre le club de tricot de l'immeuble.

Il part d'un rire profond et sonore, rejetant la tête en arrière pour dévoiler une rangée de dents droites, parfaites grâce à l'orthodontie. Évidemment.

— Eh bien, merci beaucoup pour cette agréable soirée. Ça a été... instructif.

— Je suis super contente que tu aies appris quelque chose ce soir, dis-je de ma voix la plus mielleuse. Je te raccompagne à la porte ou tu penses que tu peux la trouver tout seul ?

— Je suis certain de pouvoir trouver la porte par moi-même.

Il se tourne pour partir, se ravise et se retourne. Il se penche vers moi, un peu trop près, si bien que je respire une bouffée de son après-rasage — un mélange d'agrumes boisés et de musc qui serait séduisant sur n'importe qui d'autre que lui — et dit doucement :

— Tu sais quoi ? Ça va être amusant.

Je recule et marmonne :

— Non, pas du tout.

Pour toute réponse, il me gratifie d'un sourire malicieux avant de s'éloigner d'un pas assuré, ne s'arrêtant que pour saluer de la main les Canards et le reste des voisins, avant de disparaître par ma porte.

Je souffle, soulagée qu'il soit parti... et me demandant pourquoi le fait qu'il pense que ça va être amusant que je vive dans le même immeuble que lui me donne des papillons dans le ventre.

Chapitre 5

J'ARRIVE au bureau le lendemain matin et, alors que j'accroche mon manteau d'hiver et mon écharpe au porte-manteau, je remarque Sandra, ma patronne, qui s'agite dans son bureau aux parois vitrées. Je me dirige vers l'embrasure de sa porte et je frappe à la paroi vitrée.

Elle me regarde à travers la vitre, l'air affolé, en me faisant signe d'entrer. — Kennedy. Où étiez-vous passée ? me lance-t-elle sèchement.

— Il est neuf heures moins deux. Techniquement, je suis en avance.

Elle fronce les sourcils. — Bon, vous êtes là maintenant. Et de toute façon, ça n'a plus aucune importance.

— Pourquoi ? Qu'est-ce qui se passe ? je demande en balayant la pièce du regard. Son bureau de rédactrice en chef, d'habitude si bien rangé, est jonché de dossiers et d'articles promotionnels du magazine, et quelques cartons sont en équilibre sur le canapé gris-bleu. — Vous faites votre grand ménage de printemps avec beaucoup d'avance ou quoi ?

Elle me lance un regard pincé et passe devant moi pour fermer la porte.

— Sandra ? Qu'est-ce qui se passe ? je demande.

— Ils veulent ma peau, déclare-t-elle à voix basse.

— Qui veut votre peau ? Les nouveaux propriétaires ?

Elle acquiesce d'un signe de tête grave, ses boucles blondes rebondissant. — Ils ont posé beaucoup de questions. Vraiment *beaucoup*.

— C'est normal, non ? Je veux dire, ils viennent de racheter la maison d'édition. C'est tout naturel qu'ils aient des questions, j'imagine.

— Appelez ça un sixième sens, mais je sais que mes jours ici sont comptés.

— Mais vous faites un excellent travail. Pourquoi voudraient-ils se débarrasser de vous ?

— Parce qu'ils ont peut-être quelqu'un qui fait un travail encore meilleur que le mien. Je suis un dommage collatéral. Elle attrape une balle anti-stress en caoutchouc et la jette dans l'un des cartons. — Vous feriez mieux de surveiller vos arrières. C'est tout ce que je dirai.

La peur me saisit l'estomac et le tord violemment. — Pourquoi dites-vous ça ? Vous savez quelque chose ? Je ne peux pas perdre mon travail. C'est *Claudette* qui me sponsorise pour que je puisse rester dans ce pays. C'est grâce à ça que j'ai obtenu mon visa britannique.

Sandra me considère avec une expression pincée. — Préparez un plan B. Et vite.

— Mais…, je commence, interrompue par un coup sec frappé à la porte fermée, qui nous fait sursauter toutes les deux.

— Entrez, lance Sandra en me jetant un regard lourd de sens.

La porte s'ouvre et je retiens mon souffle. Serait-ce la Grande Faucheuse, venue pour nous envoyer Sandra et moi à notre perte ?

C'est Eric, l'assistant sarcastique du rédacteur en chef mode. Vêtu de manière impeccable, quoique voyante, d'un costume trois-pièces en tweed violet et d'une chemise avec une cravate jaune citron, ses yeux parcourent mon ensemble jupe crayon et chemisier blanc avec un dégoût évident. Si Eric était la Grande Faucheuse, nous irions tous à notre perte habillés fabuleusement, un expresso martini à la main et une manucure parfaite.

Il balaie la pièce du regard avant de remarquer les cartons sur le canapé. Il hausse un sourcil, mais ne les mentionne pas, choisissant plutôt de pincer les lèvres.

— Que voulez-vous, Eric ? demande Sandra d'un ton sec.

Eric n'est pas du genre à se faire bien voir de quiconque en dehors du service mode, et même là, il n'est aimable qu'avec son patron.

— Il y a une réunion dans la salle de conférence, qui commence maintenant. Direction uniquement. Il me lance un regard qui me signifie que je ne suis pas assez importante pour y assister, ce qui m'arrange. Je suis encore sous le choc des suspicions de Sandra.

— Qui l'a demandée ? demande Sandra. Ce n'est pas dans mon agenda.

— L'étage du dessus, est sa réponse pleine de sous-entendus. Un étage au-dessus du nôtre se trouve l'étage de la direction. Récemment libéré par un groupe de cadres et de décideurs haut placés que je voyais rarement, une nouvelle équipe a élu domicile ces dernières semaines, plongeant le magazine dans un état frénétique où le mot « restructuration » est brandi avec une régularité écœurante.

— L'étage du dessus. D'accord. J'imagine que je dois aller à cette réunion alors.

— C'était l'idée générale. La voix d'Eric dégouline d'un sarcasme mielleux.

Sandra prend sa tablette sur son bureau et passe devant moi d'un pas lourd.

Je lui serre rapidement le bras. — Bonne chance.

Elle émet un grognement, ayant déjà décidé que son sort est scellé alors qu'elle suit Eric hors du bureau. Je les suis, l'estomac se tordant un peu plus alors que j'atteins mon propre bureau.

Je m'affale lourdement sur ma chaise.

Et si je perdais mon emploi ? Qu'est-ce qui se passerait, alors ?

Je devrais retourner vivre à San Diego, voilà ce qui se passerait. Je devrais retourner à ce que j'ai fui.

Une tête blonde apparaît au-dessus de la cloison de mon box. — Comment ça va, Kennedy ? lance une voix à l'accent néo-zélandais.

Je lève la tête et souris au visage à lunettes de ma collègue rédactrice. — Salut, Shelley. Tu savais qu'il y a une grosse réunion qui se tient en ce moment ?

— Ouais, j'ai entendu dire.

Sa tête disparaît, puis réapparaît un instant plus tard dans mon box, bien rattachée à son corps. Elle appuie ses fesses vêtues de rose contre mon bureau et lâche un soupir. —J'ai entendu une rumeur.

— Qu'est-ce que tu as entendu ?

— Sandra. Elle mime un égorgement en passant son pouce sur sa gorge.

— Comment tu le sais ?

— L'amie de ma cousine est l'une des assistantes de direction à l'étage. Elle me l'a dit hier après le travail.

Je m'affaisse sur ma chaise. — Pauvre Sandra.

— Je sais, pas vrai ? Ça me fait de la peine pour elle, mais c'était inévitable, en fait. C'était la grande patronne. C'est sûr qu'ils allaient vouloir s'en débarrasser. Toi et moi ? On est assez insignifiantes pour être en sécurité, je pense.

— Parfois, être une sous-fifre de la rédaction a ses avantages ? je suggère.

— Exactement.

Nous entendons un bruit et nous nous levons toutes les deux pour regarder par-dessus la cloison de mon box. Nous voyons Sandra se faire escorter hors des locaux, un carton à la main d'où dépasse le haut d'une plante en pot que je reconnais comme venant de son bureau. Elle croise mon regard et hausse les sourcils. Je lève la main et articule *Je suis vraiment désolée* au moment où elle disparaît au coin du couloir.

Je m'affaisse de nouveau sur ma chaise.

— C'était brutal, je dis.

— Impitoyable.

— À qui le tour, je me le demande ?

— Ça pourrait être n'importe qui. Bon, je retourne à mon bureau. Je ne veux pas qu'on me voie en train de tirer au flanc.

Shelley disparaît derrière la cloison, et je reporte mon attention sur mon écran. La première ébauche à moitié écrite de mon article sur la méfiance envers les vaccins, sur lequel j'ai fait des recherches toute la semaine dernière, me dévisage.

Comment puis-je travailler dans un moment pareil ?

Je joue avec la structure des phrases et fais quelques recherches en ligne, mais j'ai du mal à me concentrer. Environ dix minutes plus tard, la Faucheuse, Eric, apparaît à l'entrée de mon box, l'air dégoûté. — Vous. Réunion en salle 3, maintenant. Vous aussi, Shelley, ajoute-t-il.

— Nous ? je demande. Mais... mais nous ne sommes pas de la direction.

— Ouais. On n'est que les petites abeilles ouvrières ici, dit Shelley, sa tête apparaissant de nouveau au-dessus de la cloison.

— C'est une réunion de tout le magazine, bande de Muppets. Ne me faites pas le répéter, répond-il, sur un ton accusateur et dur. La première fois qu'il m'a traitée de « Muppet », j'ai trouvé ça mignon et attachant. Ça ne l'est pas. C'est juste l'équivalent britannique d'idiote.

Eric n'est pas vraiment du genre chaleureux.

Je me force à sourire. M'attirer les foudres d'Eric n'est pas ma priorité, surtout quand mon emploi est en jeu.

Quelques minutes plus tard, tous les employés — sauf Sandra, désormais partie — se tassent dans la salle de conférence. L'atmosphère est pour le moins tendue. Personne ne sourit. Personne ne discute. Nous attendons que la nouvelle direction nous annonce notre sort.

Mon cœur s'agite dans ma poitrine comme la sonnette d'un serpent à sonnettes.

Je pourrais perdre mon emploi.

Une femme grande et mince, aux cheveux auburn épais et bouclés, vêtue d'une chemise bleu pâle et d'un pantalon ajusté, se fraye un chemin à travers les employés jusqu'à l'avant de la salle.

— Mesdames, messieurs, et membres non binaires du

personnel. Merci d'être venus ce matin, commence-t-elle en nous souriant à tous comme si notre monde n'était pas sur le point d'être chamboulé.

— Comme si on avait eu le choix, me murmure Shelley à voix basse.

— Pour ceux d'entre vous qui ne me connaissent pas, je suis désolée pour votre perte, dit-elle.

Je fronce les sourcils. Mais qu'est-ce que… ?

— Ha ! Je plaisante. Je suis Edina Harrop, votre nouvelle rédactrice en chef, votre nouvelle patronne, votre nouvelle raison de vivre. Elle nous gratifie d'un large sourire, le regard fou dans ses yeux cernés.

Je lance un regard inquiet à Shelley, et elle se pince les lèvres en croisant mon regard.

— Aujourd'hui marque le début de quelque chose de nouveau, de stimulant, de *génial*, continue Edina. Aujourd'-hui, voyez-vous, nous allons prendre ce magazine et le chambouler complètement. Oui, *Claudette* a eu de bons résultats depuis sa création il y a quelques quarante-sept ans. Mais nous avons l'occasion de faire en sorte qu'il ait des résultats bien meilleurs que « bons ». Avoir de bons résultats ne nous suffit pas. Nous voulons de l'incroyable ! Elle frappe la table de sa main longue et fine, nous faisant toutes sursauter en même temps. Nous voulons du gran-diose ! Nouvelle claque. Nous voulons l'impossible ! Une claque qui a dû se répercuter dans tout son bras et lui faire claquer des dents.

Cette femme a une nette préférence pour les énuméra-tions en trois temps. Et pour frapper les tables.

Un groupe de personnes à l'avant de la salle éclate en applaudissements spontanés, mais je ne reconnais personne.

— Ce doit être la nouvelle direction d'en haut, dis-je à Shelley. Personne d'autre n'applaudit.

— Et pourquoi le ferait-on ? On risque toutes de perdre notre boulot.

Mon estomac se tord à nouveau.

— Ne dis pas ça.

Le reste d'entre nous observe la scène dans un silence de marbre, plein d'appréhension. Nous aimions *Claudette* tel qu'il était. L'idée de chambouler le magazine a de quoi donner le vertige.

— Maintenant, vous vous demandez peut-être quels changements nous allons apporter, car, comme le dit le dalaï-lama, la seule chose constante, c'est le changement. La première chose que je peux vous dire, c'est que les changements que nous apportons sont radicaux. Ils sont passionnants. Ils sont pour maintenant. Nous avons une vision, et je pense que vous allez adorer la direction que nous prenons. C'est un nouveau monde qui s'ouvre à nous ! Elle frappe la table une fois de plus, les yeux fous, et même si c'est sa quatrième attaque contre le plateau de la table, ma main vole sur ma poitrine sous le choc.

— J'aimerais qu'elle arrête de faire ça. Ce n'est pas bon pour ma digestion, marmonne Shelley.

— Qui dit nouvelle vision dit changement, comme vous vous en doutez bien, poursuit-elle.

Je retiens mon souffle. *Ça y est.*

— Notre vision ne correspondait pas à celle de certains membres de l'équipe. C'est regrettable, mais c'est ainsi. Nous avons donc dû nous séparer d'une partie de l'ancienne équipe. Nous leur disons adieu et nous espérons qu'ils trouveront de nouvelles et fertiles contrées.

L'image de Sandra et de son carton me traverse l'esprit.

— La bonne nouvelle pour toutes les personnes présentes dans cette pièce, c'est que vous faites toujours partie de cette nouvelle et fantastique équipe. Vous êtes toutes de l'aventure ! Elle ouvre les bras et nous gratifie d'un large sourire.

Je pousse un soupir de soulagement. Mon regard croise celui de Shelley et nous échangeons un sourire.

— Putain, heureusement, dit-elle.

— Cependant, continue Edina.

Oh non. Je n'aime pas les *cependant*. Après une bonne nouvelle, un *cependant* n'est jamais bon signe.

— Les rôles de certains d'entre vous vont changer. On passe à la vitesse supérieure, les filles. On apporte de la nouveauté et de l'enthousiasme. On insuffle de la passion dans ce magazine.

Je me mords la lèvre, alarmée. J'aime avoir la liberté de choisir mes sujets, de faire des recherches sur des choses qui vont au-delà des derniers produits de coiffure et de beauté. D'instruire nos lectrices. Je ne veux pas qu'on me retire ça, quelle que soit cette prétendue nouvelle vision.

— Donc, chacun et chacune d'entre vous va avoir la possibilité d'adopter notre nouvelle vision si vous le choisissez. Si vous le voulez. Si vous le sentez. Elle se frappe la poitrine, ce qui change agréablement de la table. Je veux passer du temps avec chaque membre de l'équipe aujourd'hui, je vous appellerai donc pour que vous veniez me voir afin de discuter de la place de votre pièce dans le nouveau puzzle *Claudette*. Oh, et une dernière chose : il y aura une collation. Son sourire est magnanime tandis que ses yeux balayent la pièce, comme si l'attrait d'une collation — comme les Britanniques aiment appeler le goûter de milieu de matinée avec une pause-café — était si grand que nous oublierions qu'elle vient de nous annoncer que nos emplois sont sur le point de changer, probablement pour le pire.

Eric se fraie un chemin à travers la foule et retire un morceau de tissu blanc du centre de la grande table en chêne pour révéler des assiettes de mini-muffins, de biscuits et de parts de gâteau.

Edina baisse les yeux pour consulter sa tablette, puis les relève et dit :

— Kennedy Bennet. Où est Kennedy Bennet ? Mon Dieu, j'adore ce nom. Il roule sur la langue.

Je la regarde, surprise, tout en levant la main avec hésitation.

— Je suis là.

— Vous êtes la première chanceuse à avoir votre entretien individuel avec moi, me dit Edina. Alors, c'est parti. Les autres, mangez. Profitez-en. On vous appellera pour votre entretien individuel en temps voulu.

Alors que je me lève pour partir, Shelley me serre le bras et me dit :

— Bonne chance.

— Je crois que je vais en avoir besoin.

Je sors de la pièce et traverse le plateau de bureaux pour rejoindre ce qui était le bureau de Sandra à peine une heure plus tôt. Edina est déjà derrière le bureau, sa grande silhouette élancée détonnant dans cet environnement familier.

Je frappe à la porte entrouverte. — Bonjour. Je suis Kennedy Bennet.

— Kennedy Bennet. Ravie de vous rencontrer, dit-elle en me serrant fermement la main. Asseyez-vous. Papotons un peu.

— Papoter. Compris. Je me force à sourire en m'installant sur l'une des chaises.

— J'ai vu votre travail. Ce que je vois me plaît. C'est intelligent, c'est percutant, c'est frais.

— Merci.

— Ce sur quoi je veux que vous vous concentriez maintenant, c'est une nouvelle perspective sur la ville. Je veux Londres sous son meilleur jour, étincelante et glamour. Londres dans ce qu'elle a de plus palpitant. Londres telle qu'elle est en ce moment.

— Mais j'écrivais un article sur la méfiance vaccinale, et j'ai déjà...

— Changez de cap, virez de bord, faites volte-face.

Je fronce les sourcils. — Vous voulez que je jette mon article à la poubelle ?

— Bien sûr que non. Nous ne voulons pas que vous jetiez quoi que ce soit à la poubelle.

Je détends mon visage. — C'est bon à entendre.

— Faites-le simplement sur votre temps libre, pour vous.

— C'est-à-dire l'écrire et ne pas le soumettre au magazine ?

Ses lèvres s'étirent en un sourire. — Vous comprenez vite. On m'avait dit que ce serait le cas.

— C'est... une bonne chose, je réponds, en me demandant qui est ce « on » et en me remettant du fait que l'article auquel j'ai consacré beaucoup de temps ne sera finalement pas publié.

Elle pousse une feuille de papier sur la table dans ma direction. — Voici votre brief pour une nouvelle rubrique. Nous voulons que vous soyez dans les rues la nuit, pour nous informer de ce qui est tendance, ce qui se passe, et où aller ensuite.

Je parcours le titre des yeux : *Célibataire à Londres*. — Sur quoi voulez-vous que j'écrive exactement ?

— Les dernières activités à faire, les dernières tendances, ce qui est à la mode en ce moment, répond-elle avec son approche de *parler par trois*.

— Quand vous dites tendances, vous voulez dire la mode ? Parce que je ne suis pas une rédactrice de mode.

— Je parle des endroits où aller qui sortent des sentiers

battus, qui sont amusants, nouveaux et hors du commun. Qu'est-ce qui peut être plus important pour notre lectorat que de savoir où aller pour trouver le meilleur mojito de la ville un samedi soir ?

Euh, plein de choses ?

— À en juger par le titre de la rubrique, vous voulez que j'écrive sur les derniers endroits où les célibataires peuvent aller. C'est bien ça ?

— Vous avez tout compris.

— Vous savez que je suis américaine ? Je ne suis pas exactement du coin.

— C'est pour ça que vous êtes parfaite pour ça. Vous pouvez voir la ville avec un regard neuf. Elle reprend la feuille de papier et griffonne dessus. — *Célibataire américaine à Londres*. Qu'est-ce que vous en pensez ? Incroyable, n'est-ce pas ? Ses yeux sont écarquillés, son visage illuminé d'enthousiasme.

J'essaie de rassembler un peu d'enthousiasme, mais j'ai le moral dans les chaussettes. — Ouais. Incroyable.

Elle frappe la table de sa main osseuse. — Je *savais* que vous seriez d'accord. Préparez-moi une liste d'endroits pour la fin de la journée et ensuite, on se lance. Rien de banal. Je veux de l'intéressant, de l'insolite, qui fait réfléchir. Elle se lève pour indiquer que notre réunion est terminée.

Je la regarde, alarmée, en me levant à mon tour. — Vous voulez une liste aujourd'hui ?

— Aujourd'hui, confirme-t-elle. Pouvez-vous demander à Shelley Macintosh de venir ensuite ?

— Bien sûr. Je retourne à mon bureau d'un pas traînant.

Bon, je suppose que je n'ai pas le choix. Si je veux garder mon travail, je dois écrire la nouvelle chronique *Célibataire américaine à Londres*, et je n'ai pas la moindre idée de par où commencer.

Chapitre 6

Je me réveille en sursaut. La femme d'Hugo me poursuit à travers Hyde Park en hurlant en français quelque chose que je ne comprends pas, tandis que les feuilles et les brindilles craquent sous mes pieds. Elle est suivie par un requin-marteau et ma sœur, Veronica, qui n'ont l'air ni l'un ni l'autre contents de moi.

Mais qu'est-ce que… ?

Eh bien, voilà un rêve qu'on ne fait pas tous les jours.

La chambre est plongée dans l'obscurité, alors je me retourne et je chasse ces images de mon esprit. Je pousse un profond soupir et me blottis de nouveau contre mon oreiller. Je commence à me rendormir.

Un grand bruit retentit.

J'ouvre grand les yeux. Est-ce que j'ai rêvé ça ?

Je reste couchée et j'écoute. Le silence. Enfin, la version londonienne du silence, c'est-à-dire le bourdonnement constant de la circulation, les camions-poubelles, et l'hélicoptère occasionnel, parmi bien d'autres bruits de la ville.

Je pousse un soupir et me blottis de nouveau contre mon oreiller, remontant la couette jusqu'à mes oreilles.

Dormir, un sommeil bienheureux.

Y a-t-il quelque chose de plus agréable que d'être bien au chaud et confortablement installée dans son lit un vendredi matin, en sachant qu'on n'a pas à se lever avant que le réveil ne sonne ?

Bon, d'accord, *ne pas* avoir à se lever quand le réveil sonne serait encore mieux, mais savoir que je peux encore profiter de mon sommeil arrive juste après.

Je commence à somnoler.

Et là, ça recommence. Un grand bruit, suivi cette fois d'un étrange son de raclement. Lady Moo bondit de son panier près de la fenêtre et se lance dans des aboiements frénétiques.

Ça, ce n'est clairement pas un rêve, et je n'ai aucune chance de me rendormir maintenant que la chienne a été alertée.

Je me redresse d'un coup dans mon lit et je jette un œil aux chiffres rouges de l'horloge sur la table de chevet : 4 h 52.

4 h 52 un vendredi matin ! C'est beaucoup trop tôt pour des nuisances sonores, à mon avis.

Je fusille le plafond du regard, comme si c'était lui qui faisait du bruit et non l'humain à l'étage.

Un humain du nom de Charlie Cavendish.

— C'est bon, Lady Moo, dis-je pour couvrir ses jappements. Viens ici, ma belle. Je tapote le lit et elle y saute, ses aboiements momentanément oubliés tandis que sa petite queue frétille à toute vitesse à l'idée d'être autorisée sur le lit. Je fais la moue en caressant la chienne, fusillant le plafond du regard en attendant la prochaine série de bruits.

Je n'ai pas à attendre longtemps.

Quand les bruits de raclement et de chocs reprennent, j'écarte brusquement la couette et fais pivoter mes jambes hors du lit, posant le bout de mes pieds sur le parquet froid. Lady Moo est tellement surprise qu'elle se remet immédiatement à aboyer.

Je glisse mes pieds dans mes chaussons et j'enfile l'épais et moelleux peignoir de Delphine qui est accroché au dos de la porte de la salle de bains pour me protéger de l'air glacial du matin. Le chauffage est programmé pour se déclencher à l'heure très raisonnable de 7 h, mais d'ici là, c'est une vraie glacière ici.

— Allez, Lady Moo, dis-je en la prenant dans mes bras. Tatie Kennedy va botter le cul d'un Anglais égoïste, et tu vas avoir ton petit déjeuner en avance. Je sors de ma chambre et je traverse le couloir jusqu'à la cuisine, où je verse des croquettes dans l'une des gamelles de Lady Moo — une gamelle blanche avec des taches noires comme celles d'une vache. Quelle surprise.

Une autre série de bruits forts provient de l'étage.

Pendant que Lady Moo mâchonne joyeusement, j'enroule fermement le peignoir autour de moi, je prends les clés sur la console de l'entrée et je monte l'escalier à grands pas jusqu'au dernier étage.

Il n'est pas difficile de trouver la porte d'entrée de Charlie, étant donné que son appartement est le seul aussi haut perché. Je frappe à la porte avec mes phalanges et je serre les mâchoires, prête à affronter l'homme qui pense qu'il est acceptable de troubler la paix si grossièrement un vendredi matin.

La porte s'ouvre, et là, devant moi, se tient le fauteur de bruit en personne. Une tasse à la main, il porte un short et un t-shirt de sport qui lui donnent un air séduisant et athlétique, mais avec cette arrogance qui le caractérise.

Son regard se pose sur moi et ses sourcils se haussent de surprise. — Kennedy Bennet, la voisine de palier. Littéralement. Il promène son regard sur mes vêtements avant de le relever vers le mien. — Et tu portes une tenue charmante, en plus. C'est... des pis ?

Je baisse les yeux. Je remarque pour la première fois que si la robe de chambre de Delphine semblait assez inoffensive suspendue à son crochet, maintenant que je la porte, je vois qu'elle est couverte d'un motif de vache avec des taches noires et blanches.

Mais ce n'est pas tout.

Mon regard glisse plus bas, sur le devant de la robe de chambre.

Oh non.

Il y a une paire de pis rembourrés rose pâle qui semblent pendre de ma taille.

Excellent choix, Kennedy.

Je me fais rapidement une note mentale : *quand tu confrontes des voisins désagréables, pense à ne pas porter une robe de chambre à motif de vache, surtout une avec des pis.*

Je resserre la ceinture et lève le menton d'un air de défi. — C'est une robe de chambre, Charlie. Passe à autre chose.

— Eh bien, je te concède une chose. Tu as vraiment des goûts intéressants.

— Peu importe ce que je porte. Ce qui importe, c'est

que tu fais beaucoup de bruit et qu'il est extrêmement tôt, je réponds, alors que mes joues s'empourprent.

Ses lèvres s'étirent.

— Et de toute façon, c'est la robe de chambre de Delphine. Elle a un faible pour les vaches. Si tu veux tout savoir.

— Mais c'est *toi* qui la portes sur le pas de ma porte.

Je serre la mâchoire.

— Dis-moi une chose. Cette tenue, c'est ta façon subtile de me demander de t'appeler Lady Moo ? demande-t-il.

— Quoi ? Pourquoi dirais-tu une chose pareille ? C'est une robe de chambre comique, Charlie. Sérieusement, passe à autre chose.

Il prend une lente gorgée de sa tasse puis désigne ma poitrine. — C'est juste que c'est ce qui est écrit : « Lady Moo ». C'est tout. J'ai supposé que c'était ta façon subtile de me demander de t'appeler par ce surnom.

Je baisse les yeux et remarque les mots « Lady Moo » brodés sur la robe de chambre.

Génial, Delphine.

Je lève la main vers ma poitrine, espérant cacher les mots. Le mal est déjà fait, bien sûr. — Je préférerais que tu t'abstiennes de tout commentaire sur mon apparence, merci, je rétorque. Je lisse mes cheveux derrière mes oreilles, souhaitant porter quelque chose d'autre, *n'importe quoi* d'autre. Pourquoi n'ai-je pas enfilé un jogging comme une personne normale ?

— Bien sûr. Toutes mes excuses. Il incline brièvement la tête. — Préférence de nom mise à part, commence-t-il.

Je l'interromps : — Kennedy. C'est ma préférence de nom.

— Pas Lady Moo ?

Je le foudroie du regard. — Pas Lady Moo.

— Très bien, alors. À quoi dois-je le plaisir, *Kennedy* ? demande-t-il, de sa voix douce comme de la soie, profonde et très britannique dans son genre grande bourgeoisie.

— Il n'y a aucun plaisir, je réponds doucement. — Pas à cette heure matinale. Tu fais beaucoup de bruit inutilement.

— Ah oui ?

— Oh que oui. C'est bruyant, il est tôt et c'est déraisonnable. En plus, ça dérange tout l'immeuble.

— Ah, tu veux dire quand je déplaçais les meubles à l'instant ? Écoute, je fais polir le parquet aujourd'hui et je devais leur libérer la place. Tu comprends.

— Ça n'aurait pas pu attendre six heures passées, ou encore mieux, sept heures ?

— Sept heures ? répète-t-il comme si c'était la suggestion la plus extravagante qu'il ait jamais entendue. Sérieusement ? Qui est au lit à sept heures en semaine ?

Euh, moi ? Surtout quand je suis restée debout jusqu'à plus d'une heure du matin pour écrire un article.

Je redresse les épaules. — Sept heures est une heure tout à fait raisonnable pour être encore au lit. Je ne vois pas pourquoi tu penserais le contraire.

— Tu as raison. C'est tout à fait raisonnable…

Je hausse les sourcils, surprise. Il est d'accord avec moi ?

— … pour les gens qui n'ont ni obligations ni travail où se rendre, ajoute-t-il.

Ah. Il n'avait pas fini sa phrase.

— J'ai des obligations et un travail, soufflé-je.

— Bien sûr que tu en as.

— Qu'est-ce que *ça* veut dire ?

Son sourire s'élargit. — Rien. Écoute, je devais déplacer les meubles maintenant parce que je dois aller à la salle de sport avant le travail. Donc, voilà. Il secoue la tête comme s'il était sincèrement plein de regrets.

103

Il va à la salle de sport. Évidemment. Sans l'autorisation de mon cerveau, je parcours sa tenue du regard. Ses jambes sont longues, musclées et toniques. Son t-shirt est ample autour de sa taille, et le tissu fin colle à ses larges épaules, dessinant le contour de ses pectoraux impressionnants et laissant deviner des abdominaux saillants en dessous.

Mon ventre se serre.

Alors que je relève les yeux vers les siens, les coins de sa bouche sont relevés en ce sourire qui le caractérise. Celui qui me dit que je suis un objet de dérision.

Je m'éclaircis la gorge. — Votre salon doit être juste au-dessus de l'endroit où je dors. Ce n'est pas du tout prévenant de faire autant de bruit si tôt le matin. Même *vous*, vous devez l'admettre.

— Même moi, hein ? Ses yeux d'un bleu perçant dansent d'amusement, comme s'ils faisaient partie d'une troupe de ballet. — Parce que vous me connaissez si bien.

Je croise les bras. — Je vous connais assez pour connaître votre genre.

— Et quel est mon genre, exactement ?

— Je n'ai pas besoin de vous dire votre genre. Vous le connaissez déjà.

— Mais j'aimerais l'entendre de la bouche de ma nouvelle voisine qui se tient actuellement devant ma porte en portant une paire de pis.

Exaspérée, je réplique : — Ça suffit avec cette robe de chambre.

Je meurs d'envie de lui dire ce que je pense de lui. Qu'il est suffisant, arrogant et le produit parfait de son milieu privilégié. Bien sûr, il en sera incapable de le voir. Aucun d'entre eux ne le peut. Ils sont tellement empêtrés dans leur monde d'élite fait de polo, de country clubs et de superyachts, qu'ils ne remarquent même pas les petites gens. Les gens comme moi.

— Écoutez, je vous le demande par courtoisie pour vos voisins. S'il vous plaît, évitez de faire du bruit tôt le matin. Je me suis couchée tard hier soir, et j'ai besoin de mon sommeil.

— Dans ce cas, auriez-vous préféré que je le fasse tard le soir en rentrant du travail ?

— Je préférerais que vous ne le fassiez pas du tout, en fait.

— Vous dites que vous voulez que les cireurs travaillent autour de mes meubles pour que je me retrouve avec un parquet moche et inégal ? Ça ne me semble pas du tout raisonnable. Ces gens sont là pour faire un travail. Qui suis-je pour leur mettre des bâtons dans les roues ? Il marque une pause avant d'ajouter : — Kennedy.

— Je me fiche complètement de votre parquet, *Charles*, répliqué-je d'un ton sec. On peut jouer à *ce* jeu à deux.

Il porte la main à sa poitrine. — Au nom de mes planchers, je suis offensé.

— Mais non, tu n'es pas offensé.

— Comment sais-tu que je ne le suis pas ?

— Parce que tu es un adulte et que ce serait bizarre. Voilà pourquoi. Je le foudroie du regard.

Il prend une gorgée de son café, les yeux fixés sur moi comme si nous étions dans un duel de regards, un duel que je suis déterminée à ne pas perdre.

Très mature, je sais.

Après une pause, il lève sa main libre. — D'accord. Je suis désolé de t'avoir dérangée.

— Tout l'immeuble, je corrige.

Il fait un pas vers moi et jette un coup d'œil dans le couloir. — C'est pour ça que tout l'immeuble est ici avec toi ? Parce que j'ai dérangé *tout le monde* ?

Je pince les lèvres. — Peut-être qu'ils sont trop timides pour monter et te confronter.

— Tu as *déjà rencontré* Barbara et le comité des dames ?

Il n'a pas tort.

— Tu les appelles le comité des dames ?

— Entre autres choses. Ça dépend de mon humeur.

— Tu vois, c'est à cause de cette attitude qu'elles ne t'aiment pas.

— Je pensais que c'était parce que je ne vais pas à leurs multiples événements mensuels.

— Eh bien, ça aussi. Toujours pas allé à leur club de tricot, je suppose ?

— Qu'est-ce qui te fait dire ça ?

Je laisse mon regard le parcourir une fois de plus. — Tu n'es pas du genre à tricoter.

— Tu juges très vite, n'est-ce pas ?

— Je n'ai pas besoin de juger. Nous savons tous les deux que tu n'as jamais eu l'intention d'aller à leur club de tricot.

Il hausse les épaules. — Pense ce que tu veux.

— Oh, ne t'en fais pas pour ça. Tu n'as pas besoin de me le dire. Contente-toi de faire moins de bruit, s'il te plaît.

À présent, son visage s'est fendu d'un large sourire. — Je ferai de mon mieux pour déplacer mes meubles en silence à l'avenir.

Je lève le menton. — Merci.

— Je t'en prie.

— Bien. C'est donc réglé.

Il passe les doigts dans ses cheveux. — Y avait-il autre chose ? Parce que je dois filer à la salle de sport. Mon coach devient grincheux si je suis en retard, et après, il me punit avec des burpees en plus, et je suis sûre que tu ne voudrais pas être responsable du fait que je doive faire des burpees supplémentaires.

Une image me traverse l'esprit. Lui, tout chaud et en sueur pendant qu'il fait une série d'exercices, ses muscles luisants, son corps souple.

Je chasse cette image en clignant des yeux.

Je ne devrais absolument pas imaginer Charlie Cavendish en train de faire quoi que ce soit qui le rende chaud et en sueur.

— C'est bien ce que je pensais, dit-il d'une voix douce.

— Bien sûr que non. Je… merci pour ça.

Il presse ses lèvres l'une contre l'autre pour étouffer un nouveau sourire. C'est quoi son problème avec le sourire, à ce type ? Est-ce que je suis vraiment si amusante pour lui ?

— Y avait-il autre chose ? demande-t-il, alors que je ne bouge pas.

— Non. Juste le bruit.

— D'accord. Bon, salut, Kennedy.

Je hoche la tête en soufflant. — Ouais. Salut.

Je retourne à mon appartement. J'ai fait passer mon message. C'est tout ce qui compte. Et j'ai appris quelque chose de très utile. Entre ses soirées au bureau et ses séances de sport, il n'a clairement aucune vie, et pour ma part, je suis bien contente qu'il ne participe à aucun des événements de l'immeuble.

Comme ça, je ne serai jamais obligée de voir ce type.

Chapitre 7

Je ferme le carton avec du ruban adhésif et j'écris « Affaires de Delphine » sur le côté au marqueur indélébile. Les mains sur les hanches, j'examine la pièce. Delphine a laissé l'endroit comme si elle était simplement sortie pour la matinée, les étagères remplies de ses bibelots, de ses vases et de ses livres. C'est le dernier carton, qui contient la grande collection de vaches en céramique sur le rebord de la cheminée.

Je prends le carton et l'empile sur les autres dans le placard du couloir, sous ces rangées inquiétantes de jouets Winnie l'Ourson, à remettre en place avant son retour.

Bien que je possède une fraction de ce que Delphine a, j'ai exposé ma maigre collection d'effets personnels dans les espaces libérés : une boule à neige rapportée d'un voyage à Stockholm que Zara, Tabitha, Lottie et moi avons fait l'hiver dernier ; quelques romans de Sophie Kinsella que j'ai achetés à mon arrivée à Londres ; un vase en verre soufflé bleu et or que j'ai acheté au marché de Camden l'été dernier qui me rappelle la mer bleue et le sable doré de chez moi ; et une collection de cadres photo, remplis de clichés de mes amis et de ma famille, dont un de moi avec mes meilleures amies de Londres à côté du prince William et de Kate Middleton chez Madame Tussauds, lors d'une des sorties au musée de Lottie.

Je pousse un soupir de contentement. Cet endroit est peut-être bien plus chic que ce à quoi je suis habituée, mais je commence à m'y sentir chez moi.

Je me prépare une tisane et je m'affale sur le canapé. Je sors mon téléphone. Alors que Lady Moo ronfle paisiblement dans son panier près de la cheminée, je saisis l'occasion de ce qui me semble être un rare moment de calme pour prendre des nouvelles de ma famille.

J'ouvre mon ordinateur portable et je lance l'appel. Un instant plus tard, le visage de Maman apparaît à l'écran. Enfin, une partie de son visage. Elle n'a jamais l'air de savoir comment tenir son téléphone quand je l'appelle en visio. Je devrais m'estimer heureuse, cependant. Aujourd'hui, elle parle manifestement depuis son ordinateur, donc je peux voir le haut de son visage, à partir des yeux, plutôt qu'un très gros plan de son oreille.

— Salut, ma chérie. Ça me fait si plaisir de te voir, déclare Maman.

— Maman. Baisse ta caméra. Elle est trop haute.

— Comme ça ?, demande-t-elle, tout en l'ajustant de manière à ce que je voie encore moins sa tête.

— Dans l'autre sens, Maman.

— D'accord. Donne-moi une seconde.

J'attends patiemment qu'elle ajuste son écran, jusqu'à ce que, finalement, je puisse voir tout son visage. Il lui faut quatre essais. — C'est bon, lui dis-je. Qu'est-ce que tu as fait de beau ?

— Je suis allée rendre visite à ta grand-mère à la résidence pour seniors. Elle t'embrasse.

— Comment va Nana ?

— Elle va bien, ma chérie. Très occupée avec toutes les activités qu'ils organisent là-bas. Soirées cinéma et dîners. La retraite n'a jamais eu l'air aussi belle. Elle a hâte de te voir à Noël. Elle m'a fait promettre de préparer une dinde traditionnelle cette année, avec toute la garniture, au lieu de mon extravagance mexicaine de l'an dernier. Apparemment, les fajitas à la dinde et aux airelles, ça ne fait pas assez festif.

Maman est une aventurière en cuisine. Elle l'a toujours été. Ça ne veut pas dire qu'elle est bonne cuisinière pour autant, ce qui explique probablement pourquoi Nana veut éviter la catastrophe mexicaine de l'année dernière.

— J'ai une bonne nouvelle à ce sujet. J'atterris à 14 h 50 la veille de Noël. Je t'enverrai les détails de mon vol.

— Tu seras là à temps pour le dîner avec ton oncle Jim et ta tante Louisa. Ils auront les deux garçons avec leurs femmes et leurs enfants cette année, et tu ne devineras jamais ce qui vient de se passer.

— Quoi ?

— Susie s'est fiancée avec ce gentil Duncan Machin. Celui que tu connaissais au lycée.

— Qui est Duncan Machin ?

— L'aîné de Brad et Jill.

— Ah, Duncan Chesterfield. Ils vont se marier ? Ah.

Un autre membre de ma famille qui se passe la bague

au doigt, alors que je suis toujours célibataire sans même l'ombre d'un prétendant à l'horizon.

— Mariage en juin l'année prochaine. Il faudra que tu reviennes pour ça.

— Bien sûr.

— Tu auras trente ans d'ici là. J'ai du mal à y croire. Mon bébé, une femme de trente ans.

— Ne m'en parle pas.

— Je suis tellement triste qu'on ne te voie pas pour ton anniversaire.

— Ce n'est pas si important.

— Kennedy, tu vas avoir trente ans. C'est *très* important.

Je pousse un grognement intérieur. Trente ans, célibataire, j'écris sur des sujets qui me laissent complètement indifférente, et je dois garder un chien qui massacre des ours en peluche.

Ma vie s'est déroulée *exactement* comme je l'avais prévu.

— Qu'est-ce que tu fais pour ton anniversaire ? J'espère que tu organises au moins une fête, non ? Bien sûr, on te consacrera le lendemain de Noël quand tu seras rentrée. J'ai déjà tout prévu.

— Non, maman. J'ai plutôt envie de faire profil bas sur ce coup-là.

— Oh, ne sois pas bête. Tu as déjà accompli tellement de choses dans ta vie, et ton père et moi sommes si fiers de toi. On veut fêter ça avec notre cadette.

Je souris malgré moi. — Tu es la meilleure. Et ne t'inquiète pas, je vais marquer le coup. Je ne sais pas encore ce que je vais faire. Je pense que je passerai la journée avec mes amis, à noyer mes chagrins liés à l'âge.

Elle rit. — Attends d'avoir mon âge. Tu pourras noyer ton chagrin autant que tu veux quand tu approcheras des soixante ans. Tiens, j'ai pensé à toi dimanche dernier quand je suis allée déjeuner à l'Aldridge avec Bree Green. Tu sais, cette femme hyper riche qui fait parfois du bénévolat au refuge ? Bref, c'est elle qui a proposé et je me suis dit, pourquoi pas ? Je n'y suis allée que quelques fois auparavant, et même si je sais que c'est très chic, je me suis dit que ce serait sympa. On a mangé un saumon des plus délicieux et ces pommes de terre nouvelles qui ont le goût de petites bouchées de paradis. Tu vois desquelles je parle. Tu y as travaillé assez longtemps. Un vrai délice.

— Tu es allée à l'Aldridge Country Club ? je demande, mon rythme cardiaque s'accélérant.

— Oui, comme je te l'ai dit. Je… bon, autant que je te le dise franchement.

— Me dire quoi ?

— J'ai croisé Hugo. Il était là avec sa femme, Fleur, et ses parents.

Mon corps se crispe. — Oh.

— Ils ont demandé de tes nouvelles.

— Qui ça ? Hugo ou ses parents ?

— Sa mère, Genevieve, en fait. Elle voulait tout savoir sur ta nouvelle vie à Londres, alors je lui ai dit à quel point tu réussissais là-bas. Elle était impressionnée, ma puce. Vraiment impressionnée.

J'avale ma salive, la gorge sèche. — C'est gentil.

— Si je suis tout à fait honnête, je pense que ça a fait du bien à Hugo d'entendre à quel point tu t'en sors bien depuis votre rupture.

— Depuis qu'il m'a larguée pour Fleur parce que je ne venais pas de la « bonne famille », tu veux dire. — J'essaie de masquer l'amertume dans ma voix, mais je sais que j'échoue. — Maman, tu ne devrais pas être si gentille avec lui. Ni avec aucun d'eux. Ils se croient supérieurs à nous.

— Je me fiche de ce qu'ils pensent. Je connais ma

valeur, et si Genevieve pensait cela, elle ne l'a certainement pas laissé paraître.

— Est-ce qu'elle t'a appelée « ma petite » ?

— Maintenant que j'y pense, oui, c'est vrai.

— Et comment a-t-elle appelé Bree Green ?

— Eh bien, « Bree », bien sûr.

— Et les serveurs ?

Un silence se fait tandis qu'elle réfléchit. — Je ne m'en souviens pas, répond-elle, et je sais qu'elle bluffe.

Mon estomac se noue. — Elle n'était pas gentille, maman. Les seules personnes que Genevieve Carter appelle « ma petite », ce sont les gens qu'elle regarde de haut, comme le personnel. Elle m'a appelée « ma petite » pendant les six premiers mois de ma relation avec Hugo, avant qu'il ne doive lui préciser que je n'étais pas seulement une serveuse, mais sa petite amie. Elle est alors passée à « ma chérie », jusqu'à notre rupture. Puis elle est revenue directement à « ma petite ».

— Eh bien, ça ne m'inquiète pas.

Je souris, malgré le malaise que ces souvenirs évoquent. Maman a toujours eu une grande estime d'elle-même. C'est quelque chose que j'admire chez elle. Elle sait qui elle est et l'assume. Elle n'a jamais été éblouie par les Carter comme je l'ai été. Leur style de vie, leurs attentes, leurs privilèges.

Mais elle n'a jamais été amoureuse de leur fils.

Lady Moo se réveille et s'étire, faisant la posture du chien tête en bas comme une pro. Ce qui paraît logique. Elle m'aperçoit sur le canapé et traverse la pièce à toutes jambes, puis s'arrête et me fixe.

— Maman, je crois que je dois nourrir Lady Moo.

— Je n'arrive pas à croire que tu t'occupes d'une chienne qui s'appelle Lady Moo.

— Je sais, hein ?

Elle saute, les pattes avant contre ma jambe, en remuant la queue.

— En fait, elle est plutôt mignonne, même si elle peut être un peu folle. Il faut que j'aille la nourrir. Fais un bisou à Papa de ma part et dis-lui que je l'appelle bientôt, d'accord ?

— Bien sûr. Il est dans le jardin en train de monter une balancelle en kit. C'est une vraie bataille, ça, c'est certain.

— Espérons qu'il y arrive. Salut, Maman. On se voit dans quelques semaines. Je raccroche et souris en regardant la chienne. — C'est l'heure de la collation, Lady Moo, c'est ça ? En fait, tu sais quoi ? Je vais t'appeler Lady M. Ça a un petit côté mystérieux, tu ne trouves pas ?

Pour toute réponse, elle remue sa petite queue vers moi, sa fine langue rose sortant de sa gueule.

Je traverse le sol jusqu'à la cuisine à pas feutrés, m'attendant à ce que Lady M me suive. Comme ce n'est pas le cas, je retourne dans le couloir et la vois sautiller devant le placard, celui qui est rempli de rangées de Winnie l'Ourson.

— Je ne veux pas t'en donner un. J'ai l'impression que ce n'est pas bien.

En guise de réponse, elle fait un tour complet sur elle-même dans les airs et retombe sur ses pattes en émettant un gémissement aigu et excité.

J'ouvre la porte et contemple les étagères remplies de peluches qui me regardent, un sourire joyeux sur leurs visages d'ours en peluche. À l'idée d'avoir un des jouets, Lady M passe à la vitesse supérieure, se tortillant, tournant sur elle-même et faisant les bruits les plus étranges.

Vraiment, je devrais la filmer pour Instagram, là, tout de suite. Ça pourrait devenir viral.

J'attrape l'un des jouets et le retire de l'étagère. Il est doux au toucher, nu à l'exception d'un petit t-shirt rouge avec le mot « Pooh » brodé sur la poitrine. Je baisse les yeux vers la chienne la plus excitée du monde, puis je regarde à nouveau le jouet. — Je ne peux pas te faire ça, petit ours. Je ne peux tout simplement pas.

Sans un mot de plus, je repose le jouet sur l'étagère et je ferme la porte. Lady M gémit et aboie, comme pour me demander ce que je crois être en train de faire.

— Toi et moi, on va faire un tour à l'animalerie du coin, Lady M. Fini les Winnie l'Ourson pour toi.

J'enfile mes bottes et mon manteau d'hiver, je lui passe un de ses pulls en laine à motif vache — Delphine est vraiment allée trop loin avec cette histoire de vache — et je sors. Tandis que nous descendons dans l'ascenseur, je cherche sur mon téléphone les animaleries du coin. J'en trouve deux ou trois accessibles à pied, et nous nous y rendons. Lady M s'arrête en chemin pour renifler, faire pipi et aboyer sur tout et n'importe quoi.

Nous arrivons à une rangée de magasins à deux pâtés de maisons de là, comprenant un pub, une supérette et quelques boutiques. L'enseigne au-dessus de la petite animalerie clame *Animaux ! Animaux ! Animaux !* et une clochette démodée tinte alors que je pousse la porte pour entrer. Je suis immédiatement frappée par la chaleur et l'odeur de foin, tandis que Lady M tire sur sa laisse pour renifler son nouvel environnement.

— Au pied, lui dis-je, alors qu'elle essaie de foncer en direction d'une vitrine pleine de lapins, me déboîtant presque l'épaule.

Elle n'écoute pas.

Au lieu de ça, elle essaie encore et encore, tirant sur mon bras à chaque tentative. D'abord, ce sont les lapins, puis la nourriture pour chiens, et enfin une pauvre cliente qui ne se doutait de rien, à qui j'ai dû m'excuser quand elle a eu peur. Je resserre la laisse, mais ça ne la dissuade pas.

Je n'ai pas d'autre choix que de la prendre dans mes bras et de la tenir fermement contre moi.

Un homme aux cheveux grisonnants et au visage amical et souriant s'approche de moi. — Comment puis-je vous aider… Oh. Ses yeux se posent sur Lady Moo, dont la tête dépasse de ma prise ferme *tu-ne-t'approcheras-pas-de-ces-lapins*. — Est-ce bien celle que je crois ?

Lady M serait-elle célèbre ? Ça doit être à cause de la chaîne YouTube de Delphine.

J'aurais dû lui prendre un chapeau et des lunettes de soleil avant de quitter la maison. Pour qu'elle reste incognito.

Je souris à cette pensée.

— Je suppose que ça dépend de qui vous pensez qu'elle est, je réponds avec un petit rire.

— C'est Lady Moo. N'est-ce pas ? répond-il, en la regardant avec méfiance.

— C'est exact, mais ne le dites à personne d'autre, d'accord ? Je veux que cette sortie reste discrète. Vous savez : les fans.

— Des fans ?

— De la chaîne de Delphine ?

— Je ne connais aucune chaîne, mais vous ne pouvez pas faire entrer ce chien ici, ma petite. Il est banni. Voilà ce qu'il est. Banni à vie.

— Alors, il n'est pas célèbre ?

— Plutôt tristement célèbre.

Je cligne des yeux en regardant Lady M. Elle a arrêté de se débattre dans mes bras et a plutôt choisi de fixer l'homme du regard, un grognement sourd s'échappant de sa gueule à chaque courte respiration.

— Allez, dehors. Toutes les deux. Il nous fait un geste de la main pour nous chasser.

— Vous êtes sérieux ? je plaisante à moitié, parce que

qui a déjà entendu parler d'un petit chien banni d'une animalerie ?

— Vous feriez mieux de me croire, ma p'tite dame, renifle-t-il.

— Mais… mais tout ce que je veux, c'est un jouet à mâcher pour elle, pour l'empêcher de détruire son Winnie l'Ourson parce que ça me fait vraiment flipper, je proteste, lui donnant probablement trop d'informations.

Ses traits s'adoucissent légèrement. — Elle continue à faire ça, hein ?

Je hoche la tête.

— Où est sa propriétaire ? La foldingue obsédée par les vaches.

Je réprime un petit rire. Ça résume parfaitement Delphine. — Elle est partie pour six mois et je garde cette Lady M. Je suis un peu nouvelle dans le domaine.

Il me jauge avant de répondre : — Très bien. Tant que vous la tenez bien, vous pouvez jeter un coup d'œil rapide. C'est par ici.

— Merci beaucoup, je m'exclame, soulagée de pouvoir trouver un jouet pour remplacer ce pauvre Winnie.

Il me conduit au rayon des jouets à mâcher pour chiens, et je saisis un jouet de taille appropriée — un canard en caoutchouc avec un immense sourire — et le présente à Lady M. Elle le snobe de son petit nez noir. Littéralement. J'en essaie un autre. Cette fois, c'est un hippopotame jaune et duveteux coiffé d'une casquette de basket. Encore une fois, son nez se relève.

Le processus se poursuit jusqu'à ce que j'aie passé en revue chaque jouet à mâcher pour petit chien du magasin.

L'homme s'approche derrière moi. — Vous avez bientôt fini ? Parce que j'ai deux chiens près des aquariums et je ne veux pas d'ennuis.

—Je n'ai pas de chance. Elle n'aime rien de tout ça.

— C'est parce que c'est le chien du diable, affirme-t-il comme si cette déclaration extravagante était un fait avéré.

— Lady M n'est pas le chien du diable, je réponds avec un rire surpris, vexée. Elle est juste fougueuse et a un penchant bizarre pour un ours en particulier. C'est tout. Je relève le menton pour défendre le petit chien dans mes bras et je renifle : — Elle est incomprise.

Il a un rire dédaigneux. Ce n'est pas un rire amical.

Il jette un coup d'œil par-dessus son épaule puis se penche vers moi. — Écoutez, ma p'tite dame, achetez quelque chose ou partez. Je dois contenter mes autres clients. Vous voyez ce que je veux dire ? Il regarde Lady M, fermement tenue dans mes bras. — C'est une chienne imprévisible, celle-là.

Il traite Lady M de chienne ? Je veux dire, je sais que techniquement, c'est le terme correct, vu qu'elle est une femelle, mais je suis quand même vexée pour elle.

Le grognement de Lady M augmente de volume.

— De toute façon, elle n'aime rien ici, alors je suppose que nous allons partir, je renifle.

— Une bonne décision.

Je sors du magasin d'un pas décidé et retrouve l'air froid de l'hiver. Il a commencé à neiger, et de légers flocons flottent autour de moi. Avec les lumières de Noël et les vitrines festives, c'est magique, et tandis que je repose Lady M sur le trottoir et que nous commençons à nous diriger vers la prochaine animalerie, mon moral remonte, bien que je vienne d'apprendre que ma nouvelle protégée canine a été bannie d'un magasin pour être « le chien du diable ».

Je décortiquerai ça plus tard.

Après quelques pâtés de maisons à marcher dans le vent frais et la neige, nous atteignons le magasin suivant. Nous passons par le même processus : je lui offre tous les jouets à mâcher du magasin, Lady M les snobe de son petit nez noir en me lançant un regard qui dit : « *Enlève-moi ça.* »

Quand une femme avec un T-shirt vert vif à manches longues portant les mots *Mon chien pense que je suis cool* nous aperçoit et me demande si mon chien est bien Lady Moo, l'inquiétude gravée sur son visage, je sais déjà comment ça va se terminer.

Je sors du magasin en portant le chien qui grogne.

M'avouant vaincue, nous rentrons péniblement à la maison à travers la neige.

— Tu as une sacrée réputation, Lady M, je lui lance, alors qu'elle trottine à mes côtés comme si elle n'avait pas été bannie de toutes les animaleries de Notting Hill.

Nous venons de traverser la rue en direction de notre immeuble quand j'aperçois la porte d'entrée qui s'ouvre, et ce n'est autre que Charlie Cavendish qui en sort.

Oh, génial.

Je n'ai pas du tout envie de voir ce type, là, maintenant. Ni même à aucun autre moment.

Mais il est trop tard.

Alors qu'il descend les marches et arrive sur le trottoir, son regard se pose sur moi, et je vois ses yeux s'écarquiller de surprise. Il jette un coup d'œil à Lady M à mes côtés, puis de nouveau à moi, et un sourire se dessine sur son visage.

— Salut, voisine, dit-il.

— Salut, je réponds, les dents serrées, en essayant de ne pas remarquer à quel point il est beau dans son costume et son manteau qui a l'air cher, sa barbe de trois jours accentuant sa mâchoire carrée. Le bleu de l'écharpe drapée autour de son cou fait ressortir la couleur de ses yeux.

Mon estomac fait une petite cabriole bizarre.

Je l'ignore studieusement.

— Pas de pis aujourd'hui ?

Je lui lance un regard noir. — Évidemment que non.

— Dommage, répond-il avec un sourire en coin. Comment se passe l'installation dans ton nouvel appart ? me demande-t-il, comme si mon bien-être l'intéressait le moins du monde. Ce qui, nous le savons tous les deux, n'est pas le cas.

— Bien, merci, je réponds aimablement en commençant à le dépasser pour mettre fin à cette conversation, et *fissa*.

— Est-ce que ça se passe bien entre le chien et toi ? demande-t-il.

Je m'arrête et me retourne pour le regarder. — Évidemment. Lady M est un ange, je bluffe, en chassant de mon esprit toute cette histoire de *bannie des animaleries locales alias chien diabolique*.

— Tu es un ange, c'est vrai, ça ? Il se penche et caresse Lady M, qui remue sa courte queue de joie.

Traîtresse de chienne.

Il se redresse et me fixe de ses yeux intenses. — Bon, je vais te laisser. J'ai un avion à prendre.

— Où est-ce que tu vas ? Nulle part de trop loin, j'espère. Mon ton suinte le sarcasme. Je n'en suis pas fière.

Il laisse échapper un rire grave. — Je vais à Vienne, à Berlin, puis à Dubrovnik. Donc non, pas trop loin.

— Waouh, ça a l'air génial, je réponds avant de pouvoir m'en empêcher.

Vivre à Londres m'a permis de voyager beaucoup plus facilement dans les célèbres villes européennes de ma liste de choses à faire. Jusqu'à présent, je suis allée à Paris, Barcelone, Dublin et Stockholm, mais il y a tellement d'autres endroits que je veux visiter. Ma liste est peut-être longue, mais mon compte en banque ne l'est pas, donc c'est un projet en cours pour moi.

Une ville à la fois.

Son visage s'illumine. — Tu aimes voyager ? me demande-t-il.

Je me désigne d'un coup de pouce. — Ben oui. Une Américaine à Londres ?

— Évidemment. En ce moment, toute ta vie est une aventure de voyage.

— Eh bien, je ne dirais pas ça comme ça.

— Mais tu viens de San Diego et tu vis ici, à Londres, une ville à des milliers de kilomètres de chez toi. Ça doit être une aventure.

Je hausse les épaules. C'est une aventure, et une que j'apprécie absolument, mais je ne vais pas lui dire ça. — Bien sûr. J'imagine.

— Tu imagines ? demande-t-il. Tu découvres une nouvelle ville et tous ses secrets. D'après moi, c'est plutôt excitant.

— Ce n'est pas mal, je réponds d'un air détaché, sur un ton volontairement plat.

— Quelle est ta ville préférée parmi celles que tu as visitées ?

— Paris.

— Oh, je comprends pourquoi. La Seine, l'architecture, la nourriture, le vin. Le romantisme absolu de cet endroit. À mon avis, c'est la ville qui a tout pour plaire.

J'ouvre la bouche pour répondre, puis je la referme. Paris, c'est tout ça. Ces mots sont peut-être sortis de ses lèvres, mais ils reflètent exactement mon sentiment.

— Tu sais, je suis allé dans un restaurant incroyable là-bas récemment, juste à côté de mon hôtel. C'était dans le Quartier latin, dans une de ces petites rues pavées. Son regard se perd au loin tandis qu'il parle, son visage radieux. Totalement charmant et typiquement français. La nourriture était divine, bien sûr, et après, je me suis promené le long de la Seine pendant que les amoureux déambulaient bras dessus, bras dessous. Il y avait de la musique et l'air du soir était bien plus doux qu'ici.

Je souris à cette image. C'était comme ça quand j'y suis allée, moi aussi, et je me souviens m'être dit à quel point ce serait merveilleux de passer du temps dans cette ville avec quelqu'un dont je serais amoureuse, un jour.

— Ça a l'air romantique.

— Eh bien, aussi romantique que ça puisse l'être quand on est seul, j'imagine, répond-il avec un rire plein d'autodérision. J'y étais pour le travail, alors…

Le mot « alors » reste en suspens entre nous.

L'idée qu'il ait dîné seul dans la ville la plus romantique du monde me semble terriblement triste.

Malgré moi, je sens mon cœur se serrer pour lui.

Non. Je ne vais pas m'apitoyer sur Charlie Cavendish. Il est riche, arrogant et mielleux.

— C'est vrai. Pas si romantique que ça, alors, je réponds.

— C'était quand même spécial. C'est drôle, on s'est trouvé un point commun, Kennedy.

— Paris ? C'est ça.

— Il n'y a pas une réplique de film célèbre à ce sujet ?

— *Casablanca*. « Il nous restera toujours Paris. » Humphrey Bogart à Ingrid Bergman.

Son visage se plisse en un sourire et je me surprends à lui sourire en retour.

— J'adore ce film.

Alors que ses yeux sont toujours posés sur moi, ses traits s'adoucissent, et je suis frappée par la profondeur de la couleur de son regard et la ride du lion qui se forme entre ses sourcils.

Je m'éclaircis la gorge, brisant l'instant que nous sommes en train de partager.

C'est Charlie Cavendish, le type qui me regarde de haut. Je ne veux pas partager d'instant avec ce gars.

— Tu n'as pas un avion à prendre ? je lui demande.

— Mon vol. Bien sûr. Il faut que j'y aille.

— Amuse-toi bien.

— C'est pour le travail. Ce ne sera pas amusant.

— Travailler à Vienne, Berlin et Dubrovnik, ça n'a pas l'air si mal, pour moi. J'imagine qu'au moins, tu pourras te gaver de Wiener Schnitzel et de strudel aux pommes pendant que tu y es. Peut-être t'acheter une paire de lederhosen ?

Il rit. Le son est grave et vibrant, et il réchauffe mon ventre.

— Je pense qu'un lederhose m'irait vraiment bien.

Mon rire se termine par un grognement avant que je ne me reprenne.

— J'en suis sûre.

— Qu'est-ce que je te ramène de Dubrovnik ?

Je fronce les sourcils.

— Tu n'as pas à me ramener quoi que ce soit.

— J'aimerais bien.

Bizarre.

— D'accord, j'admets. Qu'est-ce qu'ils ont à Dubrovnik ?

— Plein de choses. Que dirais-tu si je te rapportais des arancini ?

— Qu'est-ce que c'est ?

— Des écorces d'orange confites. C'est une friandise croate.

— Vraiment, ce n'est pas la peine.

— J'aimerais bien. Je peux te ramener un petit bout de Croatie, ma voisine qui aime tant voyager.

— D'accord, je réponds, incertaine. Mais… pourquoi ?

Il m'offre son large sourire.

— Pourquoi pas ? demande-t-il. Considère ça comme des excuses pour avoir troublé ton sommeil l'autre matin.

Je le regarde, les yeux plissés, décontenancée. Charlie Cavendish qui s'excuse auprès de moi ? Ça alors, c'est du jamais-vu.

Il jette un coup d'œil à sa montre, et je remarque que c'est une Rolex. Évidemment. Puis, relevant les yeux vers moi, il dit : — C'était un plaisir de te revoir.

Je me mords la lèvre. — Ouais. Bon voyage.

Son regard s'attarde sur moi un instant avant de dire : — Au revoir, Kennedy. Il tourne les talons et s'éloigne.

Je le regarde s'éloigner dans la rue, mal à l'aise. Je m'attends à ce que Charlie Cavendish se moque de moi et soit désagréable. Mais qu'il m'achète des bonbons étrangers pour s'excuser et qu'il se découvre une passion commune avec moi pour les voyages, c'est une tout autre histoire. Une histoire qui ne colle pas avec l'image que je me fais de cet homme.

Je chasse cette idée. C'est un homme suffisant et privilégié qui prend les gens comme moi de haut. La dernière chose que je veux, c'est tisser des liens avec un type comme ça. Ou pire encore, de *ressentir* quelque chose pour lui.

Attends, quoi ? Moi, avoir des sentiments pour Charlie Cavendish ?

Hors de question. Ah non.

Jamais.

De la.

Vie.

Je lève les yeux vers sa silhouette qui s'éloigne. À ma grande surprise, il se retourne et croise mon regard pendant une seconde, peut-être deux, avant de m'offrir un sourire et de disparaître au coin de la rue.

Et avant même que je comprenne ce qui se passe, des papillons s'agitent dans mon ventre.

Chapitre 8

— Pour moi, cet endroit ressemble à un restaurant tout ce qu'il y a de plus normal, dit Tabitha alors qu'on s'installe sur un banc dur à la longue table en bois massif.

Lottie parcourt le menu relié en cuir noir. — Il paraît que la nourriture est excellente ici, en plus du divertissement.

— Quel est le programme ce soir, Kennedy ? C'est toi qui écris l'article sur cet endroit, Mademoiselle l'Américaine célibataire, alors dis-nous ce qu'on doit manger et boire, dit Tabitha.

Lottie consulte son menu. — Je sais déjà ce que je vais prendre. Je commence par un *Coppélia*.

— C'est quoi, un *Coppélia* ? je demande en ouvrant mon propre menu.

— C'est une sorte de boisson. J'adore le fait qu'il porte le nom du ballet *Coppélia*.

Tabitha secoue la tête. — Tu es une vraie romantique, Lottie. Pourquoi ne choisis-tu pas une boisson en fonction de ce que tu as vraiment envie de boire, plutôt que de son nom ?

Elle hausse les épaules. — Où est le plaisir, sinon ?

Je parcours la carte des boissons. — Regardez tous ces noms de cocktails. Ils viennent tous de ballets, non ? Odette du *Lac des cygnes*, Cendrillon de, ben, *Cendrillon*, Prince Désiré, Giselle, Roméo.

— Oh, la Fée Dragée a l'air bonne, et très festive, s'exclame Zara.

— Le spectacle de chaque soir est censé compléter le menu, et ils ont des thèmes différents pour chaque jour de la semaine, j'explique. J'ai lu sur Internet que ce soir, c'est le *Ballet de Fureur*. Quoi que ça puisse vouloir dire.

— Le Führer ? Comme dans Hitler ? demande Lottie, consternée. — Ça ne me dit rien qui vaille. Je ne suis pas sûre de pouvoir supporter des pas de l'oie et des saluts nazis pendant que j'essaie de digérer.

Tabitha lui adresse un sourire sardonique. — *C'est* ça qui te déplaît là-dedans ?

— Ça s'écrit f-u-r-e-u-r. Je crois que c'est du français, j'explique.

— Oh, j'ai fait du français à l'école, nous dit Zara. — *Fureur*, ça veut dire quelque chose comme… fourrure, je crois. Oui, je suis presque sûre que c'est ça. Peut-être que c'est un ballet d'animaux en fourrure ?

— Ce serait hilarant, dit Tabitha.

Je hausse les épaules. — Je ne suis pas sûre d'avoir envie de dîner avec une bande de créatures de la forêt qui dansent autour de nous, mais c'est comme ça.

Un serveur habillé normalement, en chemise blanche et pantalon noir, arrive à notre table et nous passons nos commandes de boissons : un Odette pour Lottie, une Fée Dragée pour Zara, un Prince Désiré pour Tabitha, et je commande un Giselle, principalement parce que la critique que j'ai lue en ligne disait qu'il avait le goût d'un gin tonic et que je ne me sens pas d'humeur très aventureuse ce soir rayon cocktails.

— Alors, ton nouvel appart ? me demande Tabitha.

— Il est génial. J'adore vivre là-bas. C'est tellement spacieux et confortable, et incroyablement calme.

— Et il n'y a pas de Candice, ajoute Zara.

— Exactement. Pas de Candice, ça veut dire que ma vie est beaucoup moins compliquée et qu'il n'y a aucune chance que je me réveille avec des inconnus qui dorment par terre chez moi.

Le serveur apporte nos verres et nous prenons notre première gorgée.

— Oh, c'est délicieux. Tiens, goûte le mien. Lottie tend son verre à Zara, et nous prenons toutes une gorgée du nôtre avant de les faire tourner sur la table. Les cocktails sont sucrés et savoureux, la Fée Dragée étant de loin le plus écœurant.

— Comment va la chienne folle ? demande Tabitha en reprenant son verre.

— Mignonne, mais bizarre. Elle continue de massacrer les pauvres Winnie l'Ourson, même si je l'ai emmenée dans plusieurs animaleries pour lui trouver quelque chose de moins dérangeant à mâchouiller.

Tabitha a un geste du poignet.

— Ça va aller. Tu en as tout un placard.

— Une fois, avant que j'aie eu la présence d'esprit d'enlever les yeux avant de laisser Lady M se défouler dessus, j'ai dû les récupérer dans ses crottes. Je frissonne.

Zara fait la grimace.

— Beurk.

— T'es tellement bizarre de ne pas vouloir repêcher des yeux dans des crottes de chien, dit Tabitha, les yeux pétillants de malice.

Lottie sourit.

— Tellement bizarre.

— Je peux te recommander de super jouets pour chien, dit Zara. Des trucs qu'elle pourra mâchouiller jusqu'à ce que les vaches rentrent.

— C'était une blague ? demande Tabitha.

— Non.

— Lady Moo ? Vache ? la guide Tabitha.

Zara glousse.

— Ah ! Je n'y avais pas pensé. Totalement intentionnel. Kennedy, je t'emmènerai chez Penelope's Pooches.

— L'endroit où tu as eu Stevie ? je demande en parlant de son chiot Jack Russell. Ils ne sont pas complètement dingues, là-bas ?

Zara hausse les épaules.

— Si, mais ils ont les meilleurs trucs.

Le serveur revient à notre table et nous informe que le spectacle de la soirée est sur le point de commencer ; nous devons donc passer commande pour le dîner. Un rapide coup d'œil au menu et nous avons toutes commandé des plats appelés Casse-Noisette, La Sylphide et Don Quichotte, qui, nous informe-t-on, sont tous des noms de ballets célèbres.

— Je n'arrive pas à croire que ton nouveau boulot, ce soit d'aller dans ce genre d'endroits, de manger gratuitement, puis d'écrire des articles dessus, dit Zara.

— Tu sais quoi ? Au début, l'idée ne me plaisait pas tant que ça, surtout parce que ça veut dire que je ne peux pas traiter les sujets plus sérieux qui m'intéressent. Mais maintenant que je suis là, que je regarde la pièce avec ses murs noirs, ses décorations minimalistes et son éclairage tamisé, je commence à me faire à l'idée.

— Comment ne pas aimer ? Londres a tellement de restaurants, de bars et de clubs excitants et tu peux en faire une ribambelle aux frais de la princesse. Tu vas t'éclater, ma belle, me dit Zara.

— Et tu dois nous emmener à chacun d'entre eux. Pas d'excuses ! ajoute Tabitha.

Je souris à mes amies.

— Bien sûr. Ce ne serait pas aussi amusant sans vous, les filles.

— Et Charlie Cavendish ? demande Lottie, une fois que nos plats ont été servis.

— Quoi, lui ? je réponds de ma voix la plus désinvolte.

— Tu l'as revu depuis votre première soirée ?

— Deux fois.

— Et ? l'encourage-t-elle.

— Il faisait du bruit tôt un matin et m'a réveillée. J'ai dû aller lui dire de faire moins de bruit. Je ne mentionne pas ma tenue en robe de chambre vache. Et puis je suis tombée sur lui avec Lady M l'autre jour. Il était… bizarre.

— Bizarre comment ? demande Lottie.

— Il m'a dit qu'il allait me rapporter des bonbons de Croatie pour s'excuser de m'avoir réveillée.

— C'est tellement gentil de sa part, déclare Lottie.

Zara lève les sourcils vers moi.

— Ah, vraiment ? Elle échange un regard avec nos amies.

— Quoi ? je demande. Ce ne sont que des bonbons.

Tabitha hoche lentement la tête, les lèvres pincées.

— Des bonbons. C'est ça.

— Il me devait bien ces excuses. Il m'a réveillée super tôt, je leur dis.

— Il aurait pu simplement dire « désolé », fait remarquer Tabitha, et je sais qu'elle a raison.

Pourquoi *est-ce* qu'il m'achète des bonbons croates ?

— Je trouve ça adorable de sa part, déclare Lottie. Il te montre qu'il n'est pas le crétin condescendant que tu pensais qu'il était quand vous vous êtes rencontrés.

— C'est toujours un crétin condescendant, je réplique, en utilisant ce terme britannique peu familier. Et par « crétin », je suppose que tu veux dire connard. Il s'est moqué de ma tenue l'autre jour. C'était très impoli de sa part.

— Qu'est-ce que tu portais ? demande Tabitha.

— Un simple peignoir, je mens.

— Qu'y a-t-il de drôle dans un simple peignoir ? questionne Tabitha.

Je me ravise et décide qu'il vaut mieux ne pas mentir à mes amies. — Bon, c'était le peignoir de Delphine et il avait un motif de vache, avec des pis rembourrés.

Mes amies éclatent de rire.

— Des pis ? s'étonne Tabitha. N'importe qui en rirait, ma belle.

— Ouais. On peut difficilement lui en vouloir, dit Zara.

Je laisse échapper un souffle. — J'imagine. Mais je ne l'aime toujours pas.

Je n'ai vraiment pas besoin que mes amies me taquinent à propos d'un type pour qui j'ai une attirance malavisée, un type que je suis censée détester. Parce que je le déteste. C'est Charlie Cavendish le Suffisant, celui qui me regarde de haut avec son sourire narquois, trouvant ma vie et moi-même infiniment amusantes. Il est le roi, se moquant de la pauvre paysanne, de la plèbe.

— Vous saviez que tout le monde dans l'immeuble le

déteste ? Ils savent tous quel connard arrogant il est, eux aussi. Je charge ma fourchette d'une tranche de rôti de bœuf et de Yorkshire pudding, le parfait rôti britannique.

— Ils ne le détestent pas. C'est juste qu'il n'a pas fait d'effort avec eux, et ils l'ont mal pris. C'est tout, réplique Lottie. Gertie m'a tout raconté à ta fête de bienvenue. Charlie a promis d'aller à leurs événements.

— Tant mieux pour lui, je lance, sans expression.

Tabitha se penche en arrière sur sa chaise, les yeux fixés sur moi. — Personnellement, il me semble que la dame proteste un peu trop.

— On parle comme au temps de Shakespeare, maintenant, c'est ça ? je demande. Parce que ça a l'air marrant. Je pose ma main sur mon cœur et je dis : — Roméo, ô Roméo ! Pourquoi es-tu Roméo ?

Tabitha hausse les sourcils, comme si j'étais une enfant qu'elle devait tolérer. — Ne change pas de sujet. Tu sais ce que je veux dire.

— Je ne « proteste pas un peu trop ». Tout ce que je dis, c'est que d'autres personnes dans l'immeuble partagent mon avis sur ce type. C'est tout.

— Mmm-hmm, répond Tabitha, peu convaincue. Elle échange un regard avec Lottie et Zara.

Qu'est-ce qu'elles ont, mes amies ? Une fille n'a-t-elle pas le droit de détester un type pour la très bonne raison qu'il a été arrogant et impoli avec elle lors de leur premier rendez-vous arrangé, sans qu'on pense qu'il y a une attirance tacite pour lui ?

Bien sûr, je le trouve sexy, mais n'importe qui le trouverait. Il est grand et large et, avec les avant-bras musclés que les Ducks tripotaient l'autre soir, il est clair qu'il fréquente la salle de sport. Et puis il y a ses yeux à la Bradley Cooper, qui, j'en suis sûre, ont fait battre le cœur de plus d'une femme. Pas le mien. Jamais de la vie. Ce sont probablement des lentilles de contact colorées, de toute façon. Quel tricheur.

Mais un type peut être beau et sexy et tout ça, et je peux ressentir… *des choses* pour lui, et il peut quand même être un parfait connard. C'est même souvent le cas.

— Écoutez, il n'y a rien entre Charlie Cavendish et moi et il n'y aura jamais rien, je proteste.

Tabitha me sourit. — Bien sûr que non.

— Absolument, approuve Lottie.

— Mmm-hmm, dit Zara. Tu vas continuer à tomber sur lui, tu sais. C'est inévitable quand le type vit dans le même immeuble que toi.

Je pousse un soupir. — Je sourirai, je dirai bonjour et je continuerai ma route, tout comme il le fera, j'en suis sûre. Maintenant, on laisse tomber, d'accord ?

— D'accord.

— Puisque tu parles de continuer tes petites affaires, j'ai une super idée pour ton anniversaire, dit Zara.

— Vous voulez parler de mon coup de vieux, maintenant ? Qu'est-ce que vous pouvez être cruelles ! je demande en riant.

— On va toutes sur nos trente ans. Certaines d'entre nous y sont déjà, pas vrai, Zara ? dit Lottie.

— Ce n'est pas si terrible, nous dit-elle.

— Facile à dire pour la fille qui gère une entreprise qui cartonne et qui est amoureuse d'un mec génial, je lance.

— Lottie et moi, on est toutes les deux célibataires, on approche de la trentaine, et on le vit bien. Pas vrai, Lottie ? demande Tabitha.

— C'est clair. Quoique, avoir un mari permettrait à ma mère de me lâcher un peu les baskets.

— Elle te prend encore la tête ? demande Tabitha.

— Apparemment, je déçois toute la famille en ne lui donnant pas de petits-enfants.

Tabitha fait la grimace. — Ta mère, c'est la pire.

— Je peux vous donner mon idée pour l'anniversaire de Kennedy ? demande Zara.

Je me mords la lèvre. — Bon, je ne veux pas d'une grosse fête super chic. Pas comme la tienne, Zee. Un truc simple, tranquille. C'est plus mon genre.

— Je sais. J'ai pensé qu'on pourrait aller dans ton nouveau pub du coin. On pourrait toutes se mettre sur notre trente-et-un et te trouver des beaux mecs.

Je hausse un sourcil en la regardant. — Tu veux que je trouve un homme dans le pub de mon quartier pour mes trente ans ? Je pense au pub de l'autre côté de la rue de mon nouveau chez-moi, avec ses carreaux verts et ses guirlandes de Noël à la fenêtre. Il s'appelle Le Chat Noir et une jolie enseigne en bois est suspendue au-dessus de la rue, avec le dessin d'un chat noir au visage souriant. Il a l'air accueillant, de cette manière pittoresque et charmante propre aux pubs britanniques que j'ai appris à adorer en vivant ici.

Zara hausse les épaules, les paumes vers le ciel. — Pourquoi pas ? C'est un moment comme un autre, répond-elle. Et en plus, si tu rencontres un mec sympa dans ton nouveau pub du coin, il y a de fortes chances qu'il habite dans le quartier, ce qui facilite les rendez-vous.

— Ce qui le rend plus difficile à éviter quand vous rompez, ajoute Tabitha.

— Qu'est-ce que tu veux dire ? Kennedy ne rompra peut-être jamais avec lui. Ce sera peut-être son grand amour, lance Zara.

— Ou peut-être pas, réplique Tabitha.

— Comment tu peux le savoir ?

— Je ne le sais pas. Tout ce que je dis, c'est de ne pas être trop optimiste quant à sa rencontre avec un mec canon dans son pub du coin.

— Quel est le problème avec l'optimisme ?

Tabitha se tapote le menton. — Par où commencer ?

— Tu es tellement cynique, Tabitha.

— Je suis réaliste.

Mon regard passe de l'une à l'autre de mes amies qui se chamaillent. — Vous vous rendez compte que vous vous disputez à propos d'un type fictif ?

— Oui, répondent-elles en chœur.

— Kennedy, est-ce que l'idée de fêter ton anniversaire dans ton nouveau pub te plaît, mec canon du quartier ou pas ? demande Lottie.

— J'irai jeter un œil, propose Zara. Asher et moi, on peut aller en éclaireurs. Au moment où elle prononce son dernier mot, un fracas assourdissant de cymbales retentit près de l'entrée, et nous levons toutes la tête, surprises.

— Mais qu'est-ce que… ? marmonne Zara.

— J'ai failli m'étouffer avec mes gnocchis, se plaint Tabitha.

De la musique classique commence à jouer, et je me penche vers mes amies. — Ça doit être le ballet des créatures à fourrure. Ça m'enthousiasme. Je parie que c'est super mignon.

Nous attendons, pleines d'impatience, tandis qu'une magnifique ballerine en tutu lilas, une couronne de lavande dans les cheveux, entre dans la salle en dansant. Elle se déplace entre les tables sous les *oh* et les *ah* des convives jusqu'à ce qu'elle atteigne une petite scène près de notre table. Elle y saute avec élégance et atterrit avec la légèreté d'une souris, puis se met à tournoyer, à faire des pirouettes et des pliés, et en général à faire tout ce que ma professeure de ballet, Madame Wasillew, a essayé en vain de me faire faire avec la moindre grâce quand j'avais sept ans. Elle est absolument magnifique à regarder, et nous mangeons joyeusement nos plats tandis qu'une autre ballerine, puis une autre et encore une autre arrivent et se joignent à la danse parfaitement synchronisée.

— C'est si joli, dis-je à mes amies. Je suis tellement contente qu'on soit venues.

— Imagine pouvoir danser comme ça, dit Lottie d'un air rêveur.

— Carrément, non ? Splendide, j'acquiesce.

— Je me demande quand les créatures à fourrure vont arriver. Je parie qu'elles seront trop mignonnes, nous dit Zara.

Au moment même où je prends une gorgée de ma boisson, la musique s'arrête brusquement et les danseuses se tournent pour se faire face. — Peut-être que les danseuses à fourrure sont sur le point d'arriver ?

Lottie sourit. — J'espère bien.

Nous regardons le langage corporel des ballerines changer. Elles rentrent les épaules et tapent de leurs chaussons sur le sol en se regardant fixement, comme une troupe de sumos affamés.

Et puis, celle vêtue de lilas pousse un cri à glacer le sang. C'est un tel choc que je recrache ma boisson sur la table.

Mes amies et moi nous lançons des regards inquiets.

— Qu'est-ce qui se passe ? chuchote Lottie une fois le cri terminé, alors que nous sommes plongées dans un silence étonné.

— Je ne sais pas, mais je ne suis pas sûre d'aimer la tournure que prennent les événements, je réponds.

Le silence béat dans la salle ne dure pas. Très vite, les quatre ballerines se hurlent dessus, tournant en rond en tapant des pieds comme si elles étaient sur le point de s'attaquer, à la *Cobra Kai*. Celle en lilas frappe le sol du pied comme un taureau enragé, puis crie quelque chose dans ce qui semble être une langue complètement inventée, avant que la ballerine en jaune ne se faufile entre les tables en lui hurlant dessus en retour. La musique reprend, un morceau classique frénétique, tandis que les ballerines courent dans tout le restaurant, se baissant et plongeant entre les tables, se criant et se hurlant dessus.

— C'est plus que bizarre, s'exclame Tabitha. Il me faut un autre verre. Quelqu'un d'autre en veut un ? Elle fait signe à la serveuse, qui porte maintenant un cache-oreilles bleu pâle et duveteux.

Maline, la fille.

— Que puis-je vous servir ? demande-t-elle par-dessus le bruit en soulevant l'un des cache-oreilles pour entendre notre réponse.

Une des ballerines la percute, et la serveuse se redresse et nous sourit comme si tout cela faisait partie de son travail.

Ce qui est probablement le cas, j'imagine.

— Une autre tournée, s'il vous plaît, dit Tabitha en affichant un sourire forcé alors que la ballerine jaune hurle bruyamment à côté de nous. Et vite.

La ballerine jaune en attrape une autre par le chignon et tire dessus dans une prise de catch classique, provoquant un autre cri perçant.

Vraiment, tout ça est absolument charmant.

Puis, heureusement, la musique change pour les sons apaisants du début, et les ballerines cessent leurs cris stridents et leurs tirages de chignons pour se remettre à danser, glissant à travers le restaurant avec élégance et sans effort, comme si elles ne s'étaient pas battues à la manière de la WWE quelques instants auparavant.

— Mais qu'est-ce qui vient de se passer ? demande Tabitha, la bouche bée, alors qu'elles dansent vers la sortie et disparaissent de la salle.

— Je sais, pas vrai ? C'était tellement inattendu, je réponds.

— Inattendu et complètement, mais complètement dingue, approuve Lottie.

— Je croyais que tu avais dit qu'il y aurait de mignonnes créatures des bois, se plaint Zara. Je veux de mignonnes créatures des bois.

Je secoue la tête. —Je n'ai jamais dit ça.

Zara fait défiler les pages sur son téléphone, puis lève les yeux vers nous.

— Désolée, les filles. Je vous ai induites en erreur. *Fureur*, ça veut dire furie, pas poilu. Une seule lettre de différence et voilà le résultat.

— Alors, c'étaient des ballerines furieuses ? demande Lottie.

— C'est bien l'impression qu'elles m'ont donnée, je réponds.

— Tu savais que ça allait se passer comme ça ? me demande Zara, et je secoue la tête.

—Je suis tellement contente qu'on ait été là pour voir ça. Ma soirée est réussie, maintenant. Je me demandais vraiment ce qui manquait. Maintenant, je sais : il manquait des ballerines folles de rage, dit Tabitha, et lorsque son regard croise le mien, nous nous mettons à glousser.

Peu de temps après, Zara et Lottie se joignent à nous, et nous partons dans un fou rire collectif, nous émerveillant de l'absurdité de ce dont nous venons d'être témoins.

— Ces cris stridents ! déclare Tabitha en secouant la tête.

— Et le tirage de chignon ! ajoute Zara, incrédule.

— Et quand la rose a attrapé le tutu de la jaune et en a arraché un morceau ? Je ne suis pas sûre que ça faisait partie de la chorégraphie, je réponds.

Le temps de finir notre tournée de verres suivante, un homme en costume de pingouin — c'est-à-dire en smoking, pas un type déguisé en animal, malheureusement — a expliqué que nous avons assisté au spectacle des ballerines en colère et nous a remerciés d'être venus ce soir.

Je repars en sachant que j'ai un super sujet pour ma première chronique « *Single American Girl in London* », et que j'ai vécu une expérience que je n'ai nul besoin de renouveler.

Chapitre 9

En arrivant au bureau, je salue la réceptionniste du magazine et traverse les locaux pour rejoindre mon poste. Je suis restée éveillée tard hier soir pour écrire mon article et, maintenant, je regrette de n'avoir dormi que quelques heures à peine avant de devoir affronter Edina.

— Salut, Shelley, je lance en passant devant elle pour entrer dans mon box.

— Comment ça va ? me demande-t-elle avec son adorable accent néo-zélandais, en contournant notre cloison pour s'appuyer contre mon bureau. Ouh là, tu as l'air fatiguée. Comment il s'appelle ?

— Il n'y a pas de mec. Je suis sortie dans un endroit de dingue hier soir et j'ai passé la moitié de la nuit à écrire un article dessus. Edina veut voir le premier jet aujourd'hui.

— Qu'est-ce qu'il y avait de si dingue ?

— Ne me demande pas. Je me lève, mon bloc-notes et un stylo à la main. Souhaite-moi bonne chance.

— Tu entres dans la fosse aux lions, c'est ça ?

— Tu vas me dire qu'en fait, c'est un chaton déguisé ?

Shelley secoue la tête. — Non. C'est une lionne, c'est certain. Elle m'a dit de réécrire complètement mon article sur les tendances de rouge à lèvres pour « être plus "blue sky" ». Elle mime des guillemets avec ses doigts. C'est quoi, ce délire de rouge à lèvres « blue sky » ?

Je glousse, alors que l'anxiété virevolte dans mon ventre comme un avion en papier dans une soufflerie. — Je n'en ai aucune idée. On prend un café après ?

— Tu vas en avoir besoin.

Alors que je m'éloigne, mon téléphone émet un bip pour signaler un message.

Chère Kennedy. Vous devez venir au dîner participatif de Noël vendredi à 19 h dans l'appartement de Maude. Tout le monde sera là ! Vous pouvez apporter un dessert de fête. Préparez quelque chose de décadent que nous regretterons tous d'avoir mangé immédiatement après. Appartement 4B. Cordialement, Barbara.

Je souris pour moi-même. J'adore sa façon de conclure un texto par « Cordialement, Barbara ». Ça fait tellement *pas* ma génération. Revoir les Canards – cette fois en y étant préparée – sera amusant, et le fait que je sois sûre que Charlie ne sera pas là signifie que ce sera une soirée sans stress. Enfin, aussi sans stress que possible tout en se faisant interroger par un groupe de voisines fouineuses, bien sûr.

Je tape une réponse rapide.

J'adorerais venir. À vendredi, avec un dessert de fête sous le bras !

Je résiste à l'envie de signer « Cordialement, Kennedy » et j'appuie sur envoyer.

Je traverse rapidement l'étage jusqu'au bureau d'Edina et je frappe à sa porte fermée.

— Entrez ! lance-t-elle, et je pousse la porte pour voir Jodi du service des réseaux sociaux s'éponger les yeux avec un mouchoir, le visage rouge et marbré de larmes.

— Oh, désolée. Je repasserai plus tard, dis-je en reculant pour sortir de la pièce.

— C'est bon, c'est bon, c'est bon, répond Edina d'un ton enjoué. Jodi s'en allait justement.

Je lance un regard interrogateur à Jodi. S'en allait, comme dans quitter le magazine ? Sûrement pas. Elle se lève et m'offre un sourire larmoyant en se tournant pour partir.

— Ça va ? je lui demande à voix basse.

Elle secoue la tête et se précipite hors de la pièce, me laissant seule avec une Edina souriante.

L'inquiétude m'envahit la poitrine. Est-ce que Jodi vient de se faire virer ?

— Fermez la porte, s'il vous plaît, m'ordonne Edina.

— Bien sûr. Je referme la porte derrière moi. Est-ce que tout va bien ? On dirait que Jodi est contrariée et je pensais que vous aviez déjà terminé votre réorganisation.

— Elle va bien, est sa réponse évasive, et je regrette instantanément d'avoir paru indiscrète.

— Alors, Kennedy Bennet. Elle se rassied derrière son grand bureau. J'aime beaucoup votre nom. Il a un côté très… quelque chose.

— Jane Austen ? je propose.

Sa bouche forme un « O ». — C'est ça ! On dirait que vous sortez d'un roman d'Austen. Kennedy Bennet. Kennedy Bennet. Je vais toujours utiliser votre nom complet.

— D'accord, je réponds, car que pourrais-je dire d'autre ? Je suis quasi certaine que mon nom de famille est l'une des raisons principales pour lesquelles ma sœur m'a inscrite à l'émission de téléréalité *Dating Mr. Darcy*. Je crois qu'elle pensait que le destin s'en mêlerait.

— Et il s'en est mêlé ?

— Non.

Ses sourcils remontent jusqu'à la racine de ses cheveux. — Alors, vous avez participé à l'émission de téléréalité avec cet aristocrate sexy ?

— Sebastian. J'étais l'une des cinq finalistes de l'émission.

— Vous avez déjà écrit là-dessus pour le magazine ?

— Non. Sandra voulait que je travaille sur des sujets plus percutants.

Elle grogne. — Qu'y a-t-il de plus percutant qu'un article révélant les coulisses de la téléréalité par une participante qui l'a vécue de l'intérieur ?

Euh, plein de choses, non ? Ce qui me vient à l'esprit, là, tout de suite : le mouvement Me Too, *ce qui se passe en Afghanistan, l'environnement...*

Mais l'objectif, ici, c'est de garder mon poste.

— Je serais ravie d'écrire quelque chose si vous le souhaitez.

Elle fait un geste sec du poignet. — Gardons ça sous le coude. Qu'est-ce que vous avez pour moi aujourd'hui ? Le temps est un luxe : un hôtel sept étoiles, un restaurant étoilé au Michelin.

— Je vous ai envoyé la première ébauche de mon article hier soir. J'en ai une copie papier ici si vous n'avez pas eu l'occasion de le voir. Je lui tends la version imprimée. Elle me la prend des mains et commence à lire.

Je me tiens debout de l'autre côté de son bureau, me mordillant nerveusement la lèvre.

— Ouais... d'accord... intéressant... oh, elle n'a pas fait ça... oh, si, elle a fait ça !... uh-huh... hmm. Elle tire l'une des billes de métal de son pendule de Newton posé sur son bureau, et elles se mettent à s'entrechoquer, produisant un cliquetis toutes les quelques secondes.

Elle plaque l'article sur le bureau, se lève et se dirige d'un pas lourd vers la fenêtre pour regarder dehors.

— Tout va bien, Edina ?

Elle se retourne vers moi. — Il me plaît, Kennedy, vraiment. Les ballerines sont hilarantes. Elles se sont vraiment attaquées ? demande-t-elle, mais c'est clairement une question rhétorique. — Parce que c'est incroyable. Les dîners-spectacles, c'est tellement intéressant. Qui sont les artistes ? Qui va dans ces endroits ? Pourquoi y vont-ils ?

— Exactement. Je peux faire tout un papier sur les expériences de dîners-spectacles à Londres si vous voulez. Il y en a des tonnes.

Elle tape dans ses mains, les yeux brillants. — Oui ! Son visage se referme. — Mais vous savez quoi ? Ça, dit-elle en ramassant mon article sur son bureau et en l'agitant en l'air, je n'adore pas.

Attendez une minute. Quoi ? Je croyais qu'elle adorait ça il y a une seconde à peine.

— D'accooord.

Elle se tapote le menton, la bouche tordue. — Il manque quelque chose. Il faut un angle. Vous voyez ce que je veux dire ? C'est comme un pain qui a tous les bons ingrédients, mais qui a quand même un goût de sciure de bois.

— De sciure de bois ? je grimace. Ça ne peut pas être bon. — Je suis sûre que je peux le réécrire, peut-être ajouter un peu de couleur quelque part ? Si mon angle ne vous plaît pas, je serais ravie de le revoir, même si je pense que ma perspective sur la subversion du rôle féminin passif traditionnel fonctionne bien dans l'article.

— Je ne le sens pas. Et j'ai besoin de le sentir, là. Elle se frappe vivement la poitrine avec la paume de la main.

— Mais ce sont des ballerines. Totalement féminines. Genre, le summum de la féminité. Et elles se *battent*. Vous voyez ? Ça prend le stéréotype féminin à contrepied.

Personnellement, je trouve mon angle brillant. De toute évidence, Edina n'est pas si convaincue.

Elle plisse le nez et se remet à faire cliqueter ces satanées billes suspendues. Après quelques chocs, elle s'exclame soudain : — Ça y est !

— Vous avez trouvé ?

— Oh que oui. Son sourire s'empare de son visage. — Je pense à *Sex in the City*. Je pense à *Emily in Paris*. Je pense à des célibataires de *Love Island* qui cherchent l'amour.

— *Love Island* ? À Londres ?

— Pourquoi pas ? C'est sexy, c'est tendance, c'est torride, torride.

— Mais c'est aussi l'hiver. Sauf votre respect, je ne peux pas passer mon temps à me pavaner en bikini. Je vais attraper une hypothermie. Je plaisante, bien sûr, mais une partie de moi craint sérieusement que ce soit la direction qu'elle est en train de prendre.

— Vous allez adorer où je veux en venir. Vous êtes célibataire. Vous aimez faire des rencontres, n'est-ce pas ?

— Je suppose, je réponds d'un ton hésitant.

— Vous sortez avec des hommes ?

— Eh bien, oui, mais…

— Trouvez des hommes ! Sortez avec eux ! Écrivez sur vos rendez-vous ! Qu'est-ce que ça fait d'être toute seule et célibataire pendant la période de Noël, et comment pouvez-vous combler ce vide ?

Elle est sérieuse, là ?

Je me trémousse sur ma chaise, mal à l'aise. — Ce n'est pas vraiment un *vide*.

Elle m'ignore. — Je veux que vous vous inscriviez sur les applications. Je veux que vous soyez sur le terrain. Elle montre la fenêtre d'un geste, comme si j'étais une sorte de super-héroïne capable de s'envoler par la fenêtre du quatorzième étage. — Je veux que vous rencontriez des hommes, des cavaliers, des amants potentiels.

J'avale ma salive. Des amants ? *Pouah.*

— Allez dans ces endroits branchés, insolites, nouveaux, faites-en un reportage, dites-nous ce qui cartonne en ce moment, mais faites tout ça lors de rendez-vous. Des rendez-vous à l'aveugle. Oui ! Racontez-nous ce que ça fait d'aller dans le nouvel endroit à la mode avec un homme que vous n'avez jamais rencontré. *Ça*, c'est un angle. D'une pierre deux coups. Une offre deux-en-un. On pourrait appeler ça « Rendez-vous à l'aveugle à Londres ». Vous le sentez ?

Euh, non ?

— Je suppose, je réponds, mais ma réponse sans enthousiasme ne l'intéresse pas.

— « Rendez-vous à l'aveugle à Londres ». Ça a ce petit truc en plus, vous voyez ? Ce n'est pas juste des rencards ordinaires. N'importe qui peut faire *ça*. Là, ce sont des rendez-vous à l'aveugle avec tout leur potentiel, toutes leurs attentes, toute leur excitation mielleuse et dégoulinante.

Une excitation mielleuse et dégoulinante ne me dit rien qui vaille, surtout lorsqu'il s'agit de rendez-vous à l'aveugle.

— Nous ferons des articles réguliers en ligne ainsi qu'un format pour la version papier. Comme ça, vous pourrez vraiment y aller à fond. Elle frappe sur son bureau pour appuyer son propos. — C'est ça, l'angle. C'est ce qui manquait. Vous n'*adorez* pas ?

Ce n'est pas tout à fait de l'adoration que je ressens en ce moment.

— Puis-je poser une question ?

— Absolument. Elle agite la main comme si elle faisait preuve d'une magnanime générosité en m'autorisant à demander quoi que ce soit.

— Êtes-vous en train de dire que vous voulez que j'écrive plutôt une chronique sur les relations maintenant ? Parce que je ne suis pas sûre que ce soit dans mes cordes. Je veux dire, je n'ai jamais rien écrit sur les relations amoureuses.

— C'est seulement un angle, une couche supplémentaire, un cadre de référence.

— Donc, ça reste un article sur ce qui est tendance à Londres en ce moment ?

— Exactement, sauf qu'il y a ce petit piquant sexy en plus, vous voyez ? Vous pouvez commencer tout de suite. Qu'y a-t-il sur votre liste, ensuite ?

Je jette un œil à ma liste d'endroits potentiels à visiter que j'ai compilée avec l'aide de mon bon ami, Google. — Un restaurant à thème *Game of Thrones*

où l'on est assis dans une salle aux allures de château et servi par des Marcheurs Blancs.

— Ennuye*uuuux*, lance-t-elle d'une voix chantante. — Tellement dépassé, même si Jon Snow pouvait bouleverser mon monde quand il le voudrait.

Mince alors, c'était ma meilleure idée.

Je continue. — Et si on se mettait dans l'ambiance des fêtes, vu que c'est la période de Noël ? Je pensais au patinage sur glace à Somerset House, suivi de crêpes au stand français.

— Ça a déjà été fait. Elle agite la main d'un geste dédaigneux. — Suivant ?

— Visiter le Winter Wonderland à Hyde Park ?

Elle tapote du bout des doigts sur son bureau. — Suivant.

— Un tour en bus pour voir toutes les illuminations de Noël ?

Elle me lance un regard qui veut dire *vous êtes sérieuse ?*

De plus en plus désespérée de trouver une idée qui lui plaira, je m'aventure loin de Noël, vers des propositions plus excentriques. — Il y a une boîte de nuit sur le thème du *Rocky Horror Picture Show* qui s'appelle le Rocky's où les gens se déguisent en personnages du film et dansent sur les chansons.

— En qui vous déguiseriez-vous ?

Encouragée par le fait qu'elle montre ne serait-ce qu'un soupçon d'intérêt, je cherche frénétiquement dans ma mémoire un personnage du film. Je ne l'ai jamais vu, c'est donc une mission quasi impossible.

Je tente ma chance au hasard. — La fille sexy ? je dis en retenant mon souffle.

Son visage s'illumine et je sais que je l'ai ferrée. — J'adore. Kennedy Bennet, c'est parfait. Mettez-vous en bombe et sortez pour votre premier rencard arrangé au Rocky's.

— Bien sûr, je vais... je commence.

— Ce soir !

J'ouvre la bouche pour protester, mais ça ne sert à rien. Je sais qu'elle est décidée. Et après avoir probablement vu Jodi se faire virer sans ménagement il y a quelques instants, la dernière chose dont j'ai envie, c'est de refuser ce que me demande Edina.

J'ai besoin de ce boulot.

— Pour quand voulez-vous l'article ?

—Jeudi matin, ça vous irait ?

— Dans deux jours ? Bien sûr.

De toute façon, dormir, c'est surfait.

Elle se rassied à son bureau. — Vous avez toutes les applications de rencontre ?

— J'en ai quelques-unes, mais je ne les ai pas vraiment utilisées.

— Eh bien, à moins que vous ne trouviez quelqu'un à rencontrer d'ici ce soir, je vous suggère d'utiliser le reste de la journée pour entrer en contact avec la population célibataire de cette ville afin d'organiser un rencard et de vous jeter à l'eau.

Toute la combativité que j'avais pour ne pas avoir à faire ça m'a bel et bien abandonnée. — Pas de problème. Je m'en occupe.

— Voilà l'esprit, Kennedy Bennet, répond-elle en reportant son attention sur son écran, signifiant ainsi que notre conversation est terminée.

Je retourne à mon bureau en traînant des pieds et je m'affale lourdement sur ma chaise. Je dois aller à des rencards arrangés dans ces endroits, maintenant ? Quelle humiliation. Quiconque a déjà eu un rencard arrangé sait à quel point ça peut être un désastre. Bien sûr, il y a toujours ces histoires « un sur un million » que l'on entend sur des gens qui rencontrent l'amour de leur vie lors d'un rencard arrangé, mais personnellement, je soupçonne que ce sont soit des légendes urbaines, soit des histoires diffusées par le service de relations publiques de la société Rencards Arrangés Inc.

Je saisis mon téléphone sur mon bureau et j'ouvre une application de rencontre que j'avais utilisée sans grande conviction en arrivant en ville. J'avais rencontré deux types grâce à elle, et aucun des deux ne me correspondait – ce qui est une façon polie de dire que c'étaient de parfaits tarés flippants, bien sûr. J'affiche mon profil et, avec un soupir, je clique sur le bouton de réactivation.

Qui ne tente rien n'a rien.

Je fais de même avec quelques-unes des applications les plus connues, en évitant celles que tout le monde sait être conçues uniquement pour des coups d'un soir. Je ne voulais pas de rencards avec ces types-là.

Mon téléphone sonne, c'est un message d'Esme qui me dit qu'elle a déjà promené Lady Moo, avec un décompte des ablutions, et qu'elle l'a ramenée à l'appartement. Je tape une réponse rapide pour la remercier et lui rappeler de ne pas s'embêter avec les infos sur les ablutions – parce que *beurk* – puis je vais sur l'Instagram de Hugo.

Il y a une nouvelle photo de lui et Fleur, cette fois-ci sirotant un chocolat chaud près d'un feu de cheminée, l'air amoureux et heureux dans leurs gros pulls d'hiver.

Je me mordille la lèvre.

Je sais, c'est une horrible manie. Je sais que je dois juste arrêter de regarder son IG et #passeràautrechose.

Mais à chaque fois, je sens mon doigt qui me démange, voulant voir ce qu'il fait, avec qui il est, à quel point il est heureux.

C'est presque comme si je me punissais moi-même.

Mais qui est-ce que j'essaie de tromper ? C'est *totalement* comme si je me punissais.

Chaque photo que je vois me dit qu'il est heureux avec sa nouvelle femme, celle de la « bonne » famille.

Chaque photo que je vois me dit que je n'avais pas ma place dans son monde. Pas comme elle.

Le cœur lourd, je ferme Instagram et j'ouvre une des applications de rencontre pour voir si quelqu'un a mordu à l'hameçon.

C'est le cas.

Et *beaucoup* ont mordu.

Franchement, je suis estomaquée. Bon, je sais bien que je ne suis pas un thon, mais l'ampleur de l'intérêt de la part des célibataires masculins de Londres est ahurissante.

Je commence à faire défiler les candidats potentiels, faisant le tri jusqu'à obtenir une liste des moins pires. Je sais que je ne cherche pas vraiment le prince charmant, mais je veux rendre toute cette histoire de rendez-vous à l'aveugle aussi supportable que possible.

On dirait que ça ne m'enchante pas, n'est-ce pas ?

Je sélectionne un type qui a l'air de correspondre plus ou moins à ma cible — assez jeune, de sexe masculin, avec toutes ses dents, je ne suis pas trop difficile à ce stade — et je lui envoie un message pour lui demander s'il aimerait sortir avec moi ce soir. Avec ses cheveux châtain foncé et son large sourire, il a l'air assez inoffensif, et il a indiqué « aventure » dans ses centres d'intérêt. Espérons que son idée de l'aventure inclue d'aller dans une boîte de nuit à thème *Rocky Horror Picture Show*, déguisé, avec une parfaite inconnue.

Une partie de moi le jugera s'il accepte.

— Pause-café ? demande Shelley par-dessus la cloison.

— Tu me parles d'or. Tu crois qu'on peut s'éclipser ou on va devoir se pincer le nez et descendre l'horrible café d'ici pour avoir notre dose de caféine ? Je jette un œil au bureau d'Edina. Ses stores vénitiens sont ouverts, et je la vois, les pieds sur son bureau, adossée à son fauteuil en cuir noir pendant qu'elle discute au téléphone.

— Je ne suis pas sûre qu'on devrait prendre le risque. J'ai entendu dire que trois personnes ont perdu leur emploi rien que ce matin.

— Jodi des réseaux sociaux ? je demande, atterrée.

— Oui, et deux assistantes de la mode.

J'écarquille les yeux. — Pas Lulu et Peta.

Elle pince les lèvres et hoche la tête d'un air sombre. — Elles étaient adorables, mais je n'ai jamais su ce qu'elles faisaient.

Je revois les deux filles avec leurs jambes enviablement

longues et leurs silhouettes fines et élancées. Elles portaient toujours les dernières tendances, donnant l'impression de passer des heures à s'habiller chaque jour, de leurs immenses faux cils jusqu'à leurs ongles de pieds à la pédicure complexe. Elles étaient parfaites pour le département Mode, mais comme dit Shelley, nous ne les avons jamais vraiment vues *faire* quoi que ce soit. À part être sublimes, bien sûr.

— On n'a qu'à prendre un café rapide ici, je dis.

Toutes les deux, nous parcourons le court trajet qui passe devant le bureau d'Edina pour nous rendre dans la salle de pause.

— Sur quoi tu travailles ? demande-t-elle, alors que j'appuie sur les boutons de la machine pour obtenir le liquide en plastique qui passe pour du café par ici.

— Edina a ajouté un nouveau degré d'excitation à ma chronique « Une Américaine célibataire à Londres » : les rendez-vous à l'aveugle.

— Tu vas avoir des rendez-vous à l'aveugle ?

— Mmm-hmm. J'essaie d'en organiser un pour ce soir. Je me suis activée sur les applis de rencontre ce matin. Il semble y avoir beaucoup d'options.

— Qui as-tu ciblé ? Quelqu'un de mignon ? Elle verse un peu de lait dans chacune de nos tasses, et nous nous asseyons toutes les deux à la table en Formica.

— Ce n'est pas le but. J'ai juste besoin d'un type pour m'accompagner dans ces endroits afin de pouvoir ajouter une bonne dose de malaise à l'article. Sérieusement, je pense que tout ce qu'elle veut, c'est m'humilier.

— Allons. Tu sais que tu pourrais utiliser cette opportunité à ton avantage. Tu es célibataire. Ils sont célibataires. Enfin, on le suppose.

— Ne commence même pas.

— Qui te dit que tu ne vas pas tomber par hasard sur l'amour de ta vie lors d'un de ces rendez-vous ?

— Sur Tinder ?

— D'accord, pas sur Tinder. Sur quelles autres applis es-tu ? Il y en a des bien ?

Je retourne mon téléphone et lui montre les applications. — Celles-ci.

— Deux ? Tu es sur deux applis ? Elle cligne des yeux comme si elle n'arrivait pas à concevoir ce fait.

— C'est trop ? Je devrais n'en avoir qu'une seule et y consacrer tous mes efforts ?

— T'es folle ou quoi ? Il faut que tu en aies plus que deux si tu veux avoir la moindre chance de rencontrer quelqu'un d'à peu près normal. Tiens. Elle tend la main, paume vers le haut.

J'attrape mon téléphone sur la table et le serre contre ma poitrine. — Pas question que je te laisse mettre la main sur mon téléphone.

— Détends-toi. Je ne vais rien faire. Je vais juste te montrer les bonnes applis.

Je m'adoucis. — D'accord, mais ne va pas me créer de profils. Je m'en occuperai.

— Bien sûr.

Je pose mon téléphone dans sa main tendue et j'essaie de ne pas me laisser déranger par l'expression de jubilation sur son visage. Elle tapote rapidement, téléchargeant un tas d'applis en un temps record.

— Et voilà. Ce sont celles qui fonctionnent pour moi. J'ai passé de très bonnes soirées grâce à elles.

Je les parcours des yeux. — Bon à savoir.

— Écoute, c'est une question de chiffres. Tu dois te lancer pour voir ce que tu obtiens en retour. Combien de mecs as-tu contactés pour le prochain endroit que tu dois visiter ?

— Un seul.

— Un seul ? s'esclaffe-t-elle. Ce n'est pas jouer avec les chiffres, ma belle. C'est tout le contraire. C'est… je ne sais même pas ce que c'est.

— Je me suis dit que c'était le seul qui avait l'air assez convenable.

— Il faut que tu sois moins difficile. Trouve au moins dix autres mecs et envoie-leur des cœurs ou swipe-les, ou peu importe ce qu'il faut faire sur chaque appli pour leur montrer que tu es intéressée. De cette façon, tu auras plus de chances que ça morde.

— Dix, c'est beaucoup.

— Un, ce n'est rien.

— Pas faux.

Elle prend une gorgée de son café et fait la grimace. — Beurk. On aurait peut-être dû risquer nos emplois pour avoir un café décent.

— Pas question. Je fais tout mon possible pour garder ce travail. Je ne veux pas avoir à rentrer chez moi.

— Parce que le temps chaud, les belles plages et les gens heureux, c'est l'enfer ? demande-t-elle en riant.

Mes entrailles se tordent. — Quelque chose comme ça.

Nous buvons d'une traite notre horrible café et je retourne à mon bureau. Je passe le reste de la journée à me créer des profils, à envoyer des messages et même à flirter avec quelques mecs qui ne me retournent pas l'estomac. En fin d'après-midi, j'ai trois gars qui m'ont dit qu'ils étaient libres ce soir, et je retiens mon souffle après leur avoir dit que je voulais aller au club *Rocky Horror Picture Show*, en costume.

Mon téléphone vibre sur mon bureau avec la réponse d'un des mecs.

Don : *T'es visiblement dans des délires bizarres. Fais ta vie. Je vais faire la mienne avec quelqu'un d'autre.*

Waouh. Juste waouh.

Eh bien, Don, je vais faire ma vie, merci beaucoup.

D'accord, ce n'est pas sorti tout à fait comme je le voulais, mais vous voyez ce que je veux dire.

Il est temps de passer à autre chose.

Le message suivant est beaucoup plus positif.

Carl : *Ça a l'air d'être une bonne tranche de rigolade.*

Carl est un gars avec qui j'échange des messages de manière sporadique depuis deux heures environ. Il est drôle, charmeur et beaucoup moins intense que certains autres, dont l'un m'a demandé une photo de mes pieds nus. Don a peut-être pour limite d'aller en costume dans un club *Rocky Horror Picture Show*, mais la mienne, c'est clairement les photos de pieds.

Sérieusement, cette journée a été pleine d'enseignements.

La photo de profil de Carl montre un homme aux cheveux châtains, aux yeux bienveillants et à la barbe fournie. Il a un grand sourire aux lèvres.

Je tape une réponse rapide.

Moi : *Parfait. Pour ton information, j'écris un article sur un rendez-vous à l'aveugle au club. Transparence totale, tout ça.*

Carl : *Je me sens tellement utilisé.*

Je souffle. Donc, pour Carl, c'est non…

Mon téléphone bipe, signalant un nouveau message.

Carl : *Je plaisante. Vingt-deux heures, ça te va ?*

Je souris à mon écran. Bingo.

Moi : *Qu'est-ce que tu porteras pour que je te reconnaisse ?*

Carl : *Un short doré et une perruque blonde. Évidemment.*

Je pouffe de rire. Ce mec est drôle.

Moi : *Sérieusement, maintenant.*

Carl : *Je suis sérieux. Je me déguise en Rocky. Tu n'as jamais vu le spectacle ?*

Moi : *Je peux t'avouer que non ?*

Carl : *On dirait que je vais devoir t'instruire. Quel costume as-tu en tête ?*

Moi : *Je ne suis pas sûre.*

Carl : *Et si tu venais déguisée en Magenta ?*

Je n'ai aucune idée de qui est Magenta, mais c'est à ça que sert M. Google. Tant qu'elle est sexy, Edina sera contente.

Moi : *Est-ce que Magenta est sexy ?*

Carl : *Carrément.*

Moi : *Parfait. On se retrouve là-bas à vingt-deux heures ?*

Carl : *Marché conclu.*

Je souris en mon for intérieur tandis qu'une petite graine est plantée dans mon esprit. Peut-être que Shelley a raison. Peut-être que toute cette expérience pourrait m'aider à trouver un mec génial.

Et peut-être que ce mec pourrait même être Carl ?

Je sais, je sais. Je m'emb*aaaaa*lle complètement. Mais une fille a le droit de rêver du mec qu'elle vient à peine de « rencontrer » sur une application de rencontres et avec qui elle va dans une boîte de nuit à thème, déguisée en une certaine Magenta.

Ouais, ça ne sonne pas terrible.

Je ne peux pas empêcher cette petite graine de pensée de faire pousser quelques feuilles.

Chapitre 10

Je suis sérieusement en train de remettre en question mon choix de carrière, en ce moment précis.

Il n'y a pas si longtemps, j'écrivais des articles intéressants, qui poussaient à la réflexion, sur des sujets importants pour un magazine féminin que j'adorais et que je respectais.

Et maintenant ? Maintenant, je suis dans une boîte de nuit, vêtue du costume de soubrette le moins révélateur que j'aie pu trouver — qui est sans aucun doute encore beaucoup trop révélateur à mon goût, et bien *moins* révélateur que la quasi-totalité des costumes des autres autour de moi —, je porte une perruque qui fait ressembler ma tête à une sucette géante, et mes pieds sont compressés dans une paire de talons noirs qui me font déjà mal, alors que je viens à peine d'arriver.

J'attends mon rencard tout en regardant une salle bondée de gens, dans l'est de Londres, vêtus de costumes étranges et merveilleux, qui dansent sur une chanson qui semble parler d'un type nommé Eddy qui n'aimait pas son ours en peluche.

Bref, un vendredi soir tout ce qu'il y a de plus normal pour moi.

De plus, je n'arrive pas à trouver mon rencard.

On pourrait penser que quand il a dit qu'il porterait un short doré avec une perruque blonde, il serait facile de le repérer. On aurait tort. Tellement tort. Il doit y avoir au moins vingt mecs habillés exactement comme ça en ce moment, allant du pur produit de la salle de sport au pantouflard présumé. Je n'ai aucune idée duquel est Carl.

Je jette un autre coup d'œil à son profil sur l'application de rencontres de mon téléphone, puis je balaye la pièce du regard une fois de plus. Je suis sur le point d'abandonner quand je sens une tape sur mon épaule. Je me retourne et je vois un homme en short doré, une perruque blonde sur la tête, et avec d'impressionnantes tablettes de chocolat.

— Tu es Kennedy ? me demande-t-il d'une voix assez forte pour couvrir la musique.

— Carl ?

— C'est bien moi. Son visage s'illumine du sourire que je reconnais sur l'application. Il se penche vers moi et me dit à l'oreille : Tu fais une Magenta incroyable. Christina Milian peut aller se rhabiller.

Je sens son haleine de bière éventée, mais je souris au compliment. Christina Milian est cent fois plus sexy que moi, mais je prends quand même le compliment avec plaisir.

— Merci, tu ressembles à celui qui jouait le type en short doré.

Il me lance un regard interrogateur. — Rocky. Je suis la création du scientifique.

— C'est comme ça que ça se passe ? J'ai juste cherché Magenta sur Google après que tu me l'as suggéré.

— Tu veux danser, Magenta ? me demande-t-il.

Je regarde la marée humaine. La chanson a changé pour une autre parlant de certaines personnes nommées Brad et Janet, et tout le monde chante en chœur, s'amusant comme des fous. — Bien sûr. Pourquoi pas ?

Nous nous jetons sur la piste de danse, avec le reste des clients aux tenues extravagantes. Certains restent dans leur personnage en bougeant au rythme de la musique, d'autres dansent simplement. Un type en particulier, habillé en une sorte de vieux gothique effrayant, exécute une danse aux mouvements raides qui est, pour être honnête, assez troublante.

Carl et moi faisons des pas de danse normaux, et après un moment, je me détends et commence à m'amuser.

Cet endroit est sympa. Vraiment bizarre, mais sympa.

La chanson change pour la seule que je reconnais du film, et tout le monde suit les mouvements en faisant « un saut sur la gauche, et un pas sur la droite », comme l'indique la chanson. En un rien de temps, Carl et moi suivons la chorégraphie avec tout le monde, en riant et en passant un excellent moment.

Nous dansons sur les deux chansons suivantes, puis je suggère que nous fassions une pause. Nous passons une double porte pour entrer dans une zone plus calme. Comme la boîte de nuit, elle est faiblement éclairée, avec des rideaux de velours rouge le long des murs et un bar contre l'un d'eux. Des groupes de gens sont assis sur des fauteuils confortables et des poufs dispersés un peu partout, et Carl va nous chercher à boire pendant que je m'assois sur l'un des deux poufs au milieu de la pièce.

— Voilà ton eau. Tu es sûre que tu ne voulais rien de plus fort ? dit-il en me tendant un verre.

— J'ai tellement soif après toute cette danse, c'est exactement ce dont j'ai besoin. Je bois une grande gorgée d'eau avec reconnaissance pendant qu'il s'enfonce dans le pouf d'en face. Tu es déjà venu ici, Carl ? je demande.

Il éclate de rire. — Tu as dit « Corail ».

— Non, pas du tout. J'ai dit Carl.

— Tu as dit Coral.

— Non, Carl.

— Exactement. Et si tu faisais comme s'il n'y avait pas de « r » dans mon prénom ?

— Alors tu serais Cal, comme dans Californie.

Il me sourit.

— C'est bien mieux que Cor-ral. Avec toi, j'ai l'impression d'être une octogénaire qui fait partie des dames patronnesses et qui est bénévole à la kermesse de sa paroisse.

— J'aimerais bien rencontrer Coral. Elle a l'air d'être une personne incroyable, je réponds avec un sourire.

Il rit en levant sa bouteille de bière et je trinque avec mon verre d'eau.

— Assure-toi juste que tout le monde dans ton article sache que je suis un mec.

— Bien sûr.

— Et que je suis un dieu grec qui assure sur la piste de danse, habillé d'un « budgie smugglers » doré.

— Un « budgie smugglers » ? je demande.

— Mon short. Mon Speedo. C'est une expression australienne.

Il hausse les épaules.

— Mon ex était Australienne.

— Donc, un Australien a un jour décidé qu'un Speedo donnait l'impression que tu transportais un petit oiseau dans ton pantalon ?

Il rit.

— Ouais.

— Bon à savoir.

Nous échangeons un sourire.

Nous discutons un moment et il me parle de son travail (comptable dans un grand cabinet londonien), de sa chatte (une tigrée avec sa propre page Instagram et plus de mille abonnés), et du fait qu'il est d'Oxford et qu'il a déménagé à Londres il y a quelques années seulement.

Il se relève du pouf avec une aisance impressionnante et me tend la main.

— Allons encore danser. J'ai envie de faire jouer mes muscles de Rocky et de me mesurer aux meilleurs.

Je fais de mon mieux pour réprimer un bâillement.

— Il n'est pas super tard ?

Il me prend les mains et me tire hors du pouf pour me remettre sur pied.

— Je croyais que tu avais un article à écrire. Tu n'as pas besoin de plus de matière ?

Il n'a pas eu besoin de me forcer la main. J'adore danser, et Carl est vraiment en train de me séduire.

— Allons-y.

Et voilà comment je finis par danser jusqu'à plus de trois heures du matin. Je ris et je m'amuse comme une folle avec Carl dans son « budgie smugglers », qui s'avère être un type normal avec beaucoup de profondeur et un sens de l'humour décapant.

C'est tout bénef, à ce que je vois.

Au moment où nous arrêtons, mes pieds me font un

mal de chien, mon maquillage chargé a commencé à couler, et je dois ressembler à une soubrette qui a dû nettoyer une salle de bain de trop. Mais, à ma grande surprise, j'ai fini par apprécier tout ce délire du *Rocky Horror Picture Show*.

Nous arrivons dans la rue et je vérifie mon téléphone.

— Mon VTC est là.

Je vois une Prius s'arrêter à six mètres de là et je vérifie la plaque d'immatriculation.

— Hé, c'était sympa. Merci beaucoup d'avoir éduqué la novice du *Picture Show* que je suis.

— On remet ça, répond-il, son manteau d'hiver recouvrant son costume de Rocky.

— Je pense qu'une seule fois dans cet endroit me suffit.

— On pourrait, je ne sais pas, aller prendre un café ou un verre un de ces jours ?

Je sens une petite pointe d'excitation à l'idée de revoir Carl.

— J'aimerais beaucoup.

— Super.

Il fait un pas vers moi et pose ses mains sur le haut de mes bras. Me fixant du regard, il dit :

— Ça te va si je t'embrasse ? Parce que j'en ai vraiment envie.

Alors que je plonge mon regard dans ses yeux et que je vois une lueur d'espoir sur son visage, la partie de moi qui cherche l'amour me dit de le faire. D'embrasser ce garçon. De voir s'il y a une alchimie entre nous.

Alors, je me penche vers lui, mon rythme cardiaque s'accélérant à l'idée d'embrasser un homme pour la première fois depuis beaaauuucoup trop longtemps. Il presse ses lèvres chaudes et douces contre les miennes.

Ah. C'est donc ça, un baiser. Ça faisait si longtemps, j'avais presque oublié.

— Je t'appellerai, dit-il alors que nous nous écartons, son visage se transformant en un large sourire.

— D'accord.

Je lui adresse un sourire avant de me précipiter dans la rue et de monter dans ma voiture.

Alors que mon chauffeur s'éloigne du trottoir, je me surprends à sourire en pensant à Carl.

Qui aurait cru que je rencontrerais un type génial lors d'un rendez-vous à l'aveugle dans une boîte de nuit sur le thème du *Rocky Horror Picture Show* ?

Pas moi, ça, c'est sûr.

Je m'appuie contre mon siège. Il est tard... enfin, tôt, plutôt, car je regarde l'heure sur mon téléphone et je remarque qu'il est presque trois heures et demie. Trois heures et demie ! Je ne crois pas être restée debout aussi tard depuis la fac.

Je me sens déchaînée et libre.

Carl, alias Rocky, m'a fait beaucoup de bien.

Je commence à peine à somnoler quand la voiture me réveille brutalement par une secousse. Je tends la main et m'agrippe à la portière à côté de moi. Mon chauffeur se met à débiter des injures hautes en couleur tout en ralentissant et en se garant sur le bas-côté dans une rue déserte.

— Ça va ? je demande.

Sa réponse est bourrue. — Ouais, à ton avis ? Pneu crevé.

— Oh non !

Il se tourne pour me regarder. — Tu veux commander une autre course ? Ou tu peux attendre que je le change.

Je balaie la rue du regard. Nous sommes dans une banlieue que je ne reconnais pas, tous les immeubles sont plongés dans le noir, habités par des gens sensés qui, eux, n'ont pas eu besoin de visiter une boîte de nuit à thème pour leur chronique et dorment tranquillement. — Quelles sont les chances que je trouve une autre course ?

— J'sais pas.

Très utile.

L'idée de devoir sortir de la voiture et d'attendre une autre course, ce qui pourrait prendre une éternité, ne me tente pas du tout. — Je vais attendre, je suppose.

— D'accord. Il sort de la voiture et se met à fouiller dans le coffre, d'autres jurons ponctué l'air nocturne.

— Tu t'en sors ? je demande, pas sûre de vouloir entendre sa réponse. Il est évident que non.

— Parfaitement, grogne-t-il.

Okay.

Je me rassieds dans mon siège et sors mon téléphone. Je commence à prendre des notes sur ma soirée en vue de mon article quand j'entends taper à la vitre.

Surprise, je lève la tête et vois mon chauffeur sur le trottoir, une mine inquiète. Il recule pendant que j'ouvre la portière. — Qu'est-ce qui se passe ? je demande, en gardant un ton léger – et non comme s'il m'avait peut-être attirée ici pour m'assassiner.

— Je ne sais pas trop comment demander ça, commence-t-il. — Est-ce que tu sais changer un pneu ?

— Bien sûr. Pourquoi ?

— Ben, en fait, ça fait qu'une semaine que je fais ce boulot, c'est la voiture de mon cousin et il m'a dit qu'elle était nickel mais en fait non et je sais pas comment on fait.

— Pour changer un pneu ?

Il baisse la tête. — Ouais.

— Tu as un cric et une clé en croix ?

— C'est ça que tu appelles comme ça ? Il brandit exactement les objets que je viens de nommer.

Je sors de la voiture, retrousse mes manches et lui dis : — Je m'en occupe.

Son visage se fend d'un sourire. — T'es un ange. Je te mettrai une note de cinq étoiles.

Tout ce que je veux, c'est rentrer chez moi, mais ce n'est pas à l'ordre du jour tant que ça n'est pas réglé. — Cool.

Quarante minutes plus tard, le pneu changé par mes propres soins, mon chauffeur m'ayant raconté comment sa copine l'avait largué par texto le même jour où son patron l'avait viré de son poste de mise en rayon au supermarché du coin, tout ça à cause d'un malentendu avec un furet et un pack de six bières – ne me posez pas de questions – je sors de la voiture, lui dis au revoir, et je monte péniblement les marches pour entrer dans mon immeuble. Je glisse ma clé dans la serrure et pousse la porte du hall, les pieds endoloris, extrêmement reconnaissante d'être enfin rentrée.

Je bâille, l'épuisement me tombe dessus avec la prise de conscience que la nuit est enfin terminée et que je peux aller au lit, me rouler en boule et sombrer dans un sommeil bienheureux.

Alors que je referme la porte derrière moi, je me retourne et tombe nez à nez avec la seule personne que je n'arrive pas à éviter en ce moment.

Charlie Cavendish.

— Kennedy, dit-il en guise de salutation, tandis que son regard me parcourt.

Je me balance d'un pied sur l'autre.

Je suis passée de la robe de chambre inspirée d'une vache la plus ridicule du monde, avec des pis rembourrés et un « Meuh, je t'aime » brodé sur la poitrine, à une soubrette sexy en piteux état devant ce type.

Ça ne va *vraiment* pas.

Charlie, en revanche, a l'air parfaitement apprêté. Il porte une tenue similaire à celle qu'il avait le matin où il m'a réveillée, sauf que cette fois, il a aussi un sweat à capuche bleu marine et un casque audio autour du cou. Ce n'est pas son lui habituel tiré à quatre épingles, mais plutôt la version décontractée de Ken — et ça lui va bien.

Je fais de mon mieux pour retrouver ma contenance. — Salut, Charlie.

— Tu sors d'un petit footing matinal ? demande-t-il, les commissures de ses lèvres tressaillant à sa propre blague, tandis que son regard glisse vers mes talons hauts.

— Très drôle, je réponds d'un ton neutre. En fait, je sors de boîte de nuit.

— Dans… ça ? Il désigne mes vêtements d'un geste, et je resserre encore plus mon manteau autour de moi.

— Pour ta gouverne, je travaillais.

— Tu sais que tu n'arranges pas ton cas, là, n'est-ce pas ?

Je fronce les sourcils. — Quoi ? Pourquoi ?

— Dehors en train de « travailler » à cette heure matinale ? Il mime des guillemets avec ses doigts en me gratifiant d'un sourire en coin, ses yeux d'un bleu ridicule pétillant de malice.

Je lui lance un regard noir. — Pour ta gouverne, je travaille pour un magazine. J'écris sur des expériences originales à Londres lors de rendez-vous arrangés.

— Tu avais un rendez-vous arrangé, habillée en soubrette ?

— C'était dans une boîte de nuit sur le thème du *Rocky Horror Picture Show*.

— Je vois. Pour quel magazine est-ce que tu écris ?

Je hausse un sourcil. — Ne fais pas semblant de t'intéresser à ma vie, on sait tous les deux que ce n'est pas le cas.

Les mots sortent bien plus durs que ce que j'avais prévu. Je remarque ses sourcils se relever de surprise.

— Désolée. Nuit difficile.

— Ça se voit. J'essayais juste de faire la conversation.

Je lui offre un sourire. — Eh bien, comme ma mamie le dit toujours, garde ton souffle pour refroidir ton porridge.

Il laisse échapper un rire soudain qui remplit le hall à l'acoustique résonnante. — Ta mamie mangeait beaucoup de porridge ?

— C'est une expression. Ça veut dire « tais-toi ». Ma mamie est Écossaise. Elle a le sens de la formule.

— Une Écossaise qui mange du porridge ? Si ça ce n'est pas un cliché !

— Ha.

— De toute façon, je croyais que les Américains appelaient ça de l'« oatmeal ».

— Ce n'est pas la question.

— Je veillerai à économiser mon souffle en ta présence à l'avenir. Tu vas au repas participatif de Noël demain ?

—J'ai prévu d'y aller.

— On se verra là-bas.

— Mais tu ne vas jamais à leurs trucs. C'est le Comité des dames, tu te souviens ?

Son visage s'illumine d'un sourire tandis qu'il retire sa main de la porte de l'ascenseur. —Je me suis dit, pourquoi pas ? Ça semble être la chose la plus conviviale à faire entre voisins.

J'ouvre la bouche et la referme.

— Passe une merveilleuse journée, Kennedy, du moins ce qu'il en reste pendant que tu es réveillée.

— Toi aussi, je réponds en entrant dans l'ascenseur.

Les portes se referment, et je suis emportée vers le haut, loin de lui.

Génial. C'est tout ce dont j'avais besoin. Charlie-le-suffisant Cavendish au dîner de Noël des Canards.

C'est tellement plus facile de nier les sentiments que j'ai commencé à éprouver pour lui si je n'ai pas à le voir.

Je vais juste devoir l'éviter. Je resterai de l'autre côté de la pièce. Je discuterai avec les Canards et je l'ignorerai.

Facile.

Chapitre 11

Ou… *pas* si facile que ça.

Je me pointe au repas de Noël participatif chez Maude, en espérant qu'une urgence liée au travail ou à la salle de sport ait retenu Charlie.

Manque de pot.

Il est là, dans le salon de Maude, avec son sapin de Noël décoré, du houx suspendu au manteau de la cheminée et des chants de Noël en fond sonore.

Pire encore.

Non seulement Charlie est dans la pièce, mais il a réussi, je ne sais comment, à charmer complètement les

« Ducks » qui l'entourent en ce moment alors qu'il est assis sur le canapé, suspendues à ses lèvres comme s'il était la personne la plus fascinante de la soirée.

— Kennedy ? m'interpelle Elsey, alors que je dépose ma contribution, un pudding de Noël de chez Marks & Spencer, sur la table remplie de plats appétissants. Tu dois venir. Charlie était justement en train de nous raconter l'histoire la plus intéressante.

Je jette un coup d'œil à Charlie. Il m'adresse un sourire qui me donne des papillons dans le ventre, comme mon ventre s'obstine à le faire en sa présence ces derniers temps. Si l'autre matin, en allant à la salle de sport, il était Ken Décontracté, aujourd'hui c'est Ken Cool avec son pantalon, sa chemise au col ouvert sous un blazer bleu sur mesure. Ken *Posh* et Cool serait probablement une meilleure étiquette, car la plupart des hommes de son âge que je connais adoptent le look jean et sweat à capuche, plutôt que de ressembler à un James Bond au repos.

Je repère une chaise de salle à manger isolée près du sapin de Noël. — Je suis bien ici, lui dis-je.

— N'importe quoi, déclare Barbara. Viens t'asseoir avec nous. Il y a plein de place et il faut que tu entendes parler de Charlie, notre héros.

Charlie Cavendish, un héros ?

Oui, c'était bien une volée de cochons que je viens d'apercevoir battant des ailes en passant devant la fenêtre.

À contrecœur, je me dirige vers le groupe.

— Charlie est un héros, c'est ça ? je demande en croisant son regard.

Ses lèvres s'étirent et il hausse les sourcils en guise de réponse.

— Oh, oui, dit Elsey, le visage radieux. Il est si courageux. Nous n'en avions aucune idée. N'est-ce pas, mesdames ?

Une vague d'approbation ondule dans le groupe.

Qu'est-ce qui se passe ici ? Elles ne sont pas censées toutes le détester ?

— Ce n'était rien, vraiment. Je ne sais même pas comment vous avez appris ça, proteste-t-il, mais tout le monde peut voir que le cœur n'y est pas.

Barbara s'insurge. — Oh, écoutez-moi ça ! « Ce n'était rien. » Modeste en plus d'être héroïque.

— J'imagine que la modestie est son seul défaut, dit Gertie, et je jurerais que cette femme lui bat des cils.

Je hausse un sourcil dans sa direction, et il a la décence de paraître embarrassé. — Quelle chose merveilleusement héroïque as-tu faite ? je lui demande.

J'ai une ribambelle de suggestions :

Il a fait don d'un petit million à une œuvre de charité, comme apprendre aux enfants des quartiers difficiles à valser ?

Il a créé un refuge pour que les dames de Notting Hill puissent y divertir leurs toutous quand elles ne peuvent pas les emmener sur leurs superyachts ?

Franchement, les possibilités sont infinies.

— Elles en font toute une histoire, répond-il, en faisant de son mieux pour paraître gêné.

Il a vraiment l'air de rougir. Waouh. Ce type pourrait avoir une deuxième carrière sur les planches.

Elsey lui tape sur la main. — Oh, quelle blague, Charlie.

— Arrête d'être si modeste, le gronde Maude.

— Les jeunes hommes devraient vraiment assumer leurs réussites, dit Barbara, et tout le monde dans la pièce est d'accord.

— Sans être vantards, ajoute Elsey.

— Je n'arrive pas à imaginer Charlie être vantard. Pas

toi ? demande Gertie avant de recommencer à lui battre des cils.

Sérieusement, je crois que cette femme est amoureuse de lui.

— Absolument pas, intervient Barbara. Et personnellement, je suis désolée de t'avoir mal jugé, Charlie. C'était une erreur. Je te prie de me pardonner.

Je la fixe, sous le choc. Mais qu'est-ce que ce type a bien pu faire ?

Il sourit avec bienveillance. — Je n'ai fait aucun effort avec aucune de vous depuis que j'ai emménagé dans l'immeuble. *C'est moi* qui devrais m'excuser. Si j'avais su que ces repas participatifs étaient si amusants, j'aurais dit à mon patron d'aller se faire voir et je serais venu dès mon arrivée.

Elsey frappe dans ses mains avec joie. — Ça aurait été merveilleux !

— On aurait évité de passer tout ce temps à dire à quel point on te trouvait horrible et on aurait pu parler d'autres gens horribles à la place, dit Evelyn.

— Merci ? dit-il en riant, et lorsque ses yeux se posent sur moi, un large sourire se dessine sur son visage.

Je cligne des yeux, incrédule. C'est quoi, cette nouvelle adulation sans réserve ?

C'était tellement plus simple quand elles le détestaient toutes.

— Je ne sais toujours pas ce que Charlie a fait de si extraordinaire, dis-je en haussant les épaules.

— Regarde-toi, plantée là. Viens donc t'asseoir ici, Kennedy, et Charlie pourra tout te raconter. Elsey tapote une place sur le canapé entre elle et Charlie.

Je reste clouée sur place. M'asseoir à côté de Charlie, assez près pour le toucher, ne fera rien pour mon équilibre intérieur.

— Allez, ma belle. Il y a plein de place ici, dit Elsey en tapotant à nouveau la place.

Tout le monde me regarde, dans l'attente, même Maude, et je ne suis pas sûre qu'elle ait entendu quoi que ce soit de la conversation.

Je sais que je n'ai pas le choix. Pas sans être impolie, en tout cas.

J'évite de croiser le regard du désormais populaire Charlie en m'asseyant délicatement, veillant à ne rien effleurer de lui. Je m'installe, toute raide, sur mon siège. Mon dos est droit comme un i, mes mains posées sagement sur mes genoux, comme une femme au foyer réservée des années cinquante.

— Allez-y, mon grand. Ne soyez pas timide, lui dit Elsey.

— Je suis sûr que Kennedy n'a pas envie d'entendre cette histoire, répond Charlie.

— Oh, eh bien, je vais la lui raconter, alors ! s'exclame Barbara, frustrée. Charlie a sauvé la vie d'un homme ! annonce-t-elle. Et d'un homme célèbre, en plus.

— Il n'allait probablement pas mourir, explique-t-il.

— Un homme est tombé d'un bateau dans des eaux agitées et infestées de requins...

Charlie secoue la tête. — Pas infestées de requins. L'eau était un vrai miroir.

— ... dans le noir...

— Il faisait jour.

— ... et il s'est avéré que le pauvre homme ne savait pas nager...

— Il savait nager, mais il a un peu paniqué.

— ... alors, qu'a fait notre Charlie ? Il a plongé à sa suite...

— J'ai plutôt sauté, en fait.

— ... et il a ramené cet homme presque mort en lieu sûr, sur le bateau.

Je regarde Charlie, attendant sa réfutation.

Il hausse les épaules et répond : — Cette partie est correcte.

— Dis-lui le plus important, ordonne Gertie.

— Je pense que vous avez tout couvert, répond-il.

— Le plus important, dit Gertie à sa place, c'est que l'homme qui a failli mourir était Stephen Hislop, ce type milliardaire qui fabrique tous les ordinateurs et tout le tralala.

— Stephen Hislop ? je demande, incrédule. Le PDG fondateur de Hislop Computing ? L'équivalent britannique d'Apple ?

Pour moi, ça sonne comme une histoire complètement inventée. Une histoire inventée pour impressionner un groupe de femmes âgées. Et ça a clairement fonctionné.

— Qui a mangé une pomme ? demande Maude.

— Personne n'a mangé de pomme, explique Evelyn.

— Eh bien, pourquoi parlez-vous de pommes ? se plaint Maude.

— On ne parle pas de pommes, répond Evelyn. On parle du fait que Charlie a sauvé un homme de la noyade.

Maude plisse le nez. — Avec une pomme ?

Evelyn pousse un soupir exaspéré. — Mets tes appareils auditifs la prochaine fois, Maude.

Elsey se penche en arrière sur son siège, un air de satisfaction sur le visage. — Il a sauvé Stephen Hislop. N'est-il pas extraordinaire, notre Charlie ?

Là-dessus, elle a raison. Il *est* extraordinaire.

Mais attendez. *Notre* Charlie ?

Et sérieusement, elles gobent vraiment ça ? C'est de toute évidence une manœuvre pour les amadouer. Je suis journaliste. Je peux renifler une fausse histoire à des kilomètres, et celle-ci est clairement fausse.

Le problème, c'est que ça marche, de toute évidence.

Ah, que je regrette le temps où les Mémés le haïssaient sans détour.

— Tu es en train de me dire que tu étais sur un bateau avec Stephen Hislop, qu'il est tombé à l'eau et que tu l'as sauvé ? je demande en plissant les yeux.

— Franchement, ce n'était rien d'exceptionnel, répond Charlie. Et si on parlait d'autre chose un moment ? Le temps s'est drôlement rafraîchi, non ?

— J'adore cette période de l'année, quand les soirées tombent vite et que les décorations de Noël sont installées. C'est vraiment ma saison préférée, nous dit Evelyn en mordant à l'hameçon.

— Qu'est-ce que tu dis ? Parle plus fort, s'il te plaît, s'exclame Maude.

— Les belles lumières de Noël, dit Evelyn d'une voix forte.

— Ah, oui. Adorables. Tout simplement adorables, répond Maude.

— Les lumières de Noël chassent la morosité de l'hiver, vous ne trouvez pas ? dit Barbara.

— Moi, j'aime bien le vin chaud, dit Elsey en levant son verre vide.

— C'est ta façon de demander un autre verre ? répond Barbara en riant.

Elsey adresse un grand sourire à son amie. — Suis-je trop subtile ?

— Allez, viens. On va te chercher un autre verre. Il serait peut-être temps de commencer à manger, aussi.

Saisissant l'occasion de m'éloigner de Charlie, je me lève d'un bond. — Qu'est-ce que je peux faire pour aider ?

— Toi, tu peux te rasseoir et discuter avec le charmant Charlie, me dit Barbara. Vous êtes de loin les plus jeunes ici. Vous devez avoir des tas de choses à vous raconter.

— Oh, non, ça va. Je discuterai avec lui plus tard, je proteste en la suivant à travers la pièce.

— Non, j'insiste. Elle me prend par le coude et me ramène vers le canapé. Et pas question que tu aies des idées d'aide non plus, jeune homme. En tant que nouveaux résidents, vous êtes nos invités d'honneur ce soir, et les invités d'honneur n'aident pas.

— À vos ordres, madame, répond Charlie avec un grand sourire.

Je lève les yeux au ciel. Avec ses faux airs héroïques et sa gentillesse mielleuse, il les a toutes dans sa poche.

Sachant que je n'ai pas le choix, je me laisse retomber à côté du prétendu héros du jour. Je lui décoche un sourire crispé.

— Bon retour parmi nous, dit-il.

— Merci, je lâche entre mes dents.

Barbara me fait un clin d'œil avant de se retourner et de s'éloigner.

Elle me fait un clin d'œil, à moi !

Oh, mon Dieu.

Pendant que les dames s'affairent à resservir les boissons et à réchauffer les plats, Charlie et moi nous retrouvons seuls sur le canapé.

C'en est fini de mon plan de rester à l'autre bout de la pièce.

— Tu as vraiment sauvé un milliardaire ? je lui demande.

— Pourquoi j'inventerais une chose pareille ? répond-il en riant.

Je hausse les épaules. — J'en sais rien. Pour tout un tas de raisons.

— C'est vrai, mais pour info, ce n'est pas moi qui ai abordé le sujet. Ce n'est pas mon genre.

J'étudie son visage. Il y a quelque chose dans son regard qui me fait me demander si je ne l'ai pas jugé trop durement. Mais qui sait ? Il est peut-être juste un bon comédien. Je m'éclaircis la gorge. — Comment s'est passé ton voyage ? je demande.

— Très bien. J'ai bien avancé dans mon travail.

— Super, des moments passionnants, donc.

— Eh bien, ils auraient pu l'être, dans d'autres circonstances. Je t'ai rapporté quelque chose. Il se penche et attrape quelque chose à côté du canapé. — Ce sont des écorces de citron confites. J'espère que tu aimes. Il me tend un bocal en verre noué d'un ruban, rempli de lamelles d'écorce de citron confites dans le sucre.

Je le prends dans mes mains, touchée qu'il ait tenu sa promesse. — Merci. C'est… adorable de ta part. Je penserai à toi en les mangeant.

Il sourit, et la peau autour de ses yeux se plisse. — Fais ça.

— Tu sais, tu n'étais pas obligé de m'apporter ça. Tu t'es excusé, donc tout va bien entre nous.

— Je sais. J'en avais envie.

J'avale ma salive. — D'accord.

— D'accord.

Nous restons assis en silence tandis que je me débats avec mes sentiments contradictoires. Il est impoli, puis gentil. Il est condescendant, puis il semble sincère. Et puis, il y a toute cette histoire de héros sauvant un type célèbre de la noyade qui fait tourner mon cerveau à plein régime.

Que le vrai Charlie Cavendish se manifeste !

— Alors, tu fais quoi pour Thanksgiving ? je demande, pour combler le silence gênant entre nous.

— Tu sais bien qu'on ne fête pas Thanksgiving en

177

Grande-Bretagne, donc la question ne se pose même pas, me dit-il.

— Peut-être que certaines personnes le fêtent ?

Il secoue la tête. — Non.

— Les Américains qui vivent ici le fêtent sans aucun doute.

— C'est différent.

— En quoi est-ce différent ?

— Parce que ta question était de savoir comment je fêtais Thanksgiving cette année, et la réponse est que je ne le fête pas.

Alors on recommence à se chercher ? Le coup du lapin, c'est peu de le dire.

— Tu n'es reconnaissant pour rien dans ce pays ? je lui demande.

— Là n'est pas la question. C'est une tradition américaine, pas britannique. Nous avons nos propres traditions, et nous en sommes très satisfaits, merci bien.

— Tu veux parler de la nuit des feux de joie ? je demande, en me souvenant du feu d'artifice que mes amis et moi étions allés voir à Battersea Park en novembre.

— En fait, le nom officiel est la nuit de Guy Fawkes, pour commémorer un complot déjoué par Guy Fawkes et ses acolytes visant à faire sauter le Parlement en 1605, dans ce qu'on a appelé la Conspiration des poudres.

— Eh bien, on se prend pour un prof d'histoire, je réponds en riant.

Sans parler du fait que c'est assez intéressant.

— Je m'intéresse activement à mon pays.

La sonnette retentit, et la porte s'ouvre toute grande. Une autre femme plus âgée, avec des lunettes et, vous l'aurez deviné, un collier de perles, entre dans la pièce d'un pas dansant et se met à saluer tout le monde en faisant la bise.

— Encore une Cane, je marmonne dans ma barbe.

— Tu viens de la traiter de cane ? m'interroge Charlie.

— C'est le nom que je donne aux dames de cet immeuble. Je le dis gentiment.

Il hausse un sourcil. — Parce que toutes les femmes d'un certain âge aiment se faire appeler « cane » ?

Je lui lance un regard noir. — Tu les appelles le Comité des Dames. Qu'est-ce qui ne va pas avec les Canes ? Il se trouve que les canards sont mon espèce d'oiseau préférée.

— Je ne t'imaginais pas amatrice de canards.

— Quelle sorte d'oiseau pensais-tu qu'était en tête de ma liste ? En fait, ne réponds pas. Je ne crois pas que je veuille savoir.

— J'allais dire le cygne.

J'ouvre la bouche pour répondre et la referme. Bien que les cygnes soient connus pour leur beauté et leur élégance, je ne vais pas me laisser attendrir par ce qui pourrait être sa tentative de compliment. Il en faudra bien plus que ça.

Comme un changement de personnalité.

— J'aime bien le terme : les Canes. Ça sonne bien, et elles ont tendance à se dandiner en groupe, en cancanant sur tout et n'importe quoi.

Je pince les lèvres pour réprimer un sourire alors que l'image se forme dans ma tête. Elles porteraient toutes leurs colliers de perles et leurs lunettes réglementaires en se dandinant dans l'immeuble, fourrant leur bec dans les affaires de tout le monde.

— Serait-ce possible ? demande-t-il en me regardant.

Je reporte mon attention sur lui. — Que serait-il possible ?

— Se peut-il que j'aie fait sourire Kennedy Bennet ?

— Je souris.

— Vraiment ?

— Oui. Tout le temps. Je souris toujours. Je suis même connue pour ça, en fait.

D'accord, ce n'est pas tout à fait vrai, mais il m'arrive de sourire. Juste pas quand il est là.

Ses lèvres se contractent. — On t'appelle Kennedy la Souriante, c'est ça ?

— Ce n'est pas parce que je ne souris pas avec toi que je ne suis pas souriante, tu sais.

Il penche la tête sur le côté, ses yeux me transperçant du regard. — Et pourquoi ça ?

— Pourquoi quoi ?

— Pourquoi ne souris-tu pas avec moi ?

— Tu sais très bien pourquoi.

— À cause de notre conversation lors de ce rencard arrangé il y a longtemps ? J'ai tourné la page, moi.

— Oh, moi aussi, j'ai tourné la page.

Il laisse échapper un rire.

— Quoi ? J'ai tourné la page. Je suis zen. Je suis détendue.

— Oh, je suis sûr que tu es beaucoup de choses, Kennedy, mais je peux affirmer sans me tromper que « zen » n'en fait pas partie.

— Je..., commençais-je, mais je suis interrompue par une femme qui arrive devant nous, un sourire radieux aux lèvres. Elle porte une robe à fleurs et une paire de chaussures confortables, ses cheveux argentés coupés en un carré droit, et pas moins de trois rangs de perles autour du cou. Évidemment.

— Vous devez être Charlie et Kennedy, dit-elle. Je suis Winnifred Davies de l'appartement 1A.

La fameuse Winnifred, la prétendue commère de l'immeuble.

— Bonjour, dis-je, tandis que Charlie se lève et la salue d'une bise, en lui disant combien il est heureux de la revoir.

Quel lèche-bottes.

— C'est si charmant de vous rencontrer enfin en bonne et due forme. Enfin, je t'ai déjà rencontré, Charlie, bien sûr, mais nous n'avons pas eu l'occasion de discuter, n'est-ce pas ? Elle s'assoit dans un fauteuil vide à côté de nous. — Allez, racontez-moi tout sur vous. Kennedy, les dames d'abord.

— Je viens d'emménager dans l'appartement de Delphine au cinquième étage. Je fais du gardiennage de maison pour environ six mois.

— Oh, je sais déjà tout ça, répond-elle d'un geste de la main. — Passons aux choses croustillantes, tu veux bien ?

— Les choses croustillantes ? je lance avec un rire nerveux.

Elle se penche vers moi. — On m'a dit que tu étais céli-bataire et un cœur à prendre. Elle me lance un regard lourd de sens, puis ses yeux se posent sur Charlie.

Subtile ? Pas vraiment.

— Je suis peut-être célibataire, mais je ne me mélange pas beaucoup, je réponds d'un ton léger.

— Oh, mais une fille comme toi devrait être une merveilleuse causeuse, proteste-t-elle.

Ce mot existe-t-il seulement ?

Elle se tourne vers Charlie. — Tu n'es pas d'accord ?

— Oh, absolument. Je suis sûr que Kennedy est une merveilleuse « causeuse », comme vous dites, Mrs Davies, dit Charlie. Il se penche vers elle d'un air de conspira-teur. — En fait, Kennedy était justement en train de « cau-ser » l'autre soir. Nous nous sommes croisés dans le hall. Elle rentrait à peu près au moment où le reste du monde se réveillait.

— Vraiment ? me demande Winnifred, les yeux écar-quillés.

Je résiste à l'envie de donner un bon coup de pied dans

le tibia de Charlie, principalement parce que les Mamies s'en apercevraient.

— Dis-nous, Kennedy, parce que je suis sûr que nous voulons tous savoir : était-ce d'un rendez-vous galant que tu rentrais à cette heure-là ? continue-t-il.

Je fais la moue en imaginant ce que ce serait d'enfermer Charlie Cavendish dans le placard du couloir avec les Winnie l'Ourson.

Je m'accorde un bref instant pour savourer cette idée.

— C'était le cas, justement, lui dis-je. Avec un homme très gentil. Je suis rentrée si tard parce que nous sommes allés danser et qu'ensuite, ma voiture a eu un pneu crevé. Donc, ce n'est pas vraiment une grande histoire.

— Tu es sortie danser ? demande Winnifred. — Barbara ? Elsey ? Vous devez venir entendre ça. Kennedy est sortie danser avec un jeune homme et n'est pas rentrée avant le matin !

Oh, génial.

Je plisse les yeux en direction de Charlie. Il me sourit avec une satisfaction si évidente qu'elle me dit qu'il savoure chaque instant de mon humiliation.

— Ooh, ça, c'est un bon potin, dit Elsey.

— Quel bon potin ? demande Maude, en tendant l'oreille.

— Kennedy est sortie avec un jeune homme, lui dit Elsey d'une voix forte.

— Qui ça ? demande Maude, l'air confuse.

— Kennedy, la nouvelle, lui dit Elsey.

— Eh bien, tant mieux pour elle, dit Maude. Je me souviens de l'époque où je sortais avec un jeune homme. Terriblement beau, en plus. Il m'apportait toujours des fleurs. C'est pour ça que je l'ai épousé, vous savez.

— Oui, nous le savons, ma chère Maude, mais nous

essayons d'en savoir plus sur le jeune homme de Kennedy en ce moment, dit Gertie.

— C'est de l'amour, Kennedy ? demande Barbara, et la pièce tombe dans le silence, tous les regards braqués sur moi.

Je voudrais me recroqueviller dans ma chaise et disparaître.

— Si tu ne nous dis rien, ma chère, nous tirerons nos propres conclusions, et qui sait ce que nous pourrions bien inventer ? prévient Winnifred avec une lueur dans l'œil.

— C'était un rendez-vous arrangé avec un type qui s'appelle Carl, je finis par concéder. C'était donc la première fois que je le rencontrais.

— Carl ? s'étonne Barbara. Drôle de nom pour un homme.

— Corail, c'est une couleur, pas un nom, déclare Gertie.

— C'est aussi une plante. Vous savez, les récifs coralliens ? lance Elsey. Ses parents aiment peut-être particulièrement les récifs coralliens ?

— Ils sont peut-être plongeurs. Ou Australiens, propose Barbara.

— Les gens portent toutes sortes de noms de nos jours, dit Winnifred. J'ai une amie dont le beau-frère s'appelle Lesley, la sœur Morgan, et le chat Monsieur Twiggles.

— Monsieur Twiggles, ça va, commente Evelyn.

— C'est une chatte, répond Winnifred.

— Oh, ça, c'est très étrange, ajoute Evelyn.

— Vous pourriez arrêter de parler de prénoms et laisser Kennedy répondre à la question ? demande Gertie. Alors, Kennedy, parle-nous de ce Corail.

— Il s'appelle Caaaarl, je lance, en imitant de mon mieux l'accent anglais.

— Eh bien, pourquoi tu ne l'as pas dit tout de suite ? se plaint Winnifred.

Je lui lance un regard exaspéré.

— Je ne crois pas que tu aies répondu à la question, Kennedy, dit Charlie d'un ton des plus serviables. Alors, c'est le grand amour ?

Je le fusille une nouvelle fois du regard.

Toutes les paires d'yeux à lunettes et une paire d'yeux très bleus et amusés sont braquées sur moi, dans l'attente.

— Je l'« aime bien », dis-je. Mais je viens à peine de le rencontrer.

— Eh bien, « aimer bien », c'est un début. N'est-ce pas, Barbara ? C'est un début, dit Elsey.

Barbara hoche la tête d'un air docte. — Il faut bien commencer quelque part.

— Il m'a fallu deux semaines entières pour commencer à apprécier mon Brian, nous confie Maude.

— Pourquoi ? Il sentait mauvais ? demande Winnifred.

— Bien sûr qu'il ne sentait pas mauvais, se moque Maude. C'est ridicule.

— Eh bien, c'était quoi alors ?

— C'était ses pieds. Très grands.

Alors que les Jacottes se mettent à bavarder entre elles, je saisis l'occasion pour m'éclipser. Je me dirige vers la fenêtre et regarde le jardin, avec ses arbres nus et sa pelouse verte. Un instant plus tard, je sens une présence près de moi et je me retourne pour voir Charlie debout à côté de moi.

Mon corps de traître rougit de plaisir.

Mince, alors.

— Tu avais besoin de t'échapper ? demande-t-il doucement, son souffle faisant se hérisser les poils de ma nuque.

— Quelque chose comme ça.

— Elles peuvent être intenses.

Je me retourne vers lui. — Tu n'as pas vraiment aidé, l'ami.

Il hausse les sourcils. — L'ami ?

Je le défie du regard. — Oui. L'ami.

— C'était juste pour s'amuser un peu. Et pour être juste, tu es arrivée en retard. Tu devrais être contente que je n'aie pas mentionné ce que tu portais.

— Encore une fois, c'était pour le travail.

— C'est ce que tu as dit.

— Au moins, je n'ai pas inventé une histoire sur le sauvetage d'un type célèbre pour impressionner les Jacottes. Ça, c'est vraiment pas cool.

— Ce n'est pas moi qui leur en ai parlé, comme je l'ai déjà dit.

— Si ce n'est pas toi qui leur en as parlé, alors qui est-ce ?

— Google ? Je ne sais pas. C'est Barbara qui a soulevé le sujet. Elle l'avait clairement lu quelque part.

Décontenancée, je marmonne : — Alors c'est vrai ?

— Je ne passe pas mon temps à me vanter d'avoir aidé un ami à sortir de l'eau alors qu'il avait bu un peu trop de sangria. Ce n'est pas mon genre. Il plisse les yeux vers moi. Tu sais, je ne suis vraiment pas l'ogre que tu imagines.

— Vraiment ? Parce que je trouve que dire à un groupe de vieilles dames bavardes que je suis arrivée super tard était un comportement assez digne d'un ogre. Tu ne trouves pas ?

— Je n'avais pas réalisé que ça t'affecterait. J'essayais de m'amuser un peu. Je m'excuse. C'était déplacé de ma part.

Je lève les yeux vers les siens et suis surprise de voir que l'amusement condescendant habituel a disparu de son visage. — Tu prends l'habitude de t'excuser auprès de moi.

— Et si j'essayais de bien me comporter à l'avenir ?

C'était du flirt ? Ça en avait tout l'air.

— Bonne idée.

Nos regards s'ancrent l'un dans l'autre et, avant même de m'en rendre compte, j'imagine ce que ce serait d'embrasser Charlie Cavendish. Sentir ses lèvres si sexy pressées contre les miennes. Sentir ses bras forts et musclés m'envelopper. Respirer son parfum enivrant.

Sans la moindre permission de ma part, tout se met à vibrer en moi.

Attendez, *quoi ? !*

Je n'ai absolument pas pensé ça. Je ne veux pas embrasser Charlie Cavendish ! Ni maintenant, ni jamais.

Je m'éclaircis la gorge et détache mon regard du sien.

Je ne vais pas me remettre avec un homme comme lui. J'ai déjà donné, et ça ne se termine pas bien pour moi.

Alors, il peut bien s'excuser, flirter, me donner des bonbons étrangers et me regarder comme il le fait, mais il est hors de question que j'embrasse un jour Charlie Cavendish. Même s'il était le dernier homme à Londres.

Chapitre 12

Je tape des pieds pour lutter contre le froid de cette journée grise en attendant dans un parc de Kensington, des nuages de buée se formant à chaque expiration. Je jette un œil à l'heure. Zara a quelques minutes de retard, alors je fais ce que je fais toujours quand j'ai une minute de libre. J'ouvre Instagram et saisis immédiatement le nom d'utilisateur de Hugo. Pas de nouvelle photo cette fois, juste la collection de clichés du couple heureux que j'ai vue ces derniers jours.

Je ferme l'application et ouvre mon navigateur. La page qui s'affiche annonce : *Stephen Hislop a failli se noyer.*

Eh oui, je l'ai fait. J'ai vérifié l'histoire. Mon cerveau de journaliste-détective s'est mis au travail pour vérifier les faits peu après mon retour de l'auberge espagnole hier soir. Et là, je l'ai vu, noir sur blanc : Charlie participait à une partie de pêche avec Stephen Hislop et cinq autres personnes quand le célèbre milliardaire est tombé à l'eau. Charlie l'a sauvé.

Je fais la moue tandis que mes yeux parcourent ces mots désormais familiers.

Lorsqu'on lui a dit qu'il avait accompli un acte héroïque, l'homme, qui ne souhaitait être connu que sous le nom de Charlie, a déclaré modestement : — Je n'ai fait que ce que n'importe qui d'autre aurait fait dans ces circonstances.

Je l'admets. Je l'ai mal jugé, purement et simplement. J'ai tiré la conclusion hâtive qu'il avait inventé cette histoire pour impressionner les Mémés. J'avais tort.

Voilà, je l'ai dit. J'avais tort à propos de Charlie Cavendish.

Enfin, j'avais tort sur le fait que Charlie Cavendish avait menti sur le sauvetage d'un homme célèbre de la noyade. Il reste le type riche, suffisant et mielleux qu'il a toujours été.

Le type riche, suffisant et mielleux qui s'est excusé auprès de moi à deux reprises.

Le type riche, suffisant et mielleux qui m'a acheté des bonbons dans un pays étranger parce qu'il pensait que j'aimerais les goûter.

Le type riche, suffisant et mielleux qui s'est attiré les bonnes grâces des dames de l'immeuble, qui pensent maintenant qu'il est le summum.

Le type que je veux embrasser.

Argh !

Pour le coup, ce type est une véritable énigme.

C'est comme dans cet épisode de *Friends* où Rachel rate

la recette du dessert de fête. Il y a des couches de douceur en lui — la confiture, la crème anglaise, les fruits — et puis il y a toute une couche d'amertume qui semble déplacée, qui s'infiltre partout, rendant le dessert entièrement raté.

Charlie est ce dessert.

J'y réfléchis un moment. Non. Je découvre assez vite qu'imaginer le type que je veux embrasser comme un dessert n'aide *vraiment* pas.

Je glisse mes cheveux derrière mes oreilles. Les hommes comme Charlie peuvent être extrêmement charmants. Je le sais par amère expérience personnelle. Ça ne change pas qui il est vraiment.

N'est-ce pas ?

Je chasse ces pensées troublantes de ma tête, j'éteins mon téléphone et le glisse dans la poche de mon manteau de laine. Je me penche, ramasse Lady M sur l'herbe et lui lance un regard sévère. — Bon, Lady M. Nous allons dans une animalerie aujourd'hui avec une nouvelle amie. Tu dois te tenir à carreau. Pas de grognements sur les gens, pas de tentative de dévorer les lapins, et le plus important, tu dois être gentille avec Stevie. C'est une adorable Jack Russell et elle est beaucoup plus jeune que toi. Je la regarde dans ses yeux liquides d'un brun profond tandis qu'elle me fixe en retour, comme si elle écoutait chaque mot. Ses oreilles pointues sont dressées. — Marché conclu ?

Pour toute réponse, elle se tortille dans mes bras.

Je ne suis pas très confiante, pas après les deux dernières animaleries que nous avons visitées ensemble.

Ceci dit, je me suis attachée à cette petite coquine. Oui, le massacre quotidien et nauséabond des peluches Winnie l'Ourson a été un obstacle à notre rapprochement, mais malgré ses tendances agressives, Lady M a un côté très tendre. Quand je rentre du travail, elle est si heureuse de me voir qu'elle court en rond, le battement de sa queue se répercutant dans son petit corps et la faisant frétiller de tout son long. Certes, elle émet un gémissement étrange, comme si elle était sur le point d'exploser, mais j'ai fini par adorer ce bruit. Ça veut dire qu'elle est excitée de me voir.

Nous sommes devenues une équipe.

— Kennedy !

Je lève les yeux et vois Zara qui s'avance dans la rue d'un pas nonchalant, son petit chiot Jack Russell, la toujours adorable Stevie, gambadant à côté d'elle au bout d'une laisse rose.

Je regarde Lady M et lui dis sévèrement : « Sois gentille », avant de la reposer par terre.

Elle est trop occupée à regarder Stevie et Zara, tirant sur sa laisse pour les rejoindre.

Stevie, en revanche, est la chienne parfaite. Alors que Zara s'approche, elle lui ordonne de marcher au pied, et Stevie s'exécute, bien que ses yeux soient rivés sur Lady M. Nous entrons dans le parc et Lady M tire si fort sur sa laisse qu'elle commence à s'étouffer, toussant et crachotant en essayant en vain de rejoindre Stevie.

Zara regarde Lady M d'un air inquiet. — Comment est-ce que tu penses que ça va se passer ?

— J'espère qu'elle va se calmer une fois qu'elle aura pu renifler Stevie. Et si on les laissait se jauger pour voir ce qui se passe ?

— Essayons. Zara s'approche doucement, ordonnant à Stevie de rester au pied, ce qu'elle fait jusqu'à se trouver à portée de léchouille de Lady M. C'est à ce moment que sa vraie nature de chiot reprend le dessus, et elle commence à sautiller et à danser, visiblement ravie d'être avec un autre chien.

J'observe attentivement Lady M, la laisse fermement agrippée dans ma main, tandis que Stevie sautille autour de sa truffe. Lady M reste immobile et la laisse faire, sa petite queue trapue remuant toujours. — Jusqu'ici tout va bien.

Tandis que les deux chiennes se reniflent, je sens la tension dans mes épaules se relâcher. Ça va aller. Ce n'est pas parce qu'elle détruit les jouets Winnie l'Ourson, qu'elle remue dans tous les sens comme si elle était incontrôlable et qu'elle devient folle en voyant des hommes qu'elle n'aime pas que c'est une mauvaise chienne. Elle a du discernement, voilà tout.

— Regarde-les ! déclare Zara, alors que les deux chiennes commencent à jouer ensemble, les reniflements obligatoires de présentation étant terminés.

— Elles s'apprécient.

— Il faudra qu'on se promène ensemble. On pourrait peut-être aller au parc à chiens pour qu'elles puissent jouer un peu sans laisse ? Stevie adore le parc à chiens.

Je regarde le niveau d'excitation de Lady M atteindre son paroxysme, puis elle se met à tourner en rond comme un derviche tourneur. — N'allons pas trop vite en besogne.

— Tu as d'autres rencards arrangés et gênants de prévus pour tes articles ? me demande Zara pendant que nous laissons les chiennes jouer, leurs laisses s'emmêlant plus d'une fois.

Je démêle la laisse de Lady M de celle de Stevie. — Dimanche soir, je sors avec un certain Devan dans un restaurant sur le thème de l'enfance où l'on pourra manger nos plats préférés de quand on était petits. Étant donné que j'ai grandi aux États-Unis, je ne suis pas sûre de reconnaître grand-chose sur le menu.

— Mais tu auras un rencard gênant et tu écriras un article hilarant pour que ton patron soit content.

Je glousse. — C'est le but.

— Allons chez Penelope's Pooches. J'ai un rendez-vous

client à onze heures et je dois déposer Stevie à la boutique avant.

Je jette un coup d'œil à l'animalerie de l'autre côté de la rue. — Je croyais que tu disais que cette boutique était complètement dingue.

— Oh, ils sont tous complètement cinglés, mais ils ont la meilleure sélection de jouets pour chiens de la ville. On est sûres de trouver quelque chose pour sevrer Lady M de son addiction à Winnie l'Ourson.

Nous traversons la rue.

— Il y a quelques trucs que tu dois savoir avant qu'on entre. Premièrement, tout le monde s'appelle Penelope, et oui, même les mecs. Ils portent tous la même combinaison de travail bleu pâle avec des couettes.

— Pourquoi ?

— Il vaut mieux ne pas poser ce genre de questions. Dis-toi juste que ça fait partie de leur « chien-cept ».

Je hausse les sourcils. — Chien-cept ?

— C'est leur philosophie. Leur façon de voir la vie, et ils ont une vision du monde canin complètement à l'envers.

— T'es sûre que c'est le meilleur endroit pour acheter un jouet pour chien ? Pour moi, ça ressemble à une sorte de secte.

— Garde l'objectif en tête et tout ira bien.

Je jette un coup d'œil à la baie vitrée. Elle a un encadrement bleu pâle et des nuages sont suspendus au plafond par des ficelles. — Ça a l'air assez inoffensif.

— Allons-y. Zara ouvre la porte, nous entrons et je perds immédiatement l'équilibre quand mes pieds commencent à s'enfoncer dans le sol.

— C'est quoi, ce… ? Je fais un pas rebondissant.

— Oh, j'avais oublié ce détail. Le sol est fait d'une sorte de caoutchouc malléable. Une des Penelope m'a dit un jour que c'était pour créer un effet utérin pour les chiens.

— Pourquoi ?

Elle hausse les épaules. — Encore une fois, il n'est pas prudent de poser de telles questions. Crois-moi.

Je jette un coup d'œil à Lady M. Pour une fois dans sa vie, elle semble complètement déconcertée par l'environnement. Ses yeux parcourent la pièce, sa petite truffe noire en l'air, reniflant toutes les odeurs.

J'aperçois des rangées d'étagères remplies à ras bord de jouets à mâcher, de paniers et de friandises, ainsi que des tas et des tas de vêtements pour chiens. Ce qui est tout à fait logique. Après tout, nous *sommes* à Kensington.

Une femme habillée exactement comme Zara l'avait décrite, en combinaison et avec des couettes, s'approche de nous d'un pas rebondissant. — Bienvenue chez Penelope's Pooches, dit-elle à Lady M et Stevie, qui remuent toutes les deux la queue en la regardant. — Je vois que vous avez amené vos humains avec vous aujourd'hui. Qui c'est le bon toutou ? Qui c'est le bon toutou ? Oui, c'est toi. Oui, c'est toi. Penelope lève les yeux vers nous. — Comment puis-je aider ces merveilleux canidés aujourd'hui ?

— Nous sommes venues jeter un œil à vos jouets à mâcher, je lui explique. — J'ai une chienne très difficile qui n'aime qu'un seul jouet, et j'aimerais qu'elle s'ouvre à quelque chose de plus… approprié.

Les traits de Penelope se figent. — Nous ne vendons pas de jouets à mâcher chez Penelope's Pooches.

Je regarde les rangées de jouets à mâcher sur l'étagère. — Euh, je crois que si.

Penelope se tourne pour regarder les étagères. — Oh, ça ? Ce ne sont certainement pas des jouets à mâcher. Ce sont des Dispositifs de Facilitation de la Manducation Primitive Canine, ou DFMPC en abrégé.

— C'est ça, l'abrégé ? je marmonne à voix basse à Zara.

— Bon à savoir, Penelope, répond Zara. — Mon amie a amené sa chienne parce qu'elle doit trouver le bon DFM…

— DFMPC, corrige Penelope.

— Bien sûr, un de ceux-là, termine Zara.

— Elle est un peu obsédée par Winnie l'Ourson en ce moment, elle détruit ses peluches les unes après les autres, j'ajoute en riant.

Zara secoue la tête en me regardant, ses yeux ronds comme des soucoupes.

— Quoi ? je lui demande du bout des lèvres.

— Elle détruit plusieurs Winnie l'Ourson ? interroge Penelope, le visage horrifié.

— Quelques-uns, je réponds faiblement.

— Des peluches douces et moelleuses ?

— Oui.

— Avec un tee-shirt ou nu ?

Je n'avais jamais décrit un ours en peluche comme étant nu auparavant.

— Avec un T-shirt, je réponds.

— Taille ?

— Grand comme ça. Je fais un geste avec mes mains. — Pourquoi avez-vous besoin de savoir tout ça ?

— Attendez ici, ordonne-t-elle, avant de tourner immédiatement les talons et de s'éloigner d'un pas vif.

Je regarde sa silhouette qui s'éloigne, stupéfaite. — Qu'est-ce que c'était que ça ?

Zara secoue la tête en me regardant. — Tu as vraiment fait une gaffe, Kennedy. C'est officiellement un truc.

— Qu'est-ce qui est un truc ? Le fait que j'achète un DF je-ne-sais-quoi canin ?

— Oui.

— Qu'est-ce que ça veut dire, c'est devenu un truc ?

— Tu vas voir, répond-elle d'un air évasif, avec un regard entendu.

La Penelope revient accompagnée d'une autre Penelope, plus âgée. Elles ont toutes les deux l'air tout aussi sinistres.

— Je crois comprendre que nous avons une situation de jouet d'enfance ici, dit la Penelope plus âgée, en nous regardant tour à tour.

— Euh, je suppose, je réponds.

Ses yeux glissent le long de la laisse dans ma main jusqu'à Lady M, qui se démène toujours pour aller explorer la boutique. — Je pense que vous devriez venir avec moi. Elle lève les yeux. — Toutes les deux.

Je lance un regard incertain à Zara.

— Tu veux que je vienne avec toi ? demande-t-elle.

— Seulement vous, lance la Penelope en me montrant du doigt.

Celle-ci est rapidement devenue Penelope la flippante dans ma tête. J'ai surnommé la première que nous avons rencontrée Baby Penelope en raison de sa jeunesse relative. Je me demande si Penelope la rousse va faire son apparition dans son costume de l'Union Jack ?

Zara me fait un signe de tête à peine perceptible, como para me dire que je peux y aller avec cette femme.

Je me tourne vers Penelope la flippante. — Pas de problème.

Je commence sérieusement à douter de ma santé mentale.

Lady M et moi la suivons à la traîne tandis que nous traversons la boutique d'un pas sautillant. Je regarde avec envie tous les jouets à mâcher pour chiens en passant, avant que nous ne franchissions une porte pour entrer dans une autre zone. Un chien se tient sur un banc pendant qu'une autre Penelope le toilette, et il y a une pièce avec un fauteuil inclinable en cuir noir et une chaise de bureau.

— Par ici, m'ordonne Penelope l'Effrayante, et je la suis dans la pièce avant qu'elle ne referme la porte. Je regarde autour de moi. Il y a une fenêtre qui donne sur la boutique, et je peux voir Zara, qui nous observe à travers la vitre.

— Nous appelons cette pièce la salle de thérapie canine sur divan. Nous trouvons que c'est extrêmement efficace pour trouver la cause profonde des blocages persistants chez nos clients.

— Oh, mais nous ne sommes pas des clientes, je proteste.

— Êtes-vous entrée chez Penelope's Pooches ? demande-t-elle, et j'acquiesce, parce que c'est le cas. Mais je pensais que c'était une boutique normale avec quelques aspects originaux, pas ce que *ça* semble être. — Alors, nous vous considérons comme une cliente. Elle m'adresse un sourire dévoilant des dents de travers tout en faisant un grand geste des bras.

Je me force à sourire, la crainte que venir ici ait été une grosse erreur grandissant en moi. — Génial.

— Asseyez-vous, m'ordonne Penelope l'Effrayante, tandis qu'elle-même s'assied sur la chaise de bureau.

— Bien sûr. Je m'installe sur le fauteuil inclinable.

— Pas vous, lance-t-elle d'un ton sec. Le boston-terrier. Non mais, elle est sérieuse, là ?

— Lady Moo ? je demande. Vous voulez que le chien aille sur le divan ?

Le nom de salle de thérapie canine sur divan prend soudain tout son sens.

— Est-ce vous qui détruisez le jouet d'enfance ? demande-t-elle.

— Non. Je pince les lèvres en jetant un coup d'œil à Zara à travers la fenêtre. Elle est maintenant absorbée par l'un des jouets à mâcher — pardon, ACRM ou je ne sais quel est l'acronyme — et ne lève pas les yeux vers moi.

Je prends Lady Moo dans mes bras et la pose sur le divan, des images de Freud psychanalysant un chien défilant sous mes yeux.

— Assise. Pas bouger, lui ordonne-je, et elle obéit, me regardant d'un air plein d'attente.

— Asseyez-vous ! aboie Pénélope l'Effrayante, et je me retourne brusquement vers elle.

— Elle est déjà assise.

— Non, vous. Asseyez-vous à côté de Lady Moo.

— D'accord. Je m'affale sur le siège.

Comment me suis-je fourrée dans cette situation ? Ah oui, j'ai suivi cette folle dans un lieu secondaire de mon plein gré.

Pénélope l'Effrayante croise les jambes et me fixe de son regard perçant, un presse-papiers et un stylo apparaissant dans ses mains comme par magie. — Maintenant, parlez-moi de cette histoire de Winnie l'Ourson.

— Eh bien, Lady Moo a une obsession pour ce jouet. Elle adore les déchiqueter.

— Les ?

— Il y en a tout un placard. Je dois ajouter qu'elle n'est pas ma chienne, c'est ju...

Pénélope l'Effrayante lève la main pour me faire taire. — Je ne veux pas d'explications. Tenez-vous-en aux faits, s'il vous plaît. Que fait-elle exactement avec ces Winnie l'Ourson ? Du début à la fin.

— Eh bien, elle commence par ronger les oreilles, puis elle arrache le nez. Après ça...

— Que fait-elle du nez ?

— Elle le recrache.

Elle griffonne quelque chose sur son bloc-notes. — Continuez.

— Ensuite, je crois qu'elle mange les yeux, mais je ne peux pas en être sûre à cent pour cent.

— Que fait-elle des yeux ?

— Oh, elle les avale.

Une vive inspiration se fait entendre derrière moi et je me retourne pour voir deux autres Pénélopes debout dans l'embrasure de la porte maintenant ouverte.

— Ne vous inquiétez pas, dis-je précipitamment. Elle avait l'habitude de les avaler, et nous devions les repêcher dans ses… enfin, vous voyez, mais j'ai commencé à enlever les yeux du jouet avant, pour éviter d'avoir à faire ça. C'est un risque d'étouffement, après tout.

Les trois Pénélopes retiennent de nouveau leur souffle, toutes en même temps.

— Quoi ? Je pensais que c'était une bonne chose.

Les trois Pénélopes échangent un regard, et je me tortille sur mon siège.

— Nous allons devoir en discuter avant de pouvoir vous aider davantage, me dit Pénélope l'Effrayante. Chez Penelope's Pooches, nous prenons la dégradation des jouets d'enfance précieux très au sérieux.

— Ah oui ?

Je me lève lentement. Pour moi, quoi qu'il se passe ici, c'est terminé. — Ce n'est pas si grave, vraiment. Je voulais juste trouver un jouet pour remplacer ses Winnie l'Ourson. Mais il semblerait que je devrais peut-être essayer une autre… approche.

— En fait, si vous pouviez nous laisser seules, ce serait parfait, répond Pénélope l'Effrayante.

Je fais un pas vers la porte. — Bonne idée. Je crois que je vais y aller. Viens, Lady Moo, je l'appelle, et alors qu'elle saute du canapé, l'une des Pénélopes fraîchement arrivées se précipite et attrape la laisse.

— Vous allez devoir nous laisser Lady Moo, me dit-elle.

— Mais pourquoi ? je demande.

— Cela fait partie de notre « dog-cept » de donner aux chiens la capacité de communiquer avec nous sans l'entrave de l'intervention humaine, dit l'autre. C'est la méthode Penelope Pooches.

Je les regarde toutes les trois tour à tour. Si ce n'est pas une secte, je ne sais pas ce que c'est.

Il est hors de question que je laisse Lady Moo avec ces cinglées.

— Vous savez quoi ? Je crois que je vais aller chercher un jouet dans un autre magasin. Mais merci beaucoup pour votre aide aujourd'hui. C'était — *bizarre ? dérangeant ? complètement givré ?* — vraiment génial. Tellement, tellement génial. Maintenant, si vous voulez bien nous excuser ? Je tire sèchement sur la laisse, qui s'échappe de la main de la Pénélope. La secousse surprend Lady M, qui s'enfuit de la pièce en courant, m'entraînant avec elle.

Exerçant plus de force que je n'en attendrais d'un si petit chien, elle déboule au coin du couloir, me cognant le bras contre le cadre de la porte, ce qui me fait lâcher la laisse.

Lady M se précipite immédiatement dans l'espace de toilettage, où une Pénélope surprise ne peut que rester plantée là à la regarder, tandis qu'elle gravit les marches de l'escalier pour chien, grimpe sur la table de toilettage et se jette sur le West Highland Terrier blanc, en plein milieu de sa coupe.

Alors qu'elle atterrit lourdement sur le pauvre chien qui ne se doutait de rien, elle pousse un gémissement digne de Braveheart partant au combat, et la toiletteuse est projetée sur le côté par la force brute de ce Boston Terrier en mission. La tondeuse vrombissante dans sa main trace une longue bande dans la fourrure du chien, de sa queue à sa tête.

— Lady M ! Non ! je crie, en me jetant sur elle alors qu'elle tente de planter ses crocs dans le Highland Terrier, qui, à juste titre, commence à grogner, à aboyer et à montrer les dents.

Je parviens à attraper Lady M par la taille et je la soulève du chien, coinçant son corps chaud et frétillant sous mon bras tandis qu'elle aboie encore et encore sur l'autre chien.

— Je n'arrive pas à croire que tu aies fait ça, je la gronde.

Son comportement avec Stevie m'avait clairement bercée d'illusions.

— Mon chien ! Mon magnifique chien ! Une femme d'âge mûr vêtue d'une épaisse robe à fleurs en laine et de chaussures à lacets sages se précipite vers la table de toilettage, où son chien arbore désormais une crête iroquoise inversée.

Elle se tourne vers moi. — Vous l'avez ruinée ! Vous et votre chienne indisciplinée et mal éduquée, vous avez ruiné ma Trixabella-Sophia.

Je jette un coup d'œil à son chien, qu'elle berce maintenant dans ses bras. —Je suis tellement, tellement désolée.

Lady M grogne dans sa direction. Il est clair qu'elle n'est absolument *pas* désolée.

— Je serai ravie de payer pour un autre toilettage, je propose.

— Et la rendre encore plus laide ? renifle la femme. Je pense que vous et votre chienne en avez fait bien assez pour aujourd'hui.

— Madame Dunlop, permettez-nous de vous aider, dit Pénélope la Toiletteuse.

— Comment pourriez-vous m'aider ? Vous ne pouvez

pas faire repousser ses poils. Elle ramasse une touffe de fourrure sur le sol et la brandit vers elle. Regardez-moi ça ! Sa magnifique fourrure.

— En fait, madame Dunlop, nous avons un fournisseur qui propose une incroyable gamme de postiches.

— Vraiment ? s'enquiert Mme Dunlop, visiblement attendrie par l'idée de coller une perruque sur sa chienne.

Des postiches pour chien ? Ça existe, maintenant ?

— Oh, oui. Pourquoi ne viendriez-vous pas avec moi, vous et Trixabella-Sophia ? Nous pourrions jeter un œil au catalogue, propose Pénélope la Toiletteuse.

— Qui va payer pour *ça* ? Mme Dunlop me regarde d'un air entendu. Elle ne pense tout de même pas que je vais payer pour une perruque pour chien ?

J'ouvre la bouche pour répondre quand Pénélope Senior intervient et me sauve la mise. — Penelope's Pooches se fera un plaisir de couvrir le coût du postiche, madame Dunlop.

Je pousse un soupir de soulagement. — C'est génial, dis-je avec un sourire à Pénélope Senior. Elle ne me le rend pas. Au lieu de ça, elle dit quelque chose à Pénélope Junior que je ne peux pas entendre, avant de faire signe à Mme Dunlop de quitter la pièce avec elle. Elles disparaissent par une porte.

Je jette un regard méfiant à Pénélope Junior. Après une séance de thérapie canine inattendue et un désastre de toilettage, mon appétit pour tout autre drame canin s'est bel et bien envolé.

Elle sort une tortue verte en peluche pour chien et me la tend. — Nous avons décidé que ce CPMFD conviendrait à Lady Moo.

Je la regarde, incrédule. Dans toute cette agitation, les Pénélopes ont trouvé le temps de se mettre d'accord sur le jouet qui pourrait plaire à Lady Moo et sont ensuite allées le chercher en rayon ?

Je tends la main, le prends et le présente à Lady Moo. — Euh, merci.

Elle commence à le renifler, et je la pose par terre avec le jouet, la laisse fermement en main. Elle lui saute dessus et commence immédiatement à mâchouiller l'une de ses pattes.

Je lève les yeux vers Pénélope Junior. — Comment avez-vous fait ça ? Elle ne s'est jamais approchée d'un jouet qui n'était pas Winnie l'Ourson.

— C'est notre métier, dit-elle simplement.

— Merci.

— Vous verrez, cette tortue est quasiment indestructible et elle ne pourra pas l'éventrer comme elle le faisait avec vos Winnie l'Ourson.

Je regarde Lady M pousser des grognements de satisfaction en mâchouillant, allongée par terre, le jouet calé entre ses pattes avant. — J'en prends deux, lui dis-je.

Nous retournons dans la partie principale de la boutique, où j'achète deux tortues pour un prix exorbitant — ce qui reste bien moins cher que de devoir acheter une perruque pour chien à une Mme Dunlop mécontente — puis Zara, Stevie, et Lady M, qui refuse d'abandonner son nouveau jouet pour qui que ce soit, et moi battons joyeusement en retraite, loin de la folie qu'est Les Toutous de Pénélope.

Chapitre 13

Alors que je frappe à sa porte ouverte, Edina lève les yeux de son ordinateur. Ses cheveux auburn indisciplinés bouclent dans tous les sens et une paire de lunettes de lecture en écaille de tortue est perchée au bout de son nez. — Kennedy Bennet est arrivée. J'envisageais d'envoyer une meute de chiens sauvages pour vous retrouver.

Une image sanglante de *Game of Thrones* me traverse l'esprit.

—J'ai eu un autre rendez-vous arrangé pour ma chronique hier soir. Je suis restée debout tard pour écrire un premier jet pendant que c'était encore frais dans ma tête.

— C'était où cette fois ? L'endroit à la *Rocky Horror* va être difficile à battre.

— C'était un restaurant sur le thème de l'enfance où on pouvait manger ses plats préférés de l'époque. C'était sympa, mais je ne connaissais pas beaucoup de plats.

— Vous voyez ? C'est là que la perspective américaine est intéressante. Vous pouvez être tellement plus objective que votre cavalier britannique. Est-ce que ça a été très gênant avec lui ?

Je pense à Devan, le grand garçon mince aux cheveux blond pâle et au nez romain que j'ai rencontré au restaurant hier soir. Il était super timide et rougissait pratiquement chaque fois que je lui parlais, passant le plus clair de son temps à regarder son assiette.

— Oh, oui. Super gênant.

Le visage d'Edina s'illumine d'un sourire. — Parfait. Je le veux sur mon bureau pour la fin de la journée.

La fin de la journée ?

— Mais ça va prendre du temps à écrire et à peaufiner, je proteste.

— Ce que vous ne réalisez peut-être pas, Kennedy Bennet, c'est que nous avons besoin de contenu dans ce magazine. Du contenu, du contenu, et encore du contenu. Internet est un environnement vorace.

—Je comprends, mais…

— Quoi d'autre pour moi ? Donnez-moi de l'insolite. Donnez-moi de l'extraordinaire. Donnez-moi de l'inattendu. Et il faut que ce soit sur le thème de Noël, vu que le grand jour approche. Les gens sont obsédés par Noël, n'est-ce pas ?

Je parcours la liste mentale que j'ai préparée pour ce genre de conversation. — Je vous ai parlé de la visite en bus qui montre les plus belles illuminations de Noël, j'ose, sachant qu'elle l'a déjà rejetée une fois.

Elle hausse un sourcil. — C'est quoi, l'angle ?

— L'angle du rendez-vous arrangé dans un bus pourrait être différent ?

Elle balaye ma suggestion d'un geste de la main. — Suivant.

— *Poudlard sous la neige* au studio Warner Bros. ? Je pourrais rencontrer un cavalier déguisé en mon personnage préféré de *Harry Potter* ?

— Si je vois encore une écharpe de Poufsouffle et une paire de lunettes rondes, je crois que je vais mourir.

Je m'abstiens de souligner que Harry, le porteur de la paire de lunettes rondes, est en fait à Gryffondor. Ce ne serait pas d'une grande aide en ce moment.

— J'imagine que ça exclut la visite de la grotte du Père Noël, les chants de Noël au Shakespeare's Globe Theatre et toutes les patinoires de la ville.

— Savez-vous patiner ? demande-t-elle, et je secoue la tête.

— Voilà *un* angle. Son visage s'illumine à l'idée que je me ridiculise sur la glace ou que je me blesse. Je ne suis pas sûre de ce qu'elle préfère. — Allez rencontrer votre cavalier à une patinoire. Est-ce qu'il y en a toujours une au palais de Hampton Court ?

— Je ne sais pas, mais je peux me renseigner.

— Oui, faites ça. Rien n'évoque plus Noël que de patiner lors d'un rendez-vous arrangé au palais du polygame misogyne Henri VIII.

Sérieusement ?

— D'accord. Je vais organiser ça. Je me tourne pour partir.

— Je le veux sur mon bureau d'ici la fin de la semaine.

J'affiche un sourire forcé. — Pas de problème.

Ça veut dire que je dois organiser un rendez-vous,

rencontrer le garçon, tenter de patiner, puis tout écrire en seulement trois jours. Quelle chance j'ai.

Edina reporte son attention sur son ordinateur, ce qui signifie que notre conversation est terminée, et je retourne péniblement à mon bureau.

Je m'affale sur ma chaise et réprime un bâillement. Les rendez-vous arrangés et l'écriture d'articles jusque tard dans la nuit m'ont épuisée. Benjamin Franklin se contentait peut-être de cinq heures de sommeil par nuit, mais je découvre aujourd'hui que ce n'est vraiment pas assez pour moi.

J'ouvre mon téléphone, je vais sur Instagram et j'ouvre la page de Hugo. Il y a une nouvelle photo cette fois. C'est lui à une fête de Noël avec ses parents et sa femme, Fleur. Ils sont tous les quatre bras dessus, bras dessous, souriant à l'appareil photo devant un magnifique sapin de Noël. Je regarde l'image de plus près. Je reconnais le Country Club où je travaillais, sauf qu'ils en sont membres, pas des employés.

Je lâche un soupir et j'ouvre une des applications de rencontre. Je commence à faire défiler les profils quand un message s'affiche sur mon écran.

Comment va ma Magenta préférée ?

Je souris. Carl, alias Caaaahl. Je tape une réponse.

Moi : *Bien. Et Rocky ?*

Carl : *Tu es libre pour un café aujourd'hui ?*

Même si je suis en plein bouclage et en cruel manque de sommeil, je me dis que je peux bien caser un café rapide. Une petite romance à Noël, à Londres, ça ne peut que faire du bien. Surtout à une fille qui n'a pas eu la moindre aventure depuis bieeeen trop longtemps.

Car vous savez ce que ça me fait, d'être dans une ville remplie d'illuminations de Noël féeriques, avec l'odeur de pain d'épice qui s'échappe des cafés et de jolies chutes de neige ? Ça me fait me sentir seule. Ça me donne envie de retrouver cette sensation que l'on a quand on partage un moment spécial avec quelqu'un. Quelqu'un qui peut s'émerveiller de la beauté de la neige qui tombe, au lieu de cette pluie interminable. Quelqu'un avec qui se promener main dans la main dans les rues animées et s'émerveiller devant toutes les spectaculaires illuminations de Noël.

Quelqu'un à embrasser sous le gui.

Et qui sait ? Peut-être que Carl pourrait être cette personne.

Et je ne le saurai pas tant que je n'aurai pas essayé.

Je tape une réponse.

Moi : *Avec plaisir. Je peux me libérer plus tard dans la journée, si ça te va.*

Nous échangeons quelques messages, découvrons où nous travaillons et réalisons que nous ne sommes qu'à quelques stations de métro l'un de l'autre. Dans l'heure qui suit, j'annonce à Shelley que j'ai un vrai rendez-vous avec une vraie personne. Elle me tape dans la main et me souhaite bonne chance, puis je m'éclipse du bureau et je prends l'ascenseur jusqu'au rez-de-chaussée.

Je traverse le hall d'un pas maintenant plus léger et pousse la porte tournante quand quelque chose, ou plutôt quelqu'un, attire mon attention. Un homme, entrant dans le bâtiment, si près de moi que nous pourrions nous toucher s'il n'y avait pas la vitre entre nous.

Charlie Cavendish.

Ici.

À mon bureau.

Mais qu'est-ce que… ?

Nos regards se croisent une fraction de seconde à travers la vitre. Ça me fait faire un faux pas et je manque de m'étaler de tout mon long contre la paroi.

La grande classe.

Heureusement, je me redresse à temps pour éviter de me ridiculiser complètement. Je reporte mon attention sur lui et remarque que ses lèvres s'étirent en un sourire — à mes dépens — tandis que les portes continuent de tourner.

Une seconde plus tard, je déboule sur le trottoir, hébétée et confuse.

Toute la scène ne dure qu'environ deux secondes, mais elle suffit à faire vaciller mon esprit.

Qu'est-ce qu'il fait là ?

Ce n'est pas assez de devoir le voir dans l'immeuble où je vis ? Maintenant, il faut aussi qu'il me tourmente à mon bureau ?

Bien sûr, le magazine n'est qu'une des nombreuses entreprises de la tour, donc il doit se rendre dans l'une d'entre elles. Mais quand même. C'est *mon* territoire. Comment ose-t-il penser qu'il peut débarquer ici, l'air si sexy et...

— Tiens, quelle coïncidence, dit une voix grave derrière moi.

Je me retourne vivement pour le voir, debout sur le trottoir. Vêtu d'un manteau bleu marine sur un costume sur mesure avec cravate, il ressemble à Clark Kent, tout en retenue et en sex-appeal latent, du genre *j'ai envie de lui arracher ses lunettes et de l'embrasser à en perdre la raison*. Est-ce que j'essaie de ne pas remarquer à quel point il est beau ? À quel point ses yeux paraissent bleus dans la pénombre hivernale ? Comment son manteau dessine sa silhouette grande et athlétique ?

Comment son visage s'illumine quand ses yeux se posent sur moi ?

Bien sûr que j'essaie. Mais c'est un échec. Cuisant.

Je le regarde bouche bée, essayant de retrouver mon équilibre, le ventre agité de papillons et le cœur battant à sa vue inattendue. — Je... euh, oui, c'est une coïncidence.

Et voilà qui est dit.

Il désigne du menton l'immeuble qui nous surplombe. — C'est ici que tu travailles.

C'est une affirmation, pas une question.

— Ouais.

— Tu écris pour un magazine.

— Ouais.

Il laisse échapper un rire. — Eh bien, tu n'es pas très bavarde aujourd'hui.

— Je suis très bavarde, réponds-je d'un ton léger. En fait, je vais retrouver un homme pour un rendez-vous, et je compte bien être très bavarde avec lui. Alors, si tu veux bien m'excuser, je dois y aller, sinon je vais être en retard.

— Je ne voudrais pas te mettre en retard pour ton rendez-vous, dit-il en consultant sa montre-bracelet, à treize heures quarante-trois. Il marque une pause avant d'ajouter : — Un jour de semaine.

Et alors ?

Je m'apprête à ouvrir la bouche pour répliquer que ce que je fais de mon temps de travail ne regarde que moi — enfin, moi et ma patronne, mais ce qu'Edina ignore dans ce cas précis ne lui fera pas de mal — quand je la referme aussitôt. Ça ne le regarde pas, ce que je fais de mon temps.

Alors, à la place, j'esquisse simplement le sourire le plus doux dont je suis capable, et je dis :

— C'était sympa de te revoir, Charlie. Salut. Et je tourne les talons.

— Tu as aimé les arancini ? me lance-t-il dans le dos.

Je m'arrête et me retourne. J'aurais dû le remercier sans qu'il ait besoin de me le demander. Où sont passées mes bonnes manières ?

— C'était très bon. Merci encore.

— Avec plaisir. Son sourire rend son visage irrésistiblement séduisant, et je me surprends à le fixer, le ventre plein de papillons. — Eh bien, je ne vais pas te retenir.

— Non. D'accord.

— Salut, alors.

— Salut.

Il se retourne et repasse par les portes tambour.

Je me dirige vers le métro, faisant de mon mieux pour me sortir de la torpeur dans laquelle Charlie m'a plongée.

Après un court trajet en train, j'entre dans un charmant petit café italien qui passe des chants de Noël, avec un sapin de Noël illuminé et festif dans un coin. L'arôme de pain d'épice et de cannelle suffit à me mettre l'eau à la bouche. J'aperçois Carl à une table ; il se lève et me fait un signe de la main avant que nous commandions nos cafés.

— Alors, c'est donc à ça que tu ressembles dans tes vêtements de « personne normale », lui dis-je, tandis que nous portons nos cafés fumants à une table près de la fenêtre. Il porte un pull à col en V sur une simple chemise blanche à col et un pantalon olive, sa veste d'hiver pliée sur un bras. Sans sa perruque blonde à la coupe au bol de Rocky qu'il portait à la soirée, je l'ai à peine reconnu avec ses cheveux bruns et courts. Heureusement, lui m'a reconnue.

— Je peux te confier un secret ? demande-t-il.

— Toujours.

— J'ai trouvé que le fait de me déguiser en Rocky était vraiment libérateur. Comme si je pouvais être quelqu'un d'autre pendant quelques heures, tu sais ?

— Tu n'aimes pas être Carl Newton ? je demande avec un sourire.

— Oh, il est très bien. Mais être Rocky, c'est un tout autre niveau.

— Donc, je dois m'attendre à te revoir bientôt en short doré et en perruque blonde ?

Il rit. — Si je veux finir en hypothermie. Mais tu sais, peut-être qu'il est avec moi, là, maintenant ?

Mon sourire s'efface un peu. — Qu'est-ce que tu veux dire exactement ?

— Je veux dire que je peux porter son essence en moi. À l'intérieur. Il tapote sa poitrine.

Son essence. D'accord.

Je commence soudain à avoir des doutes sur ce type. — Tant mieux pour toi.

Il plisse le visage. — Tu me trouves bizarre. N'est-ce pas ?

Je fais un geste de la main en l'air tout en soufflant sur mon café chaud. Si je peux le refroidir rapidement, je pourrai le boire vite et filer d'ici. — Non, tout va bien.

— Ça n'a rien de bizarre. Juste un coup de pouce pour l'estime de soi. Ça a l'air dingue ?

Je vis ici depuis assez longtemps pour savoir que « mad » en anglais britannique veut dire « fou » et non « en colère ».

— Non. Ça a l'air assez sensé, je suppose.

Ses traits se détendent. — Tant mieux, parce que quand je l'ai dit, ça m'a paru sacrément dingue à moi aussi, répond-il en riant.

Je me détends. — Je comprends tout à fait l'idée de se balader avec un petit alter ego.

Il me sourit, la peau autour de ses yeux noisette se plissant. — Il y a juste un truc.

— Quoi donc ?

— Tu as parlé de me revoir. Tu organises déjà notre prochain rendez-vous avant même qu'on ait bu une gorgée de notre café ? Ses yeux me taquinent.

— Tu as remarqué, hein ? je réponds, tout en me mordant la langue. Je suis une pro de la subtilité.

Son rire est grave et chaleureux. — En fait, je dois

t'avouer quelque chose. J'étais nerveux à l'idée de te revoir. Tu sais, après qu'on se soit si bien entendus l'autre soir.

— Bien s'entendre avec une fille lors d'un rendez-vous, c'est une mauvaise chose ? je demande en buvant une gorgée de mon café. Il est chaud, sucré, onctueux et délicieux.

— Bizarrement, je sais. J'ai déjà connu ça avec les rencontres en ligne : si tu passes le cap du premier rencard dans la vraie vie et que tu ne prends pas tes jambes à ton cou, ça peut sembler trop beau pour être vrai. Tu vois ?

— Je vois ce que tu veux dire.

— Et tu es encore plus mignonne quand tu n'es pas habillée en Magenta.

— Le délire de la soubrette française, ce n'est pas ton truc ? je le taquine.

— Oh si, ça me plaît beaucoup, répond-il avec un rire suggestif. Mais c'est bien aussi de te voir au naturel. Il m'adresse un grand sourire et je le lui rends.

C'est facile. Agréable.

— Tu as écrit ton article ?

— Oui, et mon patron a même bien aimé. Ne t'inquiète pas, j'ai parlé de toi comme de mon « joli rencard » sans donner ton nom.

— J'aime bien ça, « joli rencard ».

Je bois une gorgée de mon café. — Alors, tu travailles à quelques stations d'ici ?

— Ouais, je suis statisticien chez Dumbflowers Research. Je collecte et j'analyse des informations pour que les pontes puissent prendre des décisions.

— Tu es un homme de chiffres, hein ?

— Complètement. Les chiffres, ça a toujours été mon truc. Concevoir des études et pouvoir jouer avec toutes ces données brutes ? C'est ma définition du plaisir. Je sais, je suis bizarre.

— Ce n'est pas bizarre du tout.

Un téléphone sonne et nous attrapons tous les deux nos appareils respectifs. C'est celui de Carl.

Il lit l'écran et ses traits se durcissent. — C'est pas croyable ! Elle se fiche de moi.

— Est-ce que tout va bien ?

Il détourne son attention de l'écran. — Ce n'est rien. Sa mâchoire est crispée, et ses narines se dilatent, comme celles d'un taureau enragé.

— Ça a l'air d'être quelque chose, pourtant.

— C'est mon ex. Elle vient de m'envoyer un texto. Il agite son téléphone d'un côté et de l'autre dans les airs. — Elle m'a volé mon chat.

— C'est terrible, je m'exclame.

— Mon chat. *Mon* chat. Pas le sien. C'est moi qui l'ai choisi. Elle ne peut pas débarquer chez moi, chez *moi*, et le prendre. Elle n'a pas le droit.

— Je pense que c'est une violation de domicile, en plus d'un vol.

— Exactement, répond-il en se rasseyant. Violation de domicile et vol. Ah !

Le silence s'installe, moi mal à l'aise, lui fulminant. Finalement, il me regarde à nouveau et me dit : — Je suis désolé que ça interrompe notre rendez-vous, mais c'est difficile à encaisser d'apprendre que quelqu'un a volé ton chat.

— Je suis vraiment désolée qu'elle ait fait ça.

— Je vais le récupérer. Tu peux me croire.

— Certainement.

— Ce n'est pas la première fois qu'elle me fait un coup pareil.

Je ne réponds pas. Je n'ai pas envie de savoir ce que cette femme a fait d'autre, surtout lors d'un deuxième rencard avec ce type.

Fixez des limites, les gens.

— Mais à quoi je pense ? Je suis là avec une femme magnifique et je me plains de quelqu'un avec qui je ne suis plus. Je suis désolé.

Je lui offre un sourire. — Ne t'en fais pas. Tout va bien.

— J'espère que tu veux toujours ce troisième rencard ? demande-t-il, et il a l'air si mignon et vulnérable que je hoche la tête.

— Bien sûr que je le veux.

Il me rend mon sourire, les yeux tendres. — Super.

Au moment où nous reprenons le fil de la conversation, son téléphone sonne à nouveau. Il le prend puis me regarde. — Ce n'est pas elle, ne t'inquiète pas. Mais je vais devoir écourter. On a besoin de moi au bureau.

— Mais tu n'as même pas fini ton café.

— Je vais devoir le prendre à emporter. Je suis vraiment désolé pour ça. Je pensais avoir mon après-midi de libre.

— Pas de souci. Ça arrive. Tu es un statisticien très demandé.

— Tu n'as pas idée. Tu veux prendre le tien à emporter aussi ?

— Bien sûr.

On nous met nos cafés dans des gobelets en carton et on sort ensemble affronter le froid.

— Tu sais quoi, Kennedy ? Je vais te réinviter à sortir.

Je ris. — Tu me préviens ?

— Non, je te le demande. Tu veux bien sortir de nouveau avec moi ?

Je lui souris alors qu'une douce chaleur m'envahit l'estomac, malgré la situation un peu déconcertante mêlant ex, chat et activité criminelle. — Ça me plairait bien.

— Vendredi soir ?

— Oh, je ne peux pas. J'ai un truc de prévu.

Son visage se décompose. — D'accord. Une autre fois, peut-être.

— Non, j'ai vraiment un truc de prévu. C'est ma fête d'anniversaire. Juste une petite soirée entre amis dans le pub de mon quartier.

Il m'offre un sourire éphémère. — Joyeux anniversaire. Je ferais mieux d'y aller. Merci pour… ça. On se reverra, je suppose. Il a l'air abattu et je me sens aussitôt mal.

Alors qu'il se tourne pour partir, je prends une décision impulsive. Une que j'espère ne pas regretter. — Carl ? Tu voudrais venir ? C'est au Black Cat à Notting Hill ce vendredi à dix-neuf heures.

— Tu es sûre ? Tu ne dis pas ça juste parce que je suis un pauvre loser avec une ex voleuse ?

— Bien sûr que non. J'adorerais que tu viennes. On se voit là-bas ?

Son visage s'illumine d'un large sourire. — On se voit là-bas.

Alors que je me tourne pour partir, je chasse la gêne de ce rendez-vous. Ce n'est pas de sa faute s'il a reçu un SMS désagréable de son ex au mauvais moment. Il a l'air d'être un type sympa et je suis sûre qu'il s'entendra très bien avec mes amis à ma fête d'anniversaire.

Chapitre 14

Je remonte la fermeture éclair de ma robe mi-longue, j'enfile mes chaussures et je me tourne pour m'observer dans le grand miroir de Delphine. Même si ma fête pour mes trente ans ce soir est une célébration décontractée avec seulement mes amis les plus proches dans mon pub du coin, ça ne veut pas dire que je n'ai pas mis le paquet sur ma tenue. Pas question. On n'a trente ans qu'une fois, et vu que je me suis réveillée ce matin avec le pressentiment que ma jeunesse s'était envolée pour ne plus jamais revenir – bon d'accord, j'étais d'humeur un peu trop dramatique –

ça me ferait un bien fou de me sentir jolie ce soir. Cette robe est une tuerie.

— Kennedy, tu es *splendide*, souffle Lottie derrière moi, ses longs cheveux tombant en douces boucles sur ses épaules, ses lèvres pleines peintes en rouge. C'est quoi, comme tissu ? demande-t-elle en prenant une poignée du jupon de la robe dans sa main.

— C'est du tulle. Tu ne trouves pas que le jaune, c'est un peu trop ?

— Ma belle, avec tes yeux et tes cheveux foncés et ce teint magnifique, on dirait une Salma Hayek en plus grande dans cette robe. Sérieusement. Je suis trop jalouse de ta robe, là.

Je contemple d'un œil critique mon décolleté loin d'être digne d'une star de cinéma dans cette robe à fines bretelles que j'ai payée une fortune dans une boutique, spécialement pour ce soir. Même avec la coupe astucieuse, impossible de me qualifier de plantureuse. — Ouais, si Salma Hayek faisait un bonnet B avec quasiment pas de hanches.

— Tu es magnifique, ma belle. Fais-moi confiance. À l'intérieur comme à l'extérieur.

Je souris à mon amie dans le reflet du miroir. — Continue avec les compliments. J'en ai bien besoin ce soir.

Elle fronce le nez. — C'est si terrible que ça, d'avoir trente ans ?

Satisfaite de mon apparence, je me retourne pour lui faire face. — C'est une drôle de sensation de savoir que je n'aurai plus jamais la vingtaine. Comme si cette partie de ma vie avait soudainement disparu, était terminée, et qu'à la place, je fonçais tout droit vers la quarantaine.

Elle se penche pour s'observer dans le miroir et enlève un cil de sa joue. — Mais ce n'est qu'un chiffre, ma belle. Ce n'est pas comme si tu devais te balader avec le nombre trente cousu sur ton haut ou un truc du genre. Comme dans ce film avec Emma Stone.

— Ce n'était pas un « A » pour adultère ? je demande en riant.

— Tu vois ce que je veux dire. Tu es la même qu'hier. Pour le reste du monde, tu as toujours la vingtaine.

Je pousse un soupir. — Ce n'est pas seulement l'image que je renvoie. C'est là où j'en suis dans ma vie, tu vois ?

Elle fait la moue. — Tu veux dire célibataire ?

Je hoche la tête.

— Essaie d'être à ma place, avec une mère qui essaie de te caser avec tous les mecs hétéros de moins de soixante ans du Grand Londres. Ce n'est pas drôle, crois-moi.

— Célibataire, sans enfant, une carrière qui prend un tournant bizarre vers le *je-ne-sais-quoi* en ce moment. Tout ça. Je devrais être posée, maîtresse de la situation, savoir où je vais et comment y arriver. Tu vois ?

— Ma belle, ça me semble tellement ennuyeux. Et l'aventure ? Et la spontanéité ? L'excitation ? Où est-ce que tout ça se trouve dans ton plan *« je sais où je vais et comment y arriver »* ?

— L'excitation est surfaite, je réponds en ramassant par terre le jouet à mâcher de Penelope's Pooches pour Lady M. Je veux de la certitude. De la stabilité.

Elle arque un sourcil. — Vraiment ?

— Oui ! j'insiste. C'est facile pour toi. Tu n'as pas trente ans avant l'année prochaine. Moi, je suis vieille maintenant. Plus mature. Je lui adresse un grand sourire.

— D'accord, Mademoiselle Mature, tu as une fête qui t'attend. J'espère que tu n'es pas trop mature pour t'amuser un peu ce soir.

J'éteins la lumière de la penderie et je prends mon manteau et mon sac sur le lit avant d'apporter le jouet bien mâchouillé à Lady M dans le salon. Elle remue la queue frénétiquement en le voyant, avant de le saisir dans sa mâchoire et de filer vers son panier.

— Tu dois être tellement contente qu'elle l'ait adopté. Qu'est-ce que tu as fait de tous les Winnie l'Ourson ?

— Toujours dans le placard de l'entrée, je dis en ouvrant la porte pour qu'elle voie.

— On dirait une étagère de chez Hamleys, mais entièrement consacrée à un seul jouet, dit-elle avec émerveillement.

J'inspecte les rangées de jouets. — Je vous ai tous sauvés, leur dis-je.

Lottie éclate de rire.

Nous nous dirigeons vers la porte d'entrée et, la main sur la poignée, je me tourne vers elle pour la prendre rapidement dans mes bras.

— Merci de t'être préparée avec moi ce soir, Lottie. J'avais un peu le moral dans les chaussettes, et tu m'as vraiment remonté le moral.

— Tu plaisantes ? Pour rien au monde je n'aurais raté l'occasion d'utiliser une douche à trois pommeaux dans une salle de bain en marbre. Elle me fait un clin d'œil. Oh, j'ai failli oublier. Je t'ai pris un cadeau d'anniversaire. Elle plonge la main dans son sac à main, en sort une enveloppe rose et me la tend. C'est nul d'avoir son anniversaire si près de Noël ?

— Ça l'était quand j'étais enfant, mais maintenant, je suis assez contente de passer inaperçue. Je déchire l'enveloppe et en sors une carte et un bon écrit à la main. « Ce bon te donne droit à une visite guidée par Lottie d'un musée londonien de ton choix, suivie d'un afternoon tea spécial au Ritz. » Le Ritz, c'est tellement chic. Lottie, c'est adorable de ta part.

— Je sais que tu n'apprécies pas toujours mes choix de

musées étranges et merveilleux, alors j'ai pensé te laisser décider.

— Il faut être un certain type de personne pour apprécier de voir une salle d'opération dans une église où les gens se faisaient opérer sans anesthésie.

— C'est historiquement...

— Important, je conclus pour elle. Je sais. Tu nous l'as déjà dit. Je la serre brièvement dans mes bras. Merci pour ça. Tu sais que je vais choisir Madame Tussauds, hein ?

Elle lève les yeux au ciel. — Tellement grand public.

Quelques pas plus tard, alors que nous sommes encore dans la rue, nous entendons la musique et le brouhaha provenant du Black Cat, dont les fenêtres sont décorées de lumières de Noël qui nous invitent à entrer. Nous poussons la porte, et je suis immédiatement frappée par l'arôme de plats de pub fraîchement cuisinés et par les visages souriants de mes amis.

— Joyeux anniversaire ! s'exclament-ils tous en chœur, et le pub tout entier applaudit tandis que la chanson d'anniversaire retentit dans les haut-parleurs. Les gens chantent en chœur, les clients qui ne me connaissent pas écorchent mon nom, et je souris à tout le monde, le bonheur rayonnant dans ma poitrine.

— Vous êtes les meilleurs.

— Passe-moi ton manteau, ma belle, m'ordonne Lottie, et alors que j'enlève mon long manteau de laine, je suis reconnaissante qu'il fasse super chaud dans le pub. Quelqu'un siffle, et je fais une petite pirouette pour montrer ma robe.

— On dirait une reine de beauté, s'extasie Zara en me prenant dans ses bras.

Je ris. — Ça existe, des reines de beauté de trente ans ?

— Bienvenue au club des trentenaires ! C'est un club génial. Pas vrai, Asher ?

— Carrément. Fini les angoisses de la vingtaine, répond-il en déposant un baiser sur ma joue. Joyeux anniversaire, compatriote américaine au milieu d'un océan de Britanniques.

— Hé ! Je suis là aussi, tu sais, se plaint Emma, mon amie de l'émission de téléréalité *Dating Mr. Darcy* et Texane pur jus.

— Ash, je parie que tu n'as jamais eu le moindre moment d'« angoisse de la vingtaine » de ta vie, dit Zara.

— C'était il y a trop longtemps pour que je m'en souvienne, répond-il.

Zara lève les yeux au ciel avec bonne humeur.

— Il faut que je fasse un câlin à la magnifique femme dont c'est l'anniversaire, dit Emma, avant de joindre le geste à la parole. Comment tu fais pour sentir aussi bon ? Nouveau parfum ?

— Un petit plaisir que je me suis offert pour mon anniversaire. J'ai pensé que je le méritais, je réponds.

— Oh, tu le mérites tellement. Notre cadeau est avec les autres là-bas, sur la table. Tu pourras tous les ouvrir après qu'on t'aura fait boire un peu de champagne.

Sebastian, le mari d'Emma, m'embrasse sur la joue. — Joyeux anniversaire, Kennedy. On m'a informé que j'étais de corvée de champagne, et voici ta coupe. Il me tend une flûte, remplie à ras bord.

Tabitha est la suivante à me saluer, enroulant ses longs bras fins autour de moi et me serrant fort. — Oh, ma belle, je t'adore tellement ! Le plus joyeux des anniversaires à toi, ma chérie.

Shelley, la seule personne du magazine que j'ai invitée, me présente son petit ami, Brendon, un compatriote néo-zélandais qu'elle a rencontré dans un pub « SANZA » à Londres il y a quelques mois. Elle me dit que SANZA est l'acronyme de South Africa-New Zealand-Australia, et apparemment les pubs sont super populaires auprès de nos amis des antipodes, pleins à craquer tous les soirs. Quand je lui ai demandé pourquoi elle voyagerait sur 20 000 km depuis son pays natal uniquement pour fréquenter des gens de son pays, elle m'a dit que c'était une bonne question et qu'elle me recontacterait à ce sujet.

Je n'ai toujours pas eu sa réponse, mais à en juger par son alchimie avec Brendon, à s'échanger des regards et des baisers quand ils pensent que personne ne regarde, ça a parfaitement fonctionné pour eux deux.

Shelley et son petit ami complètent ma petite fête, à l'exception de Carl, qui n'est pas encore arrivé. Pour être tout à fait honnête, je ne suis même pas sûre d'avoir envie qu'il vienne. C'est un groupe sympa et intime de mes amis londoniens les plus proches, et la conversation coule de source alors que nous sirotons nos verres et grignotons les amuse-gueules que j'avais préparés. Mais en voyant Zara avec Asher, Emma avec Sebastian et Shelley avec Brendon, je ne peux m'empêcher de ressentir un pincement de solitude. Quand est-ce que ça m'arrivera à moi ? Quand vais-je trouver le Grand Amour, celui qui semble si parfait ? Quand est-ce que mon prince charmant va me faire tourner la tête ?

La soirée avance et le champagne commence à me monter à la tête. Très vite, Tabitha, accoudée au bar, s'extasie et me répète à quel point je suis géniale, Lottie et Zara insistent pour que j'invite à danser un mec mignon assis dans un coin avec ses potes et qui a l'air d'avoir dans les dix-huit ans — ma réponse est un non catégorique, car être une cougar à ce point-là, ou à n'importe quel point d'ailleurs, ne m'intéresse pas — et mes amis apportent le plus adorable des gâteaux d'anniversaire. Il a la forme de Lady Moo, avec #MamanDAnniv et #PasDeWinnie-

LOurson écrits en glaçage sur le socle. En plus, c'est un gâteau riche en chocolat, et c'est un pur délice.

Je discute avec Emma, nos assiettes vides à la main.

— Tu vois, c'est ça le problème. Il n'y a pas assez de vêtements de sport de qualité pour les tout-petits dans ce pays, alors Penny… Emma s'interrompt, les yeux écarquillés.

— Qu'est-ce qu'il y a, Em ? je demande.

Elle fixe quelque chose derrière moi et, à en juger par son expression, c'est quelque chose d'inattendu. Elle me donne un coup de coude, les yeux toujours écarquillés.

— Salut, Kennedy, dit une voix grave. Je me retourne et je vois Carl, debout, me faisant un grand sourire. Seulement, c'est le Carl de la première fois où je l'ai rencontré. Eh oui, c'est ça. Il porte sa tenue de Rocky, de sa perruque blonde coupe au bol à son short doré. Et pas grand-chose d'autre.

— Carl, salut. Tu es… là, j'arrive à dire, tandis que mon cerveau peine à analyser la situation.

Pourquoi est-il venu à ma fête habillé en Rocky ?

Autour de moi, tout le monde a cessé sa conversation et regarde bouche bée, avec un mélange de choc et d'amusement, la vision du *Rocky Horror Picture Show* qui vient d'entrer dans le pub. La musique continue peut-être de jouer, mais c'est le seul son dans la pièce.

Carl me sourit comme s'il portait plus qu'un simple Speedo qui recouvre quinze pour cent de son corps. — Joyeux anniversaire, dit-il.

— *C'est lui*, Carl ? demande Emma, son visage s'illuminant d'un grand sourire.

— Waouh. Quelle tenue. Tabitha le reluque de la tête aux pieds. Ce que, pour être honnête, tout le monde fait en ce moment, car ai-je mentionné qu'il ne porte rien d'autre qu'un short doré dans mon pub de quartier ? En plein hiver.

Waouh. Juste waouh.

Il met un cadeau dans mes mains. — Je suis désolé d'être en retard. Il fallait que je me « Rocky-ise ». Tu vois ?

— Oui, je vois ça, dis-je avec un sourire forcé.

Mes amis sont toujours en train de le dévisager.

— Tu ne vas pas nous présenter ton cavalier ? demande Asher avec une lueur malicieuse dans l'œil, et je lui lance un regard noir.

Carl fait un pas sur le côté et lève la main pour saluer. — Salut tout le monde, je suis Carl.

Un chœur de « Salut Carl » lui répond et il leur adresse un sourire radieux.

— Que quelqu'un serve un verre à cet homme, s'est exclamée Tabitha, et Sebastian lui a demandé ce qu'il voulait.

— Quelque chose qui réchauffe, je pense. Il fait froid ce soir, a déclaré Carl.

— Un whisky ? Un brandy ? a proposé Sebastian.

— Je vais venir avec toi, lui a dit Carl, et les deux hommes se sont frayé un chemin jusqu'au bar à travers les clients encore bouche bée.

— C'est quoi ce délire, Kennedy ? m'a dit Zara, une fois qu'ils étaient hors de portée de voix.

— C'est une perruque, hein ? On dirait une perruque, a dit Lottie.

— C'est ça qui retient ton attention ? a répondu Tabitha, les yeux écarquillés.

— Je pense que ce type a sérieusement besoin d'une évaluation psychologique, nous a dit Emma.

J'ai levé les mains. — Je tiens juste à préciser une chose : je ne lui ai pas demandé de porter cette tenue ce soir.

Zara a secoué la tête. — Et pourquoi l'aurais-tu fait ? Quel mec porte ce genre de chose à la fête d'anniversaire d'une fille où ses *amis* vont le voir ?

Lottie a froncé le nez. — C'est un choix bizarre.

— C'est sa tenue du *Rocky Horror Picture Show*. Il est Rocky, ai-je expliqué, en essayant de rendre tout ça un peu moins étrange. C'est la tenue de la boîte où je suis allée avec lui, tu te souviens ?

Tabitha l'a dévisagé en plissant les yeux. — Eh bien, il a de beaux abdos, je veux bien lui accorder ça. Même s'il ressemble à un strip-teaseur d'enterrement de vie de jeune fille.

— Oh mon Dieu, c'est trop ça ! s'est exclamée Lottie, les yeux écarquillés. Mais ce n'en est pas un. Si ? m'a-t-elle demandé.

— Il est statisticien, ai-je expliqué.

— Comment tu le sais ? a demandé Lottie.

— Parce qu'il me l'a dit.

— Peut-être qu'il est statisticien le jour et amuseur pour dames le soir ? a suggéré Tabitha.

— Totalement plausible, a approuvé Zara. Les statisticiens ont besoin de compléter leurs revenus ?

— C'est peut-être son truc ? Tu sais, comme Asher qui aime surfer, a proposé Lottie.

— On ne peut pas vraiment dire que le surf et le strip-tease sont le même genre de passe-temps, a répliqué Zara.

Lottie a haussé les épaules. — Ça pourrait. Les deux sont athlétiques.

Tabitha a ri. — Eh bien, ça ne lui prendrait pas longtemps pour se déshabiller s'il le faisait. Il ne porte presque rien. En *décembre*. Il n'a pas neigé tout à l'heure ?

— Peut-être que ses abdos sont ton cadeau d'anniversaire, a suggéré Emma.

J'ai laissé échapper un souffle en jetant un coup d'œil à

Carl. Lui et Sebastian avaient pris leurs verres et se diri-
geaient vers nous.

— Vite ! On fait comme si de rien n'était, nous a dit
Lottie.

Je me suis retournée et j'ai souri à Carl quand lui et
Sebastian ont rejoint notre groupe. — Salut, Carl. Tu veux
qu'on aille discuter un peu ? ai-je demandé.

— D'accord, a-t-il répondu aimablement.

Je l'ai entraîné loin des regards indiscrets de mes amies
et j'ai trouvé un coin tranquille près du bar où nous nous
sommes juchés sur deux tabourets.

— Santé, a-t-il dit en cognant son verre de whisky
contre ma flûte. Il a pris une gorgée et a déclaré : — Ça va
mieux. Je comprends pourquoi les Saint-Bernard trans-
portent du brandy. Ça réchauffe bien.

J'ai pris une gorgée, puis j'ai délicatement posé mon verre
sur le bar. — Je vois que tu es déguisé en Rocky, ai-je lancé.

— Ouais. Évidemment, a-t-il répondu en riant.

— Je peux te demander pourquoi ? Tu es en route pour
la boîte ?

Il a secoué la tête. — C'est bizarre, je sais, mais je crois
qu'en étant Rocky, je suis moi-même. Tu vois ce que je
veux dire ?

Euh, non.

— Comment ça, exactement ?

— C'est comme si en étant lui, je pouvais être la
meilleure version de moi-même. Désinhibé. Nouveau.
Libre. Ça a du sens ?

— Oh, je comprends tout à fait. C'est
juste — comment dire ? C'est bizarre ? Tu me fais flipper ?
C'est complètement inapproprié pour ma soirée d'anniversaire pour mes trente ans dans un pub ?

Il m'évite de finir ma phrase en expirant bruyamment,

les épaules affaissées, la tête basse, marmonnant : — Ça ne sert à rien. Ça ne sert à rien.

— Carl ? Ça va ? Je ne voulais pas te vexer ou quoi que ce soit.

Il lève la tête, les yeux remplis de chagrin, le grand sourire qu'il arborait quelques instants plus tôt ayant disparu de son visage creusé. — C'est mon ex.

— Celle qui a volé ton chat ?

Il hoche la tête, les lèvres pincées. — Ouais.

— Tu n'as pas pu le récupérer ou quelque chose comme ça ?

À ma grande surprise, ses yeux se remplissent de larmes, et il essaie en vain de les chasser en clignant des yeux. Mais elles coulent sur ses joues, sa lèvre inférieure tremblante.

Je le regarde, interloquée, ne sachant que faire. J'ai en face de moi un mec que je connais à peine, qui est arrivé en retard à ma fête d'anniversaire vêtu d'un short doré et qui est maintenant littéralement en train de pleurer pour une autre femme.

Je dirais que ce troisième rendez-vous n'a pas pris le meilleur des départs.

— Elle… elle…, commence-t-il, mais il est incapable de continuer et fond en larmes, les épaules secouées de soubresauts, des bruits d'étouffement s'échappant de sa gorge.

Je pose timidement la main sur son dos nu et lui donne quelques petites tapes. — Allons, allons, Carl. Ça ne peut pas être si terrible.

Peut-être que le chat est mort ?

— Si, justement. C'est terrible, bredouille-t-il en s'essuyant le nez qui coule du revers de la main. Il pose la tête sur mon épaule et continue d'être secoué de sanglots.

Je jette un coup d'œil à mes amis, ne sachant que faire, quand une silhouette familière attire mon regard.

C'est Charlie Cavendish, et il nous regarde, Carl et moi, un sourire narquois aux lèvres.

C'est juste trop génial.

— Tout va bien, par ici ? demande Charlie en s'accoudant au bar. Ses coudes *habillés*, eux, contrairement à ceux de mon cavalier.

J'affiche un sourire forcé, comme si je n'avais pas un homme de 1,85 m à peine vêtu et affublé d'une perruque qui sanglotait sur mon épaule. — Très bien, merci.

Le regard de Charlie passe de moi à Carl, puis revient sur moi. — Je vais devoir te croire sur parole.

— Carl était en train de me parler de son chat, je lui explique.

— Ah, donc, c'est lui, Carl.

— Yep.

Les coins de sa bouche se relèvent tandis que son regard se pose sur la silhouette secouée de sanglots de Carl. — Bon à savoir.

Mais qu'est-ce qu'il fiche ici ? Ce n'est certainement pas moi qui l'ai invité, et même si certains de mes amis le côtoient, ils savent bien qu'ils ne doivent pas l'inviter dans mon dos.

— Tu sais, Charlie, c'est ma soirée *privée* ce soir ? C'est-à-dire, sur invitation uniquement.

Il lève un doigt en direction du serveur. — J'en suis très heureux pour toi.

L'art d'être agaçant.

Carl soulève la tête de mon épaule juste assez longtemps pour s'essuyer les yeux avant de renifler bruyamment et de se blottir à nouveau contre mon épaule.

— Ton cavalier a l'air de bien s'amuser.

— Il est juste un peu contrarié à cause de son chat, je

réponds entre mes dents, tout en tapotant le dos de Carl. — Sérieusement, je ne sais pas comment tu peux te permettre de débarquer ici et de t'incruster à ma soirée comme si tu…

Je suis interrompue par le serveur qui fait glisser un sac en papier brun sur le bar en sa direction. — Et voilà pour toi, Charlie. Un hachis Parmentier avec un supplément de purée et de sauce, à emporter.

— Merci, Brian. Tu le mets sur mon ardoise ?

— Pas de souci, Charlie. À la semaine prochaine.

— Tu sais bien que je ne peux pas passer la semaine sans un des hachis Parmentier de Cheryl. Charlie se tourne vers moi, un sourire aux lèvres, et dit : — Je suis désolé, Kennedy. Tu disais ?

— Rien, je marmonne, tandis que la chaleur me monte aux joues.

Évidemment, je suis allée un peu vite en besogne, mais il n'a pas besoin de se montrer si mielleux.

Carl choisit ce moment pour relever la tête une fois de plus, le visage inondé de larmes, et déclarer : — Je veux la récupérer. Vraiment. Je veux tellement la récupérer.

Je tourne les yeux vers le visage humide et trempé de Carl. Sa perruque a glissé, et son nez est tout rose et couvert de plaques. — Je croyais que ton chat était un mâle ?

— Je ne parle pas de Sir Ronron. Je parle de mon ex. Je l'aime et je veux la récupérer. — Son visage se décompose alors qu'un sanglot s'échappe de ses lèvres.

Oh, mon Dieu.

Avec une bonne dose d'appréhension, je lève les yeux vers Charlie, m'attendant à voir son regard pétiller d'hilarité.

Il a disparu, et la porte du pub se referme doucement derrière lui.

Chapitre 15

— Bon, Lady M. Tu vas être une petite chienne super, super sage pour Esme et sa famille pendant mon absence. Mange bien ton dîner, mâchouille ton nouveau jouet, et surtout, sois sage.

Les yeux de Lady M sont rivés sur moi et, au moment où le dernier mot quitte ma bouche, elle penche la tête sur le côté, comme si le mot *sage* était un concept qui lui était étranger.

Forcément.

Je la soulève du sol et dépose un baiser sur son front. — Tu vas me manquer, ma petite.

En guise de réponse, elle me lèche le visage, son petit bout de queue frétillant de gauche à droite contre mon bras.

Esme sourit depuis le seuil de la porte, le panier de Lady M rempli de sa nourriture et de son nouveau jouet à mâcher préféré dans les bras, nous regardant nous dire au revoir. — Elle sera très bien avec nous, Kennedy. Ne t'inquiète pas pour elle. Maman a dit qu'elle donnera de la dinde à Lady M pour son dîner de Noël, et il y a déjà un cadeau pour elle sous le sapin.

— Tu es adorable, Esme. Je ne sais pas ce que je ferais sans toi. Merci pour tout. Je serre Lady M contre moi, son petit corps chaud et doux contre ma poitrine. L'idée de ne pas voir sa frimousse chaque jour pendant que je serai à la maison pour Noël me rend plus triste que je ne l'aurais cru, étant donné que nous ne sommes ensemble que depuis six ou sept semaines. Mais je me suis vraiment attachée à cette petite fripouille.

— J'ai les clés au cas où j'aurais besoin de quelque chose d'autre. Fais bon voyage et on se voit le soir du Nouvel An. Elle tend les mains pour prendre Lady M, et je la lui confie à contrecœur.

— Joyeux Noël pour demain, Esme, dis-je.

— Joyeux Noël. Viens, ma belle, on y va. Elle m'adresse un sourire et emporte Lady M dans le couloir.

Je ferme la porte et m'accorde un instant pour penser à elle avant de passer en mode organisation.

Dans la chambre, ma valise ouverte sur le lit, je passe en revue ma liste.

Passeport ? *OK*.

Cadeaux de Noël des enfants, y compris un bus londonien rouge à deux étages, un ours en peluche avec « *I heart London* » sur son T-shirt, une vieille cabine téléphonique rouge et quelques sacs à dos Union Jack ? *OK*.

Friandises de Noël typiquement londoniennes, telles qu'une sélection de chocolats artisanaux de chez Harrods que je n'ai absolument pas goûtés (bon, d'accord, si, mais c'était purement pour un contrôle qualité), la plus jolie boîte de biscuits Fortnum & Mason illustrée d'un carrousel qui tourne vraiment en jouant de la musique, et une boîte des crackers de Noël les plus chers du monde, remplis de babioles britanniques chics et probablement de blagues que personne chez nous ne comprendra ? *OK*.

Tenue de fêtes super mignonne qui dit *Je suis une femme forte et indépendante qui maîtrise sa propre vie, bien que vous pensiez tous que je me suis enfuie pour soigner mon cœur brisé* ?

Sérieusement, une tenue peut-elle vraiment dire tout ça ?

Je ferme ma valise et la descends du lit. Je la fais rouler jusqu'à la porte d'entrée. Après une dernière vérification pour m'assurer que tout est éteint dans l'appartement, j'enfile mon manteau, je prends mon sac à main sur la console de l'entrée et je ferme la porte à clé derrière moi.

Je traîne ma valise dans le couloir jusqu'à l'ascenseur et j'appuie sur le bouton « descente ». Le grincement de la machinerie métallique m'indique que l'ascenseur descend d'un étage supérieur, ce qui ne peut signifier qu'une chose : il était à l'étage de Charlie.

Tandis qu'il glisse dans la cage d'ascenseur, je fais une petite prière pour qu'il ait déposé Charlie, et non qu'il soit venu le chercher.

Quand les portes s'ouvrent, je comprends immédiatement que mes prières n'ont absolument *pas* été exaucées.

L'homme en personne se tient devant moi, adossé au fond de l'ascenseur comme s'il en était le propriétaire.

Il porte le même ensemble costume-cravate et le même manteau d'hiver que lorsque je suis tombée sur lui au travail, et il a la tête baissée, lisant quelque chose sur son téléphone.

Une marée de pensées m'envahit.

Pourquoi n'ai-je pas pris les escaliers ?

Il a vraiment sauvé quelqu'un de la noyade.

Pourquoi faut-il qu'il soit si incroyablement beau tout le temps ?

Il m'a donné des bonbons.

Que doit-il penser de moi après l'incident de la nuit dernière, avec Carl en pleurs sur mon épaule dans son slip de bain doré ?

Et enfin, la pensée la plus troublante de toutes :

Il donne tellement envie de l'embrasser.

Que voulez-vous ? Ça se bouscule un peu là-haut.

Il lève les yeux vers les miens, et ses lèvres esquissent ce frémissement qui lui est propre.

— Mademoiselle Kennedy Bennet. Quelle merveilleuse surprise, dit-il d'un ton pince-sans-rire.

— Disons que c'est une surprise. Pour ce qui est d'être merveilleuse, je n'en suis pas si sûre, dis-je sèchement, tout en faisant de mon mieux pour ignorer la sensation de papillons dans mon ventre.

J'entre dans l'ascenseur et lui tourne le dos. Bien que le bouton « RDC » pour le rez-de-chaussée — qui devrait logiquement s'appeler le premier étage, mais ce n'est pas le cas dans ce pays, pour des raisons qui m'échappent — soit déjà allumé, j'appuie dessus à nouveau, par précaution.

— Joyeux réveillon de Noël à toi aussi, dit-il avec un petit rire.

Les portes se referment dans un chuintement et, alors que l'ascenseur amorce sa descente, je lève les yeux vers le gui attaché avec un ruban de fête au-dessus de ma tête.

Il ne manquait plus que ça.

Je garde le regard rivé sur la porte, comme si c'était la porte la plus intéressante que j'aie jamais vue, priant pour que le trajet soit rapide.

Pourquoi faut-il que je ressente quelque chose pour cet homme ? Bien sûr, dès l'instant où j'ai posé les yeux sur lui, j'ai été consciente à quel point il est séduisant. Je ne suis qu'humaine. Et puis il a ouvert la bouche avec sa suffisance de privilégié et tout l'intérêt que j'aurais pu lui porter a été bel et bien anéanti.

Ou du moins, c'est ce que je croyais.

Le problème, c'est que maintenant que j'apprends à connaître le vrai Charlie, ma résolution de le détester s'effrite.

Et je ne peux pas la laisser s'effriter.

Pas si je veux protéger mon cœur.

Sa voix interrompt mon débat intérieur.

— Carl va bien ?

— Il va bien. Merci d'avoir demandé.

— Tant mieux. Tu vas quelque part ?

— Non, je promène juste ma valise, répliquai-je, satis-faite de ma répartie.

— Tu promènes ta valise sous la *neige* ? demande-t-il.

Les lèvres pincées, je jette un bref coup d'œil dans sa direction. Comme prévu, son visage est illuminé par un sourire, ce qui le rend ridiculement, et surtout, exaspéré-ment beau.

— Il neige ? je demande.

— Ça vient de commencer il y a quelques instants. Parfait pour un réveillon de Noël, tu ne trouves pas ?

Il a raison. La neige rend le réveillon de Noël encore plus magique. Je ne vais pas être d'accord avec lui, cepen-dant. Alors, à la place, je reporte mon attention sur la porte.

— Génial. Ça va vraiment accélérer mon voyage.

— Ton voyage à l'aéroport, je présume ?

— Yep.

— Parce que tu vas à Paris passer Noël avec ton petit ami dévêtu et son chat ?

Je regarde droit devant moi et me pince les lèvres pour m'empêcher de sourire. C'était vraiment très drôle.

— Ce n'est pas mon petit ami, je réponds, au moment où l'ascenseur donne une secousse énorme qui me fait perdre l'équilibre. Je cherche quelque chose à quoi m'agripper, mais ne trouve que du vide. Je trébuche et tombe la tête la première contre quelque chose de ferme, de chaud et de… *oh, non.*

Ses bras forts et musclés s'enroulent autour de mon corps pour me stabiliser, et j'essaie de toutes mes forces de ne pas inhaler son parfum enivrant.

L'ascenseur rebondit, de haut en bas, de haut en bas, et je m'accroche à lui pour ne pas tomber tandis que les lumières vacillent autour de nous avant de s'éteindre complètement. Plongés dans une obscurité soudaine, nous titubons tous les deux de quelques pas, puis il se redresse, se tenant droit et ferme tandis que je suis suspendue à lui comme un singe à un arbre. Un arbre chaud, fort et incroyablement sexy.

Et puis, par miracle, les rebonds s'arrêtent brutalement, les lumières se rallument, et le sol de l'ascenseur ne ressemble plus au plancher rebondissant de chez Penelope's Pooches.

Mon cœur bat la chamade à cause du choc, et je m'efforce de calmer ma respiration.

Je lève les yeux vers la mâchoire carrée et mal rasée de Charlie, remarquant pour la première fois qu'il a un petit grain de beauté près de l'oreille, et j'éprouve le plus étrange besoin de tendre la main pour le toucher. Je lève la main et…

Attends, *quoi ?!*

Mais qu'est-ce que je suis en train de faire ?

Je ne peux pas laisser son charme et son sex-appeal général me perturber, même s'il sent incroyablement bon. Je ne peux absolument pas autoriser le moindre contact, comme le fait d'avoir ses bras enroulés autour de moi de manière protectrice il y a un instant.

C'est Charlie Cavendish, bon sang ! Je ne devrais pas me trouver dans un espace confiné avec lui, seule, enlacée, tout en ayant des pensées troublantes sur ses grains de beauté et mon désir irrationnel et franchement bizarre d'en toucher un.

— Tu vas bien ? me demande-t-il en me regardant de haut, nos corps toujours collés l'un contre l'autre, ses bras fermement enroulés autour de moi.

Je me redresse d'un coup, reculant vivement comme s'il me brûlait de sa chaleur — ce qui, soyons honnêtes, est un peu le cas —, j'essaie de retrouver mon sang-froid distant d'avant, tout en sachant que c'est peine perdue et depuis longtemps. — Oui. Ça va, merci. Je rajuste mes vêtements et lisse mes cheveux. — Et toi ?

— Entier. Il décroche le combiné d'aspect antique du mur et appuie sur le bouton. — L'ascenseur doit être en panne.

— Sans blague, Sherlock, je me moque, puis je le regrette aussitôt. J'ai peut-être des sentiments contradictoires à son égard, mais il vient de m'éviter de me cogner contre la paroi de l'ascenseur.

— Désolée, je marmonne. Une habitude.

— Je suis pour le moins observateur, répond-il d'un air distrait, en portant le combiné à son oreille. — Allô, oui. L'ascenseur semble être bloqué entre deux étages, dit-il dans le combiné. — Bien… oui… moi-même et une autre personne… oui, nous sommes tous les deux indemnes… Je ne suis pas sûr, mais je vais me renseigner. Il me regarde. — Tu sais entre quels étages nous sommes ?

Je lève les yeux et je vois un espace d'une douzaine de centimètres qui laisse entrevoir le bord de la moquette d'un couloir au-dessus de nous. — Je ne saurais pas dire, mais peut-être près du premier ou du deuxième étage ?

— Nous ne sommes pas sûrs, désolé. Peut-être entre le premier et le deuxième, dit-il dans le combiné. — Très bien… Oui, je comprends, même si ce serait appréciable que vous nous donniez la priorité… Oui, je suis conscient que c'est la veille de Noël… Ah, oui, la neige. Merci. Nous allons patienter sagement. Il raccroche le téléphone et se tourne vers moi. — Pour l'instant, nous sommes coincés.

— Vraiment, avec des talents de détective pareils, tu devrais entrer dans la police. Malgré mon envie de paraître dédaigneuse, mes lèvres s'étirent en un sourire.

Il me le rend, les yeux doux. — Ce n'est pas une carrière que j'ai déjà envisagée, mais merci pour le compliment.

— Ce n'était pas un compliment.

—Je l'avais compris.

— Ils ont dit combien de temps ça prendrait avant qu'on puisse sortir d'ici ?

— Apparemment, entre le fait que ce soit la veille de Noël et qu'il neige, ça pourrait prendre un certain temps.

— Qu'est-ce que « un certain temps » veut dire, exactement ?

— Elle n'a pas précisé.

Je fais la moue en commençant à faire les cent pas dans le petit espace. — Il faut qu'ils se dépêchent, parce que j'ai un avion à prendre, et je ne peux pas le rater.

Ajoutez à cela le fait d'être coincée ici avec un homme pour qui j'ai des sentiments bien réels, que je ne veux pas avoir. Bref, cette situation n'est pas idéale pour moi.

— Parce que sinon tu vas manquer ton escapade

romantique avec le type en short doré qui n'est pas ton petit ami ? demande-t-il.

— Comment peux-tu plaisanter dans un moment pareil ?

Il hausse les épaules. — Qu'y a-t-il d'autre à faire ? Nous sommes coincés ici pour le moment.

Les mains sur les hanches, je déclare : — Eh bien, moi, je ne vais pas supporter ça.

— Que proposes-tu de faire ? Grimper le long du mur et te contorsionner pour passer par ce minuscule interstice là-haut ?

— Je vais les rappeler. Exiger un meilleur service.

Il s'écarte du téléphone mural. — Je t'en prie.

— C'est ce que je vais faire. Non que je sois ton invitée en utilisant ce téléphone. C'est un bien public, je lance d'un ton sec, sans même savoir pourquoi je me montre si mesquine.

Il se contente de me sourire.

Je décroche le combiné et j'écoute la sonnerie. Un instant plus tard, une femme à la voix grave, rauque et de fumeuse répond. — Bonjour. Mon... voisin a appelé il y a quelques instants à propos de l'ascenseur de Hewitt Street.

— Il s'est remis à fonctionner ? demande-t-elle.

— Non. Toujours pas. Il faut que vous répariez ça au plus vite. Vous voyez, j'ai un avion à prendre et...

— C'est dans la file d'attente.

— Qu'est-ce que ça veut dire, exactement ?

— Ça veut dire que c'est dans la file d'attente.

Très utile.

— Elle est longue, cette file d'attente ?

— Longue.

Toujours aussi utile.

— Vous ne pouvez pas le faire passer en priorité ?

— Si je faisais ça pour vous, je devrais le faire pour tout

le monde, pas vrai ? Et du coup, la file d'attente resterait la même.

— Bien sûr, je comprends. Le truc, c'est que je ne dois vraiment pas rester ici. Je jette un coup d'œil à Charlie. Il tapote sur son téléphone, sans me prêter la moindre attention. — Est-ce qu'il y a quelque chose que vous pouvez faire pour accélérer les choses ?

— Écoutez, il n'y a qu'un nombre limité de techniciens dans l'ouest de Londres, et avec la neige et le fait que ce soit la veille de Noël et tout le tralala, vous risquez d'attendre un bon moment.

— Mais...

— On vous préviendra quand on s'en occupera.

— Je ne peux pas...

— Patientez d'ici là. Salut.

Je pousse un soupir résigné en raccrochant le téléphone.

La réalité de la situation me frappe de plein fouet.

Charlie Cavendish et moi sommes coincés.

Ensemble.

Seuls.

Chapitre 16

DIX LONGUES MINUTES PLUS TARD, nous sommes toujours là.

Je pousse un soupir en jetant un coup d'œil à Charlie. Il est adossé au mur, une jambe croisée sur l'autre, concentré sur son téléphone qu'il tapote. Ses sourcils sont froncés.

Je reporte mon attention sur mon propre écran et tape un message sur le groupe WhatsApp des London Babes pour me plaindre de ma situation délicate.

Heureusement qu'on capte ici, c'est tout ce que je peux dire.

Je passe sur Instagram. Cette fois, Hugo a une nouvelle photo. C'est une photo de lui et de sa femme à la plage, emmitouflés dans des pulls, le vent dans les cheveux. Hugo tient une branche de gui au-dessus de leurs têtes pendant qu'ils s'embrassent.

Pfff.

Je lève les yeux vers le gui au-dessus de ma propre tête et me mords la lèvre.

Je vérifie l'heure. Onze minutes se sont écoulées depuis ma conversation avec la dame de l'ascenseur, mais ça me semble une *éternité*. Charlie et moi ne nous sommes pas adressé un autre mot depuis.

Une fois de plus, je vérifie l'application de la compagnie aérienne. Mon vol est toujours indiqué à l'heure, ce qui signifie que j'ai moins de trois heures et demie pour sortir de cet ascenseur, aller à Heathrow, m'enregistrer, déposer mes bagages, passer la douane, me rendre à la porte d'embarquement et monter dans l'avion.

C'est faisable, mais seulement si je sors d'ici dans les quinze prochaines minutes, grand maximum.

Mon téléphone vibre dans ma main alors qu'un nouveau message arrive dans le groupe WhatsApp des London Babes.

Lottie : *Tu es coincée dans l'ascenseur de ton immeuble ? Ma pauvre !*

Moi : *C'est le mot.*

Lottie : *Attends. Tu n'es pas censée être en route pour l'aéroport ?*

Moi : *Si. Je suis dégoûtée. J'ai peur de rater mon vol.*

Lottie : *Tu es toute seule ? Parce que ce serait le pire. #claustrophobie*

Je lève les yeux vers Charlie une fois de plus. Il est toujours concentré sur son téléphone, mais quand il lève les yeux et que nos regards se croisent un instant, une vague de chaleur m'envahit le corps alors que le souvenir de la sensation d'être dans ses bras me frappe en pleine poitrine.

Mon Dieu ! J'aurais bien besoin d'une douche froide !

Je lui offre un sourire crispé et reporte mon attention sur mon téléphone.

Moi : *Non. J'ai la chance d'être coincée ici avec mon ennemi.*

Lottie : *Attends, quoi ? !! Tu veux dire qu'en ce moment même, tu es coincée dans un ascenseur avec Charlie Cavendish ?*

Moi : *Je n'ai qu'un seul ennemi. ;)*

Lottie : *Quelle coïncidence !*

Moi : *Élevée, si on considère le nombre de fois où je tombe sur ce type par hasard.*

Lottie *: Il faut que je digère l'info...*

Moi : *Et moi alors ? C'est moi qui suis en train de le vivre.*

Tabitha : *Kennedy, je viens de lire que tu es coincée dans un ascenseur avec Charlie Cavendish. Ça arrive vraiment ? Heureusement que je suis assise pour lire ça. Il faut qu'on en parle. Tout de suite.*

Tabitha vient de toute évidence de rejoindre la conversation.

Moi : *Ça arrive.*

Tabitha *: Oh, ma belle. J'adorerais tellement être une petite souris pour voir ça. Toi, coincée avec Charlie Cavendish. OMG !*

Lottie *: Je veux être une petite souris, moi aussi. À cent pour cent.*

Moi : *Ça va, vraiment. On est tous les deux sur nos téléphones et je suis assise sur ma valise qui est pleine de douceurs de Noël.*

Non que j'aie l'intention de rester coincée ici assez longtemps pour devoir les entamer.

Zara : *Est-ce que je lis vraiment ce que je crois lire ? Kennedy est coincée dans un ascenseur avec Charlie ?*

Eeeeeeeet Zara a rejoint la conversation.

Lottie : *Ce n'est pas excitant ?*

Zara : *Si ! Super excitant !*

Moi : *Non, ce n'est pas excitant du tout. C'est une vraie galère et je risque de rater mon avion pour rentrer.*

Lottie : *Tabitha et moi, on aimerait bien être une petite souris pour voir ça.*

Tabitha : *Carrément.*

Zara : *Moi aussi !*

Moi : *Vous savez que j'ai une tapette à mouches dans ma valise ?*

Zara : *Non, ce n'est pas vrai.*

Elle a raison, mais quand même. Je ne veux pas que mes amies m'espionnent. C'est une épreuve d'endurance qui, je l'espère, sera de courte durée. Ce n'est pas un spectacle.

Lottie : *Mis à part l'excitation d'être coincée avec ton ennemi (et, soit dit en passant, OMG, ce Charlie Cavendish est un sacré canon !), j'espère que tu auras ton vol.*

Un sacré canon ? Non mais franchement.

Tabitha : *C'est peu probable qu'elle l'ait.*

Lottie : *Ne sois pas si négative, Tabitha.*

Tabitha : *Je suis réaliste. Elle est coincée dans un ascenseur, c'est la veille de Noël, il neige, et on vit à Londres. Tout joue contre elle.*

Lottie : *Les miracles peuvent arriver, tu sais.*

Tabitha : *À Noël ? À d'autres.*

Lottie : *Oui, à Noël. Tu n'as jamais entendu parler d'un miracle de Noël ?*

Tabitha : *Ce n'est pas un téléfilm de Noël, Lottie. C'est la vraie vie.*

Lottie : *Tu es tellement cynique.*

Tabitha : *Non, je suis réaliste, c'est tout.*

Alors que mon groupe WhatsApp est monopolisé par la chamaillerie de deux de mes amies, je contemple avec envie le bord de la moquette dans la fente en haut des portes. Si seulement je ne faisais que treize centimètres de large, je pourrais me faufiler à travers cet espace… À qui je veux faire croire ça ? Même Lady M ne fait pas seulement treize centimètres de large.

Je souffle une nouvelle fois et m'affale contre le mur. Je risque un autre regard vers Charlie. Il est toujours debout, la tête penchée, tapotant sur son téléphone, l'inquiétude gravée sur son visage.

Je brise le silence.

— Tu vas être en retard pour quelque chose ? je demande.

Il appuie sur le bouton latéral de son téléphone et le glisse dans la poche intérieure de son manteau. — Une réunion.

— Tu travailles la veille de Noël ?

— Évidemment. Il me regarde comme si je venais de lui demander s'il respirait de l'oxygène. — Tu rentres chez toi pour Noël, c'est ça ?

— Pas *rentrais*. Je *rentre* chez moi pour Noël. Je vais avoir mon vol. Il le faut.

— Il doit décoller à quelle heure ?

— 14 h 20, depuis Heathrow.

Il jette un œil à sa montre. Tu sais, la *Rolex*. — Tu prends le Heathrow Express ? demande-t-il.

— C'est ce que je compte faire.

— C'est le moyen le plus rapide.

— Ouais.

— D'après mes calculs, il faudrait que tu sois sortie d'ici dans quinze minutes.

— Quinze minutes, je dis exactement au même moment.

Nous partageons un sourire hésitant.

J'y mets fin abruptement, car partager un ascenseur représente plus de proximité que je ne le souhaite avec lui. Surtout après m'être sentie si bien dans ses bras protecteurs il y a quelques instants.

Nous retombons dans le silence, et je rallume l'écran de mon téléphone. Ma conversation WhatsApp avec les London Babes a dérivé sur les projets de Noël de mes amies, alors je l'éteins à nouveau. Je fixe le téléphone mural, le suppliant de sonner pour annoncer qu'un technicien a résolu le problème et que nous serons libres de partir dans moins d'une minute.

Son silence est une provocation.

Charlie déboutonne son manteau, révélant une veste de costume bleu marine bien coupée, une chemise habillée et une cravate monogrammée, puis il se laisse glisser le long du mur jusqu'à s'asseoir par terre, face à moi. Il déboutonne sa veste et desserre sa cravate.

Il a une allure incroyable.

Je fixe mes mains.

Il étend ses longues jambes, qui arrivent à quelques centimètres des miennes, avant de les replier en posant ses coudes sur chaque genou. — On devrait peut-être parler de quelque chose, dit-il, sa voix grave rompant le silence. Tu sais, pour passer le temps.

— Ce n'est pas nécessaire. On a ça. J'agite mon téléphone en l'air.

— Je ne sais pas pour toi, mais moi, j'ai déjà réorganisé mes réunions de la journée, je me suis mis au courant de l'actualité et j'ai commandé mes courses pour la semaine prochaine.

— Tu pourrais consulter ton Instagram, je suggère, sachant pertinemment que ce type n'est pas sur les réseaux sociaux. Ce qui est tellement bizarre.

— Trouve le premier sujet. Il ignore clairement ma suggestion.

Je hausse les épaules. De quoi peut-on bien parler avec un homme que l'on déteste, pour qui on a récemment développé des sentiments troublants et totalement déplacés ?

Je lui retourne la question. — De quoi *tu* veux parler ?

— Et si on commençait par la raison pour laquelle tu me détestes ?

Sa franchise me prend au dépourvu. — Je... je ne te déteste pas.

Bieeeen joué.

Il émet un petit rire moqueur.

— Pas du tout. Je ne te sens *rien* du tout, je proteste.

— La syntaxe est parfaite.

— Tu vois ce que je veux dire.

— Donc, tu es en train de me dire que je me suis trompé depuis le début, et que tu ne me détestes pas ?

— La « haine » est un mot si fort, Charles, dis-je en prenant ma meilleure voix de maîtresse d'école. Cela masque mon malaise face à sa franchise. Je ne trouve peut-être jamais d'intérêt à être en ta compagnie, mais ça ne veut pas dire que je te hais.

— D'accord, donc la « haine » est un mot trop fort. Pourquoi tu ne m'aimes pas ? C'est mieux comme ça ?

— Pourquoi je ne t'aime pas ? J'éclate de rire. Cette question est un peu désespérée, non ?

Il secoue la tête en expirant. — Tu es exaspérante. Mais j'imagine que tu le sais déjà.

— Je ne suis pas exaspérante.

— Frustrante ?

— Non.

— Énervante ? Son sourire se dessine au coin de ses lèvres.

— Non !

— Agaçante ?

— C'est ta chance de montrer ta maîtrise de la langue française ?

— Est-ce que ça marche ? Il m'adresse un grand sourire malicieux, et je ne peux pas m'empêcher de fondre un peu. Mais pas trop.

Il est toujours Charlie Cavendish, et j'ai toujours des sentiments déplacés pour lui.

— Si tu ne comptes pas me dire pourquoi tu « préfères ne pas être en ma compagnie », comme tu l'as dit, je vais m'y risquer, d'accord ?

Je fais un geste de la main. — Fais-toi plaisir.

— Lors de ce fameux rendez-vous arrangé, tu t'es vexée que je pense que tu ne connaissais rien au polo, commence-t-il. Il a clairement une liste, car il se met à compter sur ses doigts. Ensuite, tu as pris ombrage du fait que je dirigeais l'entreprise familiale parce que soi-disant on me l'aurait donnée sans que j'aie à passer d'entretien. Et puis tu m'as dit que j'aimais polluer délibérément les océans du monde en y versant directement de l'essence. Pour le plaisir. Il marque une pause, puis ajoute : Dis-moi si je me suis trompé sur quelque chose.

Je croise les bras sur ma poitrine et le foudroie du regard. — On a vraiment besoin de revenir sur tout ça ?

Parce que, présenté comme ça, j'ai l'air d'une femme complètement irrationnelle qui a tiré des conclusions hâtives à son sujet.

Et ce n'est pas le cas. Vraiment pas.

—Je crois que oui.

Je lève les bras au ciel. — Pourquoi ?

— Parce que je ne suis pas celui que tu crois.

Je hausse les sourcils en le regardant. — Tu as supposé que je ne connaissais rien au polo.

— C'était mal de ma part et j'en suis désolé.

Ses excuses me coupent l'herbe sous le pied. — Merci, je murmure, décontenancée.

Excuses de Charlie Cavendish : trois.

— J'ai supposé à tort que ce n'était pas quelque chose qui intéresserait une Californienne.

— Eh bien, tu sais ce qu'on dit à propos des suppositions, je réponds, et je regrette aussitôt mon ton désinvolte. — Désolée. C'est une vieille habitude.

Ses traits s'adoucissent. — Quant à ton autre remarque, je ne déverse pas d'essence dans les océans. J'aime les bateaux, mais je fais aussi de la voile.

— Certes. Enfin, de l'essence.

Ses lèvres s'incurvent en un sourire, ses yeux d'un bleu éclatant brillant. — Je te l'accorde. Quant au fait que je dirige l'entreprise familiale ? Mon père est aux commandes, et je suis sous ses ordres.

— C'est bonnet blanc et blanc bonnet, mec.

— Même si tu as raison, que je n'ai pas eu besoin de passer un entretien pour ce poste, j'ai fait mes preuves. J'ai travaillé très dur pour en arriver là, et je ne suis pas un idiot gâté qui n'apprécie pas ce qu'il a. J'ai étudié dur pour obtenir mon diplôme, j'ai renoncé à des choses que je voulais faire pour travailler pour mon père. Je sais que j'ai de la chance. Je sais que beaucoup d'autres n'ont pas les opportunités que j'ai eues, et je suis profondément reconnaissant pour la vie que ma famille m'a offerte. Mais je sais aussi que je pourrais faire un faux pas et blesser tout le monde. C'est beaucoup de pression, et choisir de prendre ce poste n'a pas été une décision prise à la légère. En fait, ce n'était pas vraiment un choix.

— Ce n'en était pas un ?

Il secoue la tête. — Non.

Je sens que cette histoire est bien plus complexe. Je me mords la lèvre en envisageant mes options. Bien sûr, il se défend contre des accusations que je lui ai balancées lors de notre première rencontre, mais il est aussi en train de s'ouvrir à moi. Est-ce que j'adopte mon mode opératoire anti-Charlie Cavendish et je le remets verbalement à sa place, en lui disant de s'en remettre, le pauvre petit garçon riche qu'il est de toute évidence ? Ou est-ce que j'agis avec grâce et je permets à ce type de s'excuser ?

Je choisis la voie de la sagesse.

— Je comprends. Tu as tes propres merdes à gérer, tout comme nous tous.

— Merci.

— Je suis, euh, désolée, moi aussi. J'ai tiré des conclusions hâtives à ton sujet.

Il penche la tête sur le côté. — C'est vrai, n'est-ce pas ?

— N'en fais pas tout un plat. Je peux retirer mes excuses, tu sais. Je lui lance un sourire effronté, me sentant un peu plus légère.

Son rire est grave et chaleureux. — Continuons cette trêve, tu veux bien ? On ne sait pas combien de temps on va rester ici.

— C'est vrai.

Nous retombons dans le silence, mais cette fois l'atmosphère est moins lourde. Plus facile. Presque conviviale.

Nous avons conclu une sorte de paix.

Attends. Est-ce qu'on est en train de… *bien s'entendre ?*

— Dis-moi une chose. Pourquoi as-tu tiré ces conclusions ? demande-t-il.

— Pardon ?

— On ne discutait que depuis un petit moment lors de ce rendez-vous, et je ne sais pas pour toi, mais je pensais que ça se passait plutôt bien jusqu'à ce moment-là.

Je me souviens de l'effet qu'il m'a fait au moment où j'ai posé les yeux sur lui. Toutes ces sensations de premier rendez-vous arrangé, remplies d'espoir et d'attirance instantanée. Je veux dire, on ne peut pas m'en vouloir, le type ressemble à un mélange de Bradley Cooper, Theo

James et Chris Hemsworth. En plus, il a son accent anglais sexy.

Vraiment, je n'avais aucune chance.

— On s'entendait plutôt bien, je concède.

— Et puis soudain, on s'est pris à la gorge pour… rien du tout. Pourquoi ?

Je hausse les épaules. — Je ne sais pas.

— Vraiment ?

Je me mordille la lèvre, les souvenirs de notre rendez-vous tournant en boucle dans ma tête. — Je suppose que tu… m'as rappelé quelque chose dont j'aurais préféré ne pas me souvenir.

— C'est un peu cryptique.

— C'est comme ça, mec, je lance.

— Ne fais pas ça, Kennedy. S'il te plaît.

Je lève les yeux et vois une lueur de blessure fugace dans son regard. — Les vieilles habitudes ont la vie dure, je suppose.

Il m'observe un instant avant de hocher la tête et de pincer les lèvres. — C'était quoi, cette chose que je t'ai rappelée ?

— Une situation dans laquelle je me suis retrouvée il y a quelque temps et qui s'est mal terminée pour moi.

— Un homme.

Je hoche la tête à contrecœur.

Ses traits s'adoucissent. — Je t'ai rappelé un homme qui t'a fait du mal. Pas vrai ? Ses yeux sont rivés sur moi, son regard intense, comme s'il pouvait voir mon vrai moi. Pas la version sarcastique et cinglante qui enfile son armure en sa présence. C'est tellement plus facile d'être cette version-là. Pleine de bravade et d'insolence, la version sûre d'elle qui ne fait pas de prisonniers.

La version qui me protège.

Ses mots font mouche, et mon cœur se serre.

Bien sûr, il ne connaît pas les détails, et comment le pourrait-il ? Ce n'est pas comme si je me baladais avec une pancarte sur le front où il serait écrit *Mon cœur a été brisé quand on m'a larguée pour une fille plus « appropriée »*. Pourtant, d'une manière ou d'une autre, il a vu ma blessure, il a vu ma douleur, il a vu mon sentiment d'infériorité.

Je baisse la tête, tapotant mes ongles sur mes genoux.

Aussi étrange que cela puisse paraître, une partie de moi est contente qu'il puisse voir derrière mon masque, parce que détester Charlie Cavendish demande beaucoup d'énergie.

Si je suis honnête avec moi-même – vraiment, vraiment honnête – je sais qu'il a raison.

Tout ça n'avait rien à voir avec lui. C'était à cause de la façon dont Hugo m'a traitée, de ce que j'ai ressenti en me faisant larguer pour une fille de country club avec de « bonnes origines », qui savait quelle fourchette utiliser à table et pourquoi Jackson Pollock était un élément important du mouvement expressionniste abstrait. Quand Hugo m'a fait ça, il a confirmé tout ce que j'avais craint dans ma relation avec lui.

Que je n'étais pas faite pour son monde.

Que je n'avais pas ma place.

Que j'étais une usurpatrice.

— Kennedy ? demande Charlie. Je suis désolé si je t'ai contrariée.

Je me ressaisis avant de lever les yeux vers lui. L'expression sur son visage me dit qu'il est sincère.

— Il y avait ce type, je commence avec hésitation. Hugo Carter. On est sortis ensemble pendant presque trois ans. Il venait d'un milieu différent du mien, ton genre de milieu, et je me sentais toujours un peu dépassée avec lui. Sa famille était super riche. Tu vois le genre : country club, plusieurs maisons disséminées dans le pays, ski à Aspen chaque hiver. Toute la panoplie.

— Je te l'ai rappelé ?

— J'imagine. Pas consciemment, je ne crois pas. Mais ce que tu as dit a ravivé certains sentiments. Des sentiments que je pensais avoir surmontés. Je laisse échapper un rire méprisant. De toute évidence, ce n'est pas le cas.

— Quels genres de sentiments ?

— Il m'a larguée pour une fille qui venait de son monde. Je l'avais servie à table de nombreuses fois au country club. Ils sont mariés maintenant.

Il fait la grimace. — Aïe.

— Pas vrai ? Je veux dire, ça fait un moment. Mais te rencontrer a tout fait remonter d'une manière que je n'avais pas anticipée.

— Tu es toujours amoureuse de lui ?

Je secoue la tête. — Non.

— Il t'a fait te sentir inférieure.

J'observe mes mains. — J'imagine.

— Personne ne peut te faire sentir inférieure sans ton consentement, Kennedy.

Je hausse les sourcils en le regardant. — C'est très profond de ta part.

— C'est une citation célèbre d'Eleanor Roosevelt, en fait. Une des vôtres.

— Cette bonne vieille Eleanor Roosevelt.

— Mais je suis sérieux. Tu n'as aucune raison de te sentir inférieure. Ce type était un blaireau.

Un petit rire m'échappe. — Un blaireau ?

— Un blaireau. Tu sais, une tête de nœud. Un glandu.

Je secoue la tête, un petit rire naissant au fond de moi.

— Un idiot, ajoute-t-il.

— J'aime bien. Blaireau. Je ne manquerai pas de l'utiliser la prochaine fois que je le verrai.

Il m'adresse un grand sourire. — Ne t'en prive pas.

Je lui souris à mon tour. Quelque chose a changé entre nous. Je laisse tomber ma colère, ma haine. C'est... agréable.

— Alors, ça veut dire que tout va bien entre nous ? demande-t-il en se déplaçant pour s'asseoir à côté de moi. Il tend la main.

Je la saisis dans la mienne, savourant sa chaleur, sa proximité soudaine accentuant la tension entre nous. — Tout va bien, je réponds, la voix haletante. J'essaie de toutes mes forces d'ignorer la façon dont son contact fait frissonner tout mon corps, mon cœur martelant ma poitrine comme des pas lourds.

— Dieu merci. Son rire grave et doux me parcourt tout entière.

Nous sommes assis côte à côte, adossés au mur, nos corps presque assez proches pour se toucher. Tandis qu'il me regarde avec des yeux chauds et tendres, je remarque que son regard glisse sur mes lèvres pendant une fraction de seconde, avant de remonter.

Est-ce qu'il s'apprête à... *m'embrasser ?*

Ma respiration se coupe. Je jette un rapide coup d'œil au gui au-dessus de nos têtes. Soudain, embrasser Charlie sous cette plante verte festive est la seule chose que je veux faire.

La.

Seule.

Chose.

Sentir ses lèvres contre les miennes, respirer son parfum délicieux, sentir son corps grand et fort près de moi alors qu'il m'enlace à nouveau de ses bras.

Depuis tout ce temps que je le déteste, je peux enfin admettre que je l'ai aussi désiré.

Et maintenant, peut-être, il est temps de donner suite à ces sentiments.

Je me penche d'un millimètre vers lui, espérant lui signaler que oui, je le veux aussi. Je veux l'embrasser.

Ses yeux sont toujours rivés aux miens, et je sais. Je le *sais*, tout simplement.

Ça va arriver.

Et puis, la sonnerie stridente du téléphone de l'ascenseur retentit, fendant le silence et déchirant notre moment. Charlie rompt notre regard et, d'un mouvement rapide, se met sur pied et décroche le combiné de son support.

— Allô ?... Oui, je vois... Eh bien, c'est une bonne nouvelle... Merci. Il a raccroché et s'est retourné vers moi. — Le technicien est en bas et il semblerait que nous soyons sur le point d'être sauvés.

Sauvés. *C'est ça.*

J'ai affiché un sourire, le corps encore tout émoustillé par l'anticipation de ce qui avait failli se produire. — C'est une excellente nouvelle, ai-je répondu, la voix anormalement aiguë.

— Tu n'arriveras pas à l'aéroport à temps pour prendre ton vol, j'en ai peur.

— Je m'en doutais.

Les lumières se sont éteintes puis se sont rallumées, et l'ascenseur a repris vie. Il a fait une embardée puis a glissé vers le bas. En quelques secondes, il s'est arrêté, et les portes se sont ouvertes pour révéler un homme grisonnant en combinaison de travail bleu foncé et sale, et à l'épaisse moustache.

— Désolé pour ça, les gens, a-t-il dit. Problème technique. Tout est réglé maintenant.

— Nous sommes très heureux de vous voir, a répondu Charlie. Il s'est tourné vers moi et m'a tendu la main, le visage impassible. Indéchiffrable. J'ai glissé ma main dans la sienne et il m'a mise sur pied.

Alors que je faisais mon premier pas sur la terre ferme, il a lâché ma main pour parler au technicien, et je suis restée là, plantée gauchement dans le hall, l'esprit en pleine confusion.

Avais-je tout imaginé ? Le regard insistant ? Le presque baiser ? Le moment, maintenant perdu ?

En regardant Charlie marcher avec le technicien vers la porte d'entrée, discutant avec lui de la neige et de ses projets pour Noël, l'humiliation m'a envahie.

Tout était dans ma tête.

Chapitre 17

LA PORTE d'entrée de l'immeuble s'ouvre, masquant le dos du technicien qui s'éloigne, tandis que Charlie le remercie à voix haute.

Je n'écoutais pas leur échange. J'étais trop occupée à plisser les yeux très fort et à faire de gros efforts pour ne pas me sentir complètement et totalement idiote.

C'est peine perdue.

L'humiliation me fait presser le pas pour m'éloigner de Charlie le plus vite possible.

Mais à quoi est-ce que je pensais ?

Charlie ne voulait pas m'embrasser ! Tout ce qu'il

voulait, c'était mettre les choses au clair parce que j'habite dans le même immeuble que lui maintenant, et qu'il doit me croiser dans les parties communes et aux événements des Ducks.

Et puis bon, qu'est-ce que je fabrique ? J'admets que je l'ai mal jugé. Je l'ai confondu avec Hugo dans mon esprit, et je m'attendais vraiment à ce que Charlie soit exactement comme lui. Je le vois bien maintenant. C'était mal de ma part.

Mais faire le grand saut et penser qu'il pourrait ressentir quelque chose de plus pour moi, c'est une tout autre histoire.

Un rôle que je n'avais aucun droit d'essayer de jouer.

Sous le choc de ma propre gêne, je me secoue, je tourne les talons et je commence à tirer ma valise à travers le hall en direction des escaliers. Il n'y a aucune chance que j'attrape mon vol maintenant, alors autant essayer de le reprogrammer depuis le confort de mon appartement.

Et m'éloigner de Charlie en ce moment est aussi une de mes grandes priorités.

Je soulève ma valise par la poignée et entame l'ascension. Cinq étages à monter, c'est beaucoup quand on porte des courses, et encore plus avec une valise de vingt kilos. Mais mon besoin de prendre la poudre d'escampette est tel que je mets un pied lourd devant l'autre tout en grimpant à un rythme régulier.

Le temps que j'atteigne le premier palier, Charlie monte les escaliers quatre à quatre avec ses longues jambes d'athlète.

— Tiens. Laisse-moi te la prendre.

— Ça va. Je gère, je réponds, le cœur battant à cause de l'effort et le front commençant à perler de sueur. Je fais rouler la valise sur le palier, puis j'entame la lente montée vers l'étage suivant.

Je ne vais pas mentir. C'est difficile. Super difficile. Mais je suis déterminée. J'ai subi assez d'humiliations devant ce type pour aujourd'hui. Je ne vais pas jouer la demoiselle en détresse incapable de monter ses propres affaires sur quelques malheureux étages.

— Tu es sûre ? Parce que tu as vraiment l'air d'avoir besoin d'un coup de main, réplique-t-il en me suivant de près.

— Ça… va, j'arrive à articuler entre deux souffles, alors que je monte une autre marche sur des jambes en feu, mon humiliation me servant de moteur.

Pourquoi ai-je emporté autant de chaussures ?

Haletant comme si je venais de gravir une colline escarpée, j'atteins le haut du deuxième étage et laisse tomber ma valise sur le sol avec un *bruit sourd*.

En ce moment, c'est comme si nous étions de deux espèces différentes. Lui est une gazelle sur ses longues jambes souples, bondissant facilement dans les escaliers. Moi, je suis un paresseux en manque de caféine, trimballant ce qui ressemble à une maison − et avec un air tout aussi sexy.

Je déboutonne mon manteau et j'essuie mon front humide avec ma manche, puis je m'appuie sur la rampe pour reprendre mon souffle.

Devrais-je laisser la valise et prendre mes jambes à mon cou ?

— J'admire ta détermination, Kennedy, mais vraiment, je serais plus qu'heureux de t'aider à la porter.

Je lève les yeux vers lui. Je suis sûre qu'il trouve toute cette situation assez hilarante, la fille qui s'est préparée pour un baiser qu'il n'a jamais eu l'intention de lui donner, et qui halète maintenant sous l'effort de porter sa valise.

Mon rythme cardiaque commence à revenir à la normale − enfin, aussi normal qu'il l'a été depuis ce que j'ai pris à tort pour un moment spécial entre nous dans l'ascenseur. J'ouvre la bouche pour répondre quand une porte à ma gauche s'ouvre brusquement, me faisant presque sursauter de surprise.

— Oh, c'est vous deux. Je me demandais ce que c'était que ce bruit, dit Winnifred, en nous examinant tous les deux à travers ses lunettes à monture épaisse. Elle remarque ma valise et mon état agité. — Qu'est-ce que tu fais, Kennedy ? Pourquoi n'as-tu pas pris l'ascenseur ? C'est tellement plus facile avec une valise.

— L'ascenseur est tombé en panne avec nous dedans, j'en ai bien peur, explique Charlie. — Kennedy semble vouloir remonter sa valise par les escaliers sans aide.

— Jusqu'au cinquième étage ?, demande-t-elle, un air d'incrédulité sur le visage.

— Elle n'est pas si lourde que ça, je proteste, même si c'est le cas.

Elle jette un œil à ma valise. — Eh bien, elle n'a pas l'air légère. Mais quelle poisse que vous soyez restés coincés dans l'ascenseur. Vous n'étiez que tous les deux ?

— C'est exact, répond Charlie.

— Je vois. Tous les deux coincés dans l'ascenseur, hmm ? Son visage se fend d'un sourire, et je sais exactement à quoi elle pense. — Vous y êtes restés longtemps ?

— Assez longtemps, je murmure pour moi-même, et Charlie me lance un regard perplexe.

— Un bon moment, en fait, Winnifred. Heureusement qu'on s'avait l'un l'autre pour se tenir compagnie, répond Charlie d'un ton suave.

Le regard de Winnifred passe de lui à moi, puis de nouveau à lui. — Eh bien, ça a l'air d'être une sacrée aventure pour vous deux. J'imagine que… vous avez appris à mieux vous connaître pendant que vous étiez là-dedans. Hmm ? Elle écarquille les yeux en nous lançant à tous les deux un regard lourd de sens.

Mais qu'est-ce qu'elle croyait qu'on faisait ? Qu'on se roulait des pelles sur le sol de l'ascenseur ?

Je sens le feu me monter aux joues.

— Tu ne devais pas rentrer voir ta famille, Kennedy ? Tu prenais l'avion pour l'Amérique, n'est-ce pas ?

— Si, c'était le plan. J'ai raté mon vol.

— Oh, quel dommage, s'exclame-t-elle. Tu vas devoir passer Noël ici, maintenant. Elle nous sourit comme si c'était la meilleure idée du monde.

Il faut que je sorte d'ici.

— Je vais changer ma réservation. Alors, à plus tard. Je commence à m'éloigner. — Joyeux Noël.

— Je disais justement à Kennedy qu'elle devrait vraiment me laisser porter sa valise, dit Charlie.

— Oh, absolument. Regarde cet homme, m'ordonne-t-elle. Il est grand, fort et terriblement musclé. Tu ne trouves pas ?

Je m'arrête, pince les lèvres, et je fais de mon mieux pour *ne pas* penser à quel point Charlie est grand, fort et « terriblement musclé ».

Échec.

— Porter ta valise ne serait rien pour un homme comme lui, Kennedy, insiste Winnifred. Il y a peu de choses dans cette vie que les hommes font mieux que les femmes, mais monter des valises dans les escaliers en fait certainement partie.

— Je vais prendre ça pour un compliment, dit Charlie en riant.

Winnifred se contente de lui sourire.

Je souffle et m'avoue vaincue. — Bien sûr, merci.

Il tend la main vers ma valise, me regarde d'un air interrogateur, et à contrecœur, je le laisse la prendre.

C'est le coup de grâce pour les droits des femmes… et pour ma capacité à me débarrasser de ce type.

Ma valise à la main, il dit : — Passe un merveilleux Noël avec ta sœur, Winnifred, et transmets mes amitiés à Henry. J'espère que sa hanche se remet bien.

— De mieux en mieux chaque jour. Joyeux Noël, Charlie. Elle lui adresse un sourire radieux. — Oh, et toi aussi, Kennedy, ajoute-t-elle comme après-coup.

C'est quoi, ce délire ? Il n'y a pas si longtemps, Winnifred et les Canards ne pouvaient pas le voir en peinture, et maintenant il demande des nouvelles de la hanche d'un certain Henry ?

C'est qui, ce type ?

Charlie monte ma valise à l'étage suivant avec aisance tandis que je le suis à la traîne. — On était trop occupés à discuter, on n'a pas pu manger tes friandises de Noël.

— Eh bien, c'était censé être pour ma famille, mais je ne suis pas sûre de pouvoir rentrer à temps pour les voir pour Noël.

— Vu le poids de ton sac, je dirais que tu en as quelques-unes, ici, dit-il en montant sur la marche suivante.

— Ce sont surtout des chaussures. Oh, et des chocolats de chez Harrods.

— Je parie que oui, répond-il dans un rire facile, tandis qu'il gravit les escaliers jusqu'à l'étage supérieur.

Nous arrivons à mon étage, et il dépose la valise devant ma porte. — Voilà, mademoiselle. Nous espérons que vous apprécierez votre séjour.

Je lui offre un faible sourire. — Je ferai de mon mieux. Merci pour ton aide.

— Tout le plaisir est pour moi. Son regard s'attarde sur le mien avant d'ajouter : — Désolé que tu aies raté ton vol.

— Ouais, moi aussi.

— On… on se voit plus tard ?

— D'accord. Merci.

— Joyeux Noël.

— Joyeux Noël, dis-je à mon tour.

Je reste immobile, à regarder sa silhouette disparaître dans l'escalier, tandis que le son de ses pas résonne dans la cage d'escalier vide.

Eh bien, s'il me fallait une preuve de plus, la voilà. Ce n'était pas un quasi-baiser.

Je me suis fait des films.

Mon cœur me tombe dans le ventre, lourd comme une pierre.

L'humiliation déferlant encore dans mes veines, je pousse la porte et j'entre dans l'appartement frais et obscur que je ne m'attendais pas à revoir avant le réveillon du Nouvel An. Je fais glisser ma valise contre le mur et je pousse un soupir.

J'enlève mes bottes et je traverse le salon en chaussettes. Je m'affale lourdement sur le canapé. M'efforçant autant que possible de chasser Charlie de mon esprit, je sors mon téléphone et j'ouvre l'application de la compagnie aérienne pour chercher un nouveau vol. Alors que je cligne des yeux devant le prix d'un billet pour demain, on frappe à ma porte.

Bizarre. Personne ne sait que je suis là.

Personne, à part Charlie et Winnifred.

Je suis sûre que c'est l'un d'eux. Winnifred a dû alerter les Ducks et elles vont débarquer en masse pour savoir ce qui s'est passé dans l'ascenseur. Eh bien, je peux vous le dire tout de suite, les Ducks. Il ne s'est absolument rien passé.

J'arrive à la porte et je l'ouvre d'un coup, pour découvrir que ce n'est ni Winnifred ni aucune des Ducks.

C'est la dernière personne que je m'attendais à voir à cet instant.

Charlie.

Mon ventre fait un saut périlleux à sa vue, une chaleur se propageant dans mon corps comme une traînée de poudre, me rappelant mon humiliation… et autre chose encore.

Le désir.

— Tu n'es pas les Ducks, je marmonne bêtement, la voix coupée.

Il ne répond pas.

Pas avec des mots, en tout cas.

Le feu brûlant dans ses yeux, il fait un pas vers moi, si bien que nous ne sommes plus qu'à quelques centimètres l'un de l'autre et son odeur enivrante emplit mes narines. Comme un signal, mon cœur se met à battre aussi fort que la basse d'une boîte de nuit, tandis que mon ventre se contracte d'anticipation. Nos regards rivés l'un dans l'autre, il tend la main et glisse ses doigts à l'arrière de ma tête, les emmêlant dans mes cheveux et envoyant une vive décharge électrique le long de ma colonne vertébrale.

— Mais je croyais que…, je commence, confuse.

— Ne crois rien, répond-il, la voix basse et rauque.

Il se rapproche, et j'ai à peine une fraction de seconde pour remarquer la fermeté de son corps contre le mien avant que ses lèvres ne percutent les miennes avec urgence.

Ce baiser n'a rien de doux ni d'hésitant.

Oh, non.

Ce baiser est plein d'urgence et de besoin. De sentiments refoulés, enfin libérés.

Il m'attire contre lui dans un baiser passionné et insistant, et je fonds alors que ses mains descendent le long de mon dos, me serrant plus fort contre lui.

Et mon Dieu, quel baiser.

Ses lèvres sont douces mais exigeantes, comme s'il avait faim de moi et était trop impatient pour y aller doucement.

Toute la colère que j'ai pu ressentir pour lui, la haine et le mépris, s'est transformée en une alchimie explosive qui me laisse essoufflée et étourdie.

— Kennedy, murmure-t-il contre ma bouche alors qu'il plaque mon dos contre la porte, avant que ses délicieuses lèvres ne retrouvent les miennes. Je glisse mes bras autour de lui, sentant sa masse ferme contre moi, et je réponds à son baiser. Tous mes sentiments pour lui jaillissent, ravivés par son contact exquis.

Finalement, après ce que je ne peux décrire que comme le meilleur premier baiser de ma vie, il s'écarte, le souffle saccadé tandis que sa poitrine se soulève et s'abaisse.

Son visage se fend d'un sourire.

— D'où est-ce que ça sort ? je lui demande, ma propre voix rauque et haletante.

Il secoue la tête. — De bien trop loin. Bien trop loin. Il se penche et m'embrasse sur les lèvres une fois de plus. Cette fois, c'est un baiser plus doux, plus tendre, moins pressant. Il s'attarde, me donnant envie de plus.

— Qu'est-ce que tu veux dire ? dis-je en lui rendant son sourire.

— J'ai rencontré une fille sublime et fougueuse dans un pub de Soho il y a quelque temps et je peux te l'avouer maintenant, elle m'a captivé.

Je le fixe, abasourdie. — Tu as eu envie de m'embrasser comme *ça* depuis notre rencontre ?

Il hausse les épaules. — C'était soit ça, soit ne plus jamais t'adresser la parole. La frontière était mince.

Je lui donne une petite tape sur le bras en laissant échapper un gloussement de pur bonheur. Celui-ci se termine par un reniflement, et il rit de surprise, ce qui me fait glousser de plus belle.

— Tu ne vas pas me dire que tu n'as rien senti, toi non

plus, dit-il en jouant avec mes cheveux, ce qui m'empêche quasiment de formuler une phrase cohérente.

— J'ai décidé de te détester à la place, je parviens à dire.

Il se penche et effleure à nouveau mes lèvres des siennes, de façon terriblement affriolante. — Je dirais que ce n'était pas la bonne décision. Pas toi ?

— Hum-hum, je réponds, les genoux vraiment en coton.

— Alors, voisine, tu penses que tu pourrais m'inviter à entrer ? Je dirais qu'on a passé assez de temps dans les parties communes de cet immeuble pour aujourd'hui. Pas toi ?

Je lui offre un sourire tremblant.

Ça, pour avoir l'esprit chamboulé par un baiser, c'est réussi.

Je n'aurais jamais cru ça possible avant cet instant.

Le meilleur premier baiser ? Oublie ça. Le meilleur baiser *de tous les temps*.

Je hoche la tête. — Bien sûr. Entre.

Il prend ma main dans la sienne et m'entraîne dans le salon, ma porte d'entrée claque derrière nous, me faisant sursauter. Je lève les yeux vers lui et nous échangeons un sourire.

— Bel endroit, même s'il fait un peu froid.

— J'ai coupé le chauffage central. Comme tu le sais, je suis censée être dans un avion pour la Californie en ce moment même. Je vais le rallumer. Fais comme chez toi. Je désigne le canapé. — En fait, je n'ai rien à manger à te proposer, désolée.

— J'ai cru comprendre que tu avais des chocolats de chez Harrods.

— Tu sais qu'ils sont pour ma famille.

— Je t'emmènerai faire les boutiques pour t'en racheter d'autres.

Je ne peux réprimer le sourire qui éclate sur mon visage. — J'imagine que tu sais comment me forcer la main. Je lâche sa main et vais remettre le chauffage en marche. Aussitôt, les radiateurs cliquent et grognent, leur bruit de démarrage familier. Je pose ma valise par terre, l'ouvre, et en sors les chocolats Harrods.

De retour dans le salon, je trouve Charlie dos à moi, regardant par la fenêtre. Il a retiré son manteau de laine, révélant son costume-cravate. Ses larges épaules s'affinent jusqu'à sa taille fine, et je ne peux m'empêcher de remarquer qu'il a des fesses plutôt mignonnes.

— Je peux te proposer des chocolats et du café noir, dis-je en brandissant la boîte de chocolats Harrods.

Il se retourne vers moi par-dessus son épaule, tout comme Keanu Reeves dans *Point Break*, et je jure que mon cœur rate un battement.

Bon sang. Un seul baiser et je fonds pour ce type.

— Viens voir, dit-il, et je pose les chocolats sur la table basse avant de le rejoindre.

— Il neige encore, m'informe-t-il, en reportant son attention dehors.

J'observe les flocons de neige qui dansent et flottent dans leur chute, se déposant sur les arbres, les voitures et la route. Alors que la lumière grise de l'après-midi s'estompe, les lumières de Noël aux fenêtres des gens brillent intensément, rendant la scène digne d'une carte postale de fêtes.

— C'est tout simplement magnifique, je murmure. Je suis une grande adepte des paysages d'hiver féeriques, surtout à Noël.

— C'est magique, n'est-ce pas ?

Je lève les yeux vers lui et le surprends en train de me regarder, un soupçon de sourire aux lèvres.

Je lui offre un sourire timide. — C'est exactement le mot. Magique.

Il glisse sa main dans la mienne. — Tu sais, même si c'est nul que tu aies raté ton vol, je suis content que nous soyons restés coincés dans cet ascenseur.

— Moi aussi.

Nous restons là, main dans la main, à regarder la neige tomber doucement, sous le scintillement des lumières de Noël.

Ce matin, en me réveillant, je détestais l'homme qui se tient en ce moment à la fenêtre de mon salon, la main pressée contre la mienne. L'homme avec qui je viens d'échanger un baiser follement passionné.

Et maintenant, nous voilà, seuls tous les deux dans mon appartement, avec un nouveau et merveilleux sentiment de proximité entre nous, alors que la neige tombe en cette veille de Noël magique.

Chapitre 18

En matière de réveillons de Noël, je dois dire que celui-ci est plutôt pas mal.

Charlie et moi sommes assis ensemble sur mon canapé devant un feu crépitant, une douce musique de Noël en fond sonore, des verres de vin à la main pendant que nous digérons notre repas. J'avais vu juste en pensant que Winnifred et les Canards passeraient à l'action et débarqueraient sur le pas de ma porte. Elles sont arrivées les bras chargés de nourriture, et entre le jambon, les pommes de terre rôties et un gâteau de Noël étonnamment délicieux, Charlie et moi avons mangé comme des rois.

Bien sûr, nous avons dû répondre à toutes leurs questions indiscrètes sur notre séjour dans l'ascenseur, mais ça en valait la peine pour me retrouver seule avec Charlie une fois qu'elles sont parties.

Après avoir regardé la neige tomber, il m'a dit qu'il montait à son appartement pour se changer et mettre des vêtements plus confortables. J'ai vite découvert que par « confortable », il entendait clairement « plus sexy ». Il m'a donné envie de réitérer notre baiser passionné de tout à l'heure quand il est entré dans mon appartement, vêtu d'un pull à col en V sur un t-shirt blanc qui mettait en valeur ses larges épaules et ses pectoraux fermes et bien dessinés, et d'un jean qui a confirmé ce que son pantalon de costume avait laissé entrevoir plus tôt dans la journée : il possède des fesses vraiment spectaculaires.

Depuis, nous n'arrêtons pas de parler. Et mon Dieu, ce qu'on a pu parler.

Nous avons abordé un large éventail de sujets jusqu'à présent, depuis nos céréales préférées de notre enfance − les *Froot Loops* pour moi, et un truc appelé les *Sugar Puffs* pour lui, qui sont tous les deux clairement en tête de liste des choix santé − à la musique que nous aimions à l'adolescence − Kelly Clarkson et Maroon Five pour moi, et Green Day et Gorillaz pour lui − jusqu'à la raison pour laquelle il pense que le poulet au beurre est une abomination. Quelque chose à voir avec le fait que ce n'est pas authentique ou que c'est trop délicieux, d'après ce que j'ai compris.

Bref, les sujets importants.

Alors que nous sommes détendus contre les coussins du canapé, nos doigts entremêlés, mon téléphone s'allume sur la table basse. Je vois que c'est un message de Lottie avec une ribambelle de points d'exclamation.

Charlie remarque que je le regarde. — Tu veux regarder ? demande-t-il.

— Ça ne te dérange pas ? Lottie devait aller prendre un café avec un type aujourd'hui et... je m'interromps alors qu'il secoue la tête en souriant.

— Je comprends. De toute façon, elle est vide. Il attrape la bouteille de vin sur la table basse. Je monte nous en chercher une autre.

— Parfait.

Pendant que Charlie est parti, je parcours les messages.

Lottie : *Tu as eu ton vol, Kennedy ?*

Lottie : *Où es-tu ?*

Lottie : *Hooooooooooo ? J'ai besoin de me changer les idées et il FAUT que je sache ce qui s'est passé avec Charlie Cavendish !!!!!*

Lottie : *Maman a vraiment fait fort cette fois.*

Étant donné que c'est le réveillon de Noël et qu'elles sont toutes les deux avec leur famille, ni Zara ni Tabitha n'ont répondu. Je tape une réponse à la hâte.

Moi : *Qu'est-ce qui se passe, ma belle ?*

Lottie : *Kennedy ! Tu as eu ton vol ? Tu m'écris depuis l'avion ?*

Moi : *Je suis toujours à Londres. Je pars demain. Qu'est-ce que ta mère a encore fait ?*

Nous savons toutes que la mère de Lottie est une grande fouineuse. Elle ne comprend pas pourquoi sa fille unique n'est pas encore mariée avec des enfants, et saisit toutes les occasions de lui dire à quel point elle est devenue une déception. Pauvre Lottie. Ça ne doit pas être facile pour elle d'aimer sa mère tout en détestant passer la moitié du temps avec elle.

Lottie : *Elle a réussi à rallier Nana, Papi et ma tante Doreen à sa cause « pourquoi n'es-tu pas encore mariée avec des enfants » et c'est un CAUCHEMAR ! Ils m'arrangent un rendez-vous avec le fils d'une amie de tante Doreen le mois prochain. Je suis sûre que ça va être un idiot.*

Moi : *Les rendez-vous arrangés, ça craint.*

Je souris en moi-même. Sauf avec Charlie, bien sûr.

Lottie : *J'ai dû promettre d'aller à ce stupide rendez-vous arrangé pour qu'ils se taisent tous, et ensuite maman a dit qu'elle choisirait ma tenue. Tu te rends compte ?*

Moi : *Elle a bon goût ?*

Lottie : *Elle porte des tailleurs-pantalons lilas.*

Moi : *Tout est dit.*

Lottie : *Ça craiiiiiint.*

Moi : *Ma sœur adore se mêler de ma vie amoureuse, mais le reste de ma famille n'y touche pas.*

Lottie : *Où es-tu en ce moment ?*

Je pince les lèvres alors qu'un sourire menace de se dessiner sur mon visage.

Moi : *Je suis chez moi.*

Je fais une pause, le pouce flottant au-dessus du clavier. J'ajoute une autre ligne.

Moi : *Je ne suis pas seule.*

Lottie : *Parce que Lady Moo est avec toi ?*

Moi : *Euh, non.*

Lottie : *Qui est là, alors ?*

Lottie doit faire le rapprochement, car mon téléphone sonne moins de trois secondes plus tard. Je décroche.

— Tu ne vas pas me dire que tu es avec Charlie Cavendish, lâche-t-elle avant même que j'aie eu le temps de dire bonjour.

— Techniquement, il est retourné dans son appartement pour chercher une autre bouteille de vin.

— *Une autre* bouteille de vin ? demande-t-elle d'une voix suraiguë. Ça voudrait dire que vous avez déjà bu une bouteille. Ensemble. Toi et Charlie Cavendish.

Je souris, le corps chaud, parcouru de frissons à l'idée de lui. — C'est ça.

— Raconte-moi *tout*.

— Eh bien, tu sais qu'on était coincés dans l'ascenseur ? On a commencé à discuter et il s'avère que je l'avais mal jugé. C'est vraiment un type super.

— Un type super, super sexy et magnifique, tu veux dire.

Mon sourire s'élargit jusqu'aux oreilles. — Oui, ça aussi.

— Et ? me relance-t-elle.

— Et… eh bien, on s'est embrassés. Je retiens ma respiration, le bonheur s'infiltrant par tous les pores de ma peau.

— *Quoi ?!* hurle-t-elle, et je suis obligée d'éloigner le téléphone de mon oreille pour éviter que mon tympan n'explose spontanément. C'était comment ? Comment ça s'est passé ? Tu lui as rendu son baiser ?

Je glousse. — Tellement de questions.

— Eh bien ? Raconte. J'ai besoin de vivre ça par procuration parce que je n'ai aucune touche avec les mecs.

— Pas de café avec Matt aujourd'hui ?

— Non. Il ne m'a pas encore remarquée en tant que femme, même si je continue d'y travailler.

La porte de mon appartement s'ouvre et Charlie entre, une bouteille de vin à la main.

— Dis, Lottie ? Il est de retour, donc je dois te laisser.

— Appelle-moi après, d'accord ?

— Je le ferai.

— Promets-le. Il me faut des détails. Ça m'aidera à supporter Noël avec ma famille qui se mêle de tout.

— Promis.

— Bien. Embrasse Charlie pour moi. Non, attends, c'est bizarre. Ne fais pas ça.

Je ris alors que Charlie s'assoit de nouveau à côté de moi. — Salut, Lottie. Je raccroche et repose mon téléphone sur la table basse.

— Tu prenais des nouvelles de l'une de tes BFF ? demande-t-il.

— Les hommes adultes utilisent vraiment ce terme ?

— Oh, bien sûr. Je parle tout le temps de mes BFF.

Je glousse. — J'imagine bien.

— Bon, on a couvert pas mal de sujets, que dirais-tu de quelque chose d'un peu plus sérieux ? Genre, où tu te vois dans cinq ans ?

Je hausse un sourcil. — C'est un entretien d'embauche, monsieur Cavendish ?

Il éclate de rire, ce qui provoque des picotements dans mon ventre. — Ça m'intéresse.

— D'accord. Tu l'auras voulu. Je me lance : je veux être mariée avec au moins deux enfants d'ici là. J'aurai trente-cinq ans.

— Eh bien, à moins que tu ne t'y mettes immédiatement, tu pourrais trouver que c'est un sacré défi, répond-il, et je rougis.

— Je peux être un peu flexible sur le moment exact. Et toi ?

— Oh, j'aimerais en être à ma deuxième femme et à mon quatrième enfant d'ici là. Évidemment.

Un rire m'échappe. — Tu as déjà une femme et des enfants ?

— Non.

— Tu vas être occupé.

— Tu as raison. Je n'ai clairement pas le temps de paresser sur un canapé avec de belles Californiennes la veille de Noël. Pas vrai ?

Et je rougis de plus belle.

Ouais, je suis ce genre de fille. Le genre qui rougit à côté du mec qui lui plaît.

Heureusement que la lumière est tamisée ici.

— Je te ressers ? me demande-t-il.

— Bien sûr. Mais juste un petit verre. Je ne veux pas prendre l'avion avec la gueule de bois demain.

— C'est super que tu aies pu le décaler.

— Maman aurait piqué une crise si je ne l'avais pas fait.

Il remplit mon verre à moitié. — À un miracle de Noël, dit-il en levant son verre.

— Quel miracle ?

Il m'adresse son sourire sexy. — Le grand dégel de Kennedy Bennet. Je n'aurais jamais cru voir ça un jour.

— Eh bien, dans ce cas, je vais boire au « Démasquage de Charles Cavendish : un homme bien, pas le crétin que je croyais ».

— Quel titre accrocheur. Ça se voit que tu es écrivaine.

— Merci. C'est l'une de mes meilleures œuvres.

Il cogne son verre contre le mien et nous prenons tous les deux une gorgée.

— Je suis content que nous en soyons arrivés là, même si ça nous a pris du temps, dit-il.

— Ouais. Moi aussi. J'ai une question pour toi, maintenant.

— Je t'ai déjà parlé de mon objectif d'avoir plusieurs femmes et plusieurs enfants.

— Pas où tu te vois dans cinq ans. Je veux savoir quelle est ton idée du rencard parfait.

— Tu sais, être assis devant un feu, à discuter autour d'un délicieux repas préparé par un groupe de Canards, c'est assez bien placé sur ma liste, me dit-il.

Je lui souris. — C'est aussi bien placé sur ma liste.

— Quelle est ton idée du rencard parfait ?

— C'est facile. Je pense que les meilleurs rencards sont les plus simples. Pas besoin de quelque chose de tape-à-l'œil ou de compliqué. Si c'est le cas, c'est que tu en fais trop.

— D'accord.

Une pensée me traverse l'esprit. — Dis, tu n'es pas censé être quelque part ce soir ? Je parie que tu devais aller à la campagne voir ta famille pour Noël.

— Je prendrai la route tôt demain matin.

— Tu es sûr ? Ne reste pas pour moi. La dernière chose que je veux, c'est t'empêcher de voir ta famille à Noël.

— Ce n'est pas le cas. Je les ai déjà prévenus que je prendrai la route demain, et de toute façon, la circulation sera infernale maintenant, surtout à cause de la neige.

— Tu es sûr ?

— J'en suis sûr. Je suis bien ici. Avec toi.

— Moi aussi.

Je reste assise à regarder le feu crépiter, me sentant tellement à l'aise en présence de Charlie.

Me souvenant qu'il a fait allusion au fait d'avoir été un fêtard et d'avoir appris sa leçon, je dis : — Tu sais comment on est francs l'un envers l'autre dans ce nouveau truc courageux qu'on a ?

— Un nouveau truc courageux ? demande-t-il en riant. — C'est comme ça qu'on l'appelle ?

— Bien sûr. Pourquoi pas ?

— Vas-y, demande.

— Tu te souviens, lors de notre horrible premier rendez-vous, je t'ai demandé si tu aimais faire la fête, et tu as répondu que tu te croyais invincible, mais que tu avais découvert que non ?

— Je m'en souviens. Tu voulais que je développe, mais j'ai eu l'impression que tu n'appréciais pas vraiment ma compagnie.

— Je me suis demandé s'il t'était arrivé quelque chose.

Il penche la tête et me fixe du regard. — Tu as *bel et bien* pensé à moi pendant tout ce temps. N'est-ce pas ?

— Juste de temps en temps.

— Et moi qui pensais que tu me détestais, alors qu'en réalité, tu fantasmais sur moi depuis le début.

— C'était surtout de la haine, je réponds avec un grand sourire.

— Heureusement.

— Alors ? je le relance. Cette histoire d'invincibilité. Qu'est-ce qui s'est passé ?

Il prend son temps, faisant tourner le vin rouge dans son verre tout en regardant le feu. — Il s'est passé deux ou trois trucs l'année où j'ai eu mon diplôme. Des choses qui ont changé ma façon de voir la vie, je suppose. La première, c'était mon cousin. On était sortis, on avait beaucoup trop bu, il a décidé de rentrer en voiture, et il n'est jamais arrivé.

— Un accident de voiture ?

Il hoche la tête d'un air sombre.

— Oh, c'est horrible. Tu étais dans la voiture avec lui ?

— Oui. Je m'en suis tiré avec quelques côtes cassées et quelques coupures et contusions. James n'a pas eu cette chance. Il était dans un sale état. Il a fini dans le coma et a tenu une semaine avant de décéder. Ça a été une période difficile.

Je pose la main sur son bras, le cœur brisé pour le jeune homme qu'était Charlie, qui a perdu son cousin d'une manière si horrible. — Je suis vraiment désolée. Ça a dû être tellement dur.

— J'ai compris que la vie peut nous être arrachée en un clin d'œil. Qu'une seule décision stupide peut tout faire basculer. C'est à ce moment-là que j'ai décidé de m'éloigner de tout ça. J'ai réservé un voyage en Amérique du Sud avec un copain. On allait prendre une année sabbatique et traverser les Amériques. J'avais toujours voulu voir le Machu Picchu et l'Amazonie, visiter les ruines incas et aller à la plage à Rio.

— Je sais ce que c'est que de fuir, je réponds avec un sourire ironique. C'était comment, ton voyage ?

— Je n'ai pas pu y aller. Mon père m'a dit que je devais commencer à travailler dans l'entreprise, à apprendre le métier. Tu vois, mon cousin James était plus âgé que moi et travaillait pour nos pères dans l'entreprise depuis quelques années. Il a toujours été censé être le successeur, et ça me convenait. J'aime et je respecte mon père, et je voulais lui faire plaisir, alors c'est exactement ce que j'ai fait, en mettant entre parenthèses mes rêves de parcourir le monde.

— Tu es devenu sérieux.

— Je suppose. Il fallait bien que quelqu'un prenne la relève de James. Mais attention, je ne me plains pas. Je sais que j'ai une chance incroyable de faire ce que je fais, mais je pensais avoir plus de temps avant de devoir m'y mettre, si tu vois ce que je veux dire.

— Tu n'as pas eu le temps de faire le deuil de ton cousin.

Il secoue la tête. — Je me suis jeté à corps perdu dans le travail. C'était thérapeutique, d'une étrange manière. Maintenant que mon oncle a pris du recul, je suis le bras droit de mon père.

— Peut-être que tu devrais passer les rênes à l'une de tes sœurs pendant un moment et faire ce voyage ? je suggère.

Son sourire est teinté de tristesse. — C'est ce que tu ferais. Comme quand tu as décidé que tu voulais une nouvelle vie et que tu as déménagé à Londres.

— Il suffit de prendre la décision de le faire. Et pourquoi pas ? Tant que tu as quelqu'un de confiance pour faire ton travail à ta place, pourquoi ne pas te lancer et faire ce que tu veux pendant un moment ? Je ne dis pas de tout abandonner, juste de prendre des vacances et d'aller voir Rio et tout ce que tu veux voir.

— Rio, ce serait incroyable.

— Réserve.

Sa mâchoire se crispe. — Les Cavendish ne partent pas vadrouiller à travers le monde. Ils travaillent. Ça a toujours été comme ça.

Mon cœur se serre pour lui. Pas étonnant qu'il soit un tel bourreau de travail. Se lever avant les oiseaux pour s'entraîner à la salle de sport avant d'être attendu au bureau. Travailler tard. Toujours si guindé.

— C'est peut-être le moment d'essayer une version différente de toi-même ? je suggère.

— Peut-être. Il me sourit en soutenant mon regard, mais je sens qu'il se dérobe à la conversation.

— Tu sais quoi ? Je ne sais même pas quelle est l'entreprise de ta famille, je lui dis, pour détourner le sujet de ses désirs de voyage refoulés.

— Barbant.

— Pas pour moi.

— On passe à autre chose.

— Si tu ne me dis pas ce que tu fais, je vais imaginer que tu es un patron horrible qui exige qu'on déroule le tapis rouge chaque matin à ton arrivée et qui as des exigences bizarres, comme avoir un paon dans son bureau et n'embaucher que des gens qui s'appellent Samuel.

— C'est un cygne, en fait, et j'aime bien les gens qui s'appellent José.

Je lui lance un regard perplexe. — Tu n'es pas sérieux.

— Oh, si. Les cygnes s'appellent Bill et Bob, ils portent des costumes et des hauts-de-forme, et ils chantent *God Save the Queen* à dix heures pétantes chaque matin.

— Là, je sais que tu plaisantes. Le souvenir de lui

devant l'immeuble où je travaille me revient en mémoire. Qu'est-ce que tu faisais dans l'immeuble où je travaille la semaine dernière ?

— Eh bien, ça, c'est un secret.

— Ah oui ? Qu'est-ce que je dois faire pour te tirer les vers du nez ?

— J'ai quelques idées, répond-il d'un air suggestif.

— Et ça, pour commencer ? J'agrippe son pull dans mon poing et je l'embrasse doucement sur les lèvres.

— Tentant, mais pas tout à fait suffisant pour divulguer une information aussi top secrète.

— Il faut croire que je dois passer au niveau supérieur, je réponds avant de l'embrasser une nouvelle fois, en y mettant vraiment le paquet cette fois-ci.

Parce que, oh là là, ce n'est rien de le dire.

Être avec lui, ici, dans mon appartement, partager un repas et parler pendant des heures a été incroyable. Je me suis tellement trompée sur son compte. Il est gentil, drôle, adorable et super intelligent. Il est sorti major de sa promo d'Oxford et a gravi les échelons dans l'entreprise familiale, en commençant comme analyste junior. Bien sûr, sa famille a de toute évidence de l'argent et il n'a pas vraiment eu une vie difficile, mais c'est là que la comparaison avec Hugo s'arrête, pour de bon.

Il ne lui ressemble en rien.

Je me retire de notre baiser et je suis profondément satisfaite de voir que je lui ai coupé le souffle, ses yeux mi-clos fixés sur moi. — Bon, monsieur. Crache le morceau.

— Je peux exiger d'autres baisers de ce genre ?

— Pas avant que tu ne me le dises.

— OK. Tu m'as eu. Le nom de l'entreprise est le Groupe Cavendish.

— Donc, pas un nom si secret que ça, alors.

Il rit. — Ah, non. Nous possédons un tas d'entreprises

différentes, y compris une société immobilière, un fabricant de produits alimentaires et un groupe de magazines. Je suis le directeur des opérations, sous la responsabilité de mon père, le PDG. Une de mes sœurs dirige la société immobilière.

— Vous possédez un groupe de magazines ? Quel groupe ?

Il me lance un regard étrange. — Ackerman, répond-il avec précaution.

— Ackerman ? Dans le sens du Ackerman qui possède le magazine *Claudette* ?

Il hoche prudemment la tête.

Je me redresse en étudiant son visage pour voir s'il plaisante. — Tu es sérieux, là, tout de suite ?

— C'est pour ça que j'étais dans ton immeuble l'autre jour. J'avais une réunion avec Pilar Shan.

— Pilar est la grande patronne, je dis, l'esprit en ébullition. E-elle travaille à l'étage, je balbutie.

La famille de Charlie possède le magazine *Claudette* ? *Mon* magazine ? Enfin, ils possèdent l'entreprise qui possède le magazine *Claudette*, mais c'est un détail pour l'instant.

Je jurerais que mon cœur vient de s'arrêter.

Si Charlie possède mon magazine, ça veut dire... qu'il est mon patron.

Il faut que je le répète.

Il. Est. Mon. Patron.

J'essaie de déglutir, mais ma bouche est aussi sèche que le poulet rôti de ma mère (elle le fait toujours trop cuire, « juste pour être sûre »).

Donc, ça veut dire que, le jour où je lui suis rentré dedans devant mon bureau, j'ai dit à mon patron que j'allais à un rencard *en plein milieu de l'après-midi* ?

J'enfouis mon visage dans mes mains.

Que quelqu'un m'achève.

Vas-y. Fais-le, c'est tout. La mort serait de loin préférable à l'océan de gêne dans lequel je suis en train de me noyer.

— Kennedy ? Ça va ?

Je m'extirpe de mes pensées pour me reconcentrer sur lui. — C'est le choc, c'est tout. Je ne m'y attendais pas.

— Je comprends. Pourquoi le type avec qui tu as eu un rencard arrangé désastreux, le type qui vit dans ton immeuble, serait-il propriétaire de ton magazine ? C'est une folle coïncidence.

— À qui le dis-tu.

— Mais ça ne change rien.

— Si, un peu quand même.

— Pas forcément.

— Eh bien, je ne sais pas pour toi, mon pote, mais je n'ai jamais embrassé mon patron, et surtout pas comme ça.

Il a un rire grave et profond. — Je suis content de l'apprendre. Et je ne suis pas ton patron. Je n'ai rien à voir avec la gestion quotidienne du magazine. Je laisse ça à Pilar et à son équipe.

Je le regarde, stupéfaite. C'est bizarre. Plus que bizarre. De l'ascenseur au Grand Dégel de Kennedy Bennet, à notre nouvelle amitié, à ce baiser, et à la découverte que je travaille pour le type que je détestais autrefois.

Et tout ça est arrivé à cause d'une panne d'ascenseur. Et la veille de Noël, en plus.

— Je n'arrive pas à croire que j'aie été si grossière avec le patron du patron de ma patronne.

— En fait, c'est mon père le patron du patron du patron de ta patronne, répond-il en riant, mais je coupe les cheveux en quatre.

J'écarquille les yeux. — Est-ce que je te verrai un jour

au bureau ? Parce que, tu sais… — Je fais un geste entre nous. — Nous sommes maintenant… *intimes*.

— C'est comme ça que les jeunes appellent ça, maintenant ? plaisante-t-il. Écoute, même si j'adore apprendre à te connaître vraiment, et même si ça fait un bon moment que je veux faire ça, si tu es mal à l'aise d'une quelconque manière, nous pouvons rester amis. Rien de plus. Même si j'aime beaucoup le « plus ».

Comment résister à cet homme ? Il est terriblement sexy, mais plus que ça, le contact passe bien avec lui et je sens une connexion à laquelle je ne m'attendais pas.

— Je suppose que ça me va, mais je ne dirai certainement à personne au travail que j'embrasse le grand manitou.

Il entrelace ses doigts aux miens. — Marché conclu. J'aimerais t'inviter à sortir. Tu sais, quand tu seras rentrée de ta visite à ta famille.

Une vague de chaleur m'envahit de la tête aux pieds. — Ça me plairait.

— Tu rentres quand ?

— La veille du Nouvel An.

— Dans ce cas, ça te dirait d'aller dîner avec moi le soir du Nouvel An ?

— Je vais devoir vérifier mon agenda, dis-je en plaisantant, et il tend la main pour me chatouiller les côtes. Je ris en le repoussant, et nous finissons par nous embrasser encore, là, sur le canapé devant le feu, nos bouches ayant le goût du vin et du gâteau de Noël.

Et c'est le bonheur, le bonheur total et absolu.

Il s'avère que passer le réveillon de Noël avec le type que l'on considérait autrefois comme son ennemi est en fait assez spectaculaire.

Chapitre 19

Le lendemain, je refais ma valise — sans les chocolats Harrods que nous avons mangés hier soir et dont Charlie m'assure que je pourrai en racheter à l'aéroport d'Heathrow — puis je ferme l'appartement à clé. Je glisse un mot sous la porte de Winnifred, la remerciant, ainsi que les Ducks, de nous avoir fourni notre délicieux repas de la veille de Noël, puis je descends ma valise par les escaliers. Hors de question de prendre le risque de rester à nouveau coincée dans cet ascenseur et de rater mon vol, surtout que Charlie est parti tôt ce matin pour se rendre dans sa famille en voiture.

Assise dans l'avion pour San Diego, en attendant le décollage, il occupe toutes mes pensées.

Les choses qu'il a dites.

Sa façon de me regarder.

Ce qu'il me fait ressentir.

La façon dont nous nous sommes embrassés.

Aujourd'hui, il me semble incroyable d'avoir pu le détester. Il n'a rien à voir avec Hugo. Il se fiche complètement que je ne sois pas snob et intello, ou que je ne vienne pas du même milieu que lui.

Je sais maintenant que je lui ai fait grand tort en le jugeant ainsi.

Et le fait que sa famille possède l'entreprise pour laquelle je travaille ? Bien sûr, ce n'est pas l'idéal, mais nous avons convenu de ne pas parler boulot et, de toute façon, je ne suis qu'une modeste autrice, l'un des très nombreux sous-fifres de l'empire familial.

Mon téléphone sonne pour signaler un message. Je baisse les yeux et vois que c'est l'homme en question.

Charlie : *Tu me manques déjà. C'est bizarre ?*

Je souris à mon écran comme un personnage de Looney Tunes, mon ventre faisant toutes sortes de cabrioles à la pensée de lui.

Moi : *T'es un vrai guignol.*

Charlie : *Si par guignol tu veux dire beau comme un dieu et irrésistiblement sexy, alors oui, tu as raison.*

Moi : *Bien sûr que c'est ce que je veux dire.*

Charlie : *Je suis content qu'on soit sur la même longueur d'onde. Au fait, t'es une vraie guignole, toi aussi.*

Moi : *Merci ?*

Charlie : *Je me suis arrêté sur une aire de repos sur la M4 pour t'envoyer un message. Je voulais vérifier que tu avais bien eu ton vol.*

Moi : *Je suis à ma place, là.*

Charlie : *Parfait. Je devrais reprendre la route.*

Moi : *Sois prudent.*

Charlie : *Tu me manques vraiment déjà, tu sais.*

Moi : *C'est bizarre, parce que tu me manques déjà, toi aussi.*

Charlie : *J'ai hâte de notre rendez-vous à ton retour. Je vais totalement te baragouiner des trucs.*

Moi : *Tu vas me baragouiner des trucs ? Ça a l'air douloureux.*

Charlie : *Ça ne le sera pas, c'est promis. Tu décolles quand ?*

Je lève les yeux et regarde une hôtesse de l'air fermer la porte.

Moi : *D'une seconde à l'autre.*

Charlie : *Bon vol. Bisous.*

Moi : *Bonne route. Bisous.*

J'éteins mon téléphone et le tiens contre ma poitrine, souriant comme l'idiote transie d'amour que je suis devenue depuis ce baiser qui a changé ma vie sur le pas de ma porte.

Une seule soirée ensemble et on s'envoie déjà des messages avec des *bisous* et on se drague à fond. C'est comme si les stupides règles de la séduction ne s'appliquaient pas à nous. Pas besoin de se retenir, pas besoin de deviner s'il est intéressé ou non. Ça semble… juste.

Ça fait du bien.

Non, oubliez ça. Ça fait un bien *fou*.

Je lève les yeux et vois une hôtesse de l'air souriante qui me regarde, avec un badge où il est écrit *Crystaaaal*. Sérieusement, qui a besoin d'autant de « a » ?

— Il va falloir l'éteindre maintenant, s'il vous plaît. Nous allons décoller, me dit-elle.

— Ça marche. Toujours le sourire aux lèvres, je mets mon téléphone en mode avion et le glisse dans la poche du siège devant moi.

Je m'installe dans mon siège et, assez vite, nous sommes dans les airs, en route pour ma ville natale. J'aimerais pouvoir vous dire que j'ai passé le long vol à lire des biographies qui font réfléchir et à regarder des documentaires éducatifs, mais ce serait un mensonge éhonté. J'ai passé une bonne partie du temps à rêver d'un certain Charles James Cavendish et, quand j'ai fini par m'endormir, il était dans mes rêves.

Eh oui, je suis gravement atteinte. Et dire que nous n'avons passé qu'une seule soirée ensemble.

Après un long vol, j'atterris à San Diego et, alors que la lumière éclatante du soleil frappe mes yeux pour la première fois depuis des mois, je salue ma famille, qui est venue au grand complet me chercher à l'aéroport.

— Ma chérie, tu es si pâle ! s'exclame Maman en me serrant dans une de ses merveilleuses étreintes d'ours dont elle a le secret.

— C'est difficile de bronzer quand le soleil est liquide, je réponds, la voix étouffée.

— Tout ce que je peux dire, c'est que ça fait du bien de t'avoir à la maison, répond-elle.

Ils me conduisent à travers les rues familières de San Diego. Alors que nous passons devant l'entrée bordée d'arbres de l'Aldridge Country Club, les souvenirs de Hugo envahissent inévitablement mon esprit. La façon dont il m'a quittée pour Fleur, la façon dont sa famille m'a traitée, le fait que je ne me sois jamais sentie à ma place.

Mais cette fois, à l'idée de Hugo et de sa femme au club, debout devant cet immense sapin de Noël, la douleur s'est estompée.

Personne ne peut vous faire vous sentir inférieur sans votre consentement.

Des mots d'après lesquels je pense pouvoir commencer à vivre.

Quand je franchis la porte, je suis immédiatement frappée par l'odeur de dinde rôtie et le parfum du sapin démesuré qui atteint le plafond, une tradition de la famille Bennet. Pas de sapin artificiel pour cette famille.

Les cadeaux font l'unanimité, y compris les chocolats Harrods que j'ai achetés à Heathrow. Nous nous attablons pour un merveilleux dîner et prenons des nouvelles les uns des autres. À la fin du repas, je suis repue, heureuse et prête à aller au lit, le décalage horaire commençant à me rendre un peu vaseuse.

— Bonne nuit, ma chérie, me lance Maman depuis le seuil de mon ancienne chambre, dont les murs sont encore ornés de posters de Maroon 5. Ça fait tellement de bien de t'avoir à la maison.

— Ça fait du bien d'être à la maison, Maman.

Les jours suivants se passent à faire tout ce que j'aimais faire quand je vivais ici : passer du temps avec ma famille, voir des amis, me promener le long de la plage en respirant le merveilleux air marin et même sortir ma vieille planche de surf une ou deux fois, entièrement vêtue d'une combinaison. Bien que nous soyons dans le sud de la Californie, la température de l'eau en hiver reste fraîche.

Charlie et moi nous envoyons des messages tous les jours. Enfin, qui est-ce que j'essaie de tromper, c'est plutôt toutes les *heures*. Il me raconte comment sa famille et lui ont passé le jour de Noël à faire à peu près la même chose que nous : manger jusqu'à devoir tous faire une sieste — même si leur repas a été préparé par un chef étoilé et non par maman, et je doute fort que leur dinde ait été sèche et caoutchouteuse. J'ai beau adorer ma mère.

Nous passons à d'autres sujets, comme ce que c'était de grandir dans nos familles respectives, quels étaient nos espoirs et nos rêves, le fait que je sois un peu obsédée par les guirlandes de Noël — d'accord, beaucoup — et qui sont nos célébrités préférées — je ne juge pas, mais Dame

Judi Dench a beau être une actrice incroyable et accomplie, sérieusement ?

Alors, oui, nous avons commencé à aborder les questions de fond qui nécessitent des réponses dans toute relation naissante.

Au moment où je dois repartir pour Londres, j'ai passé beaucoup de temps de qualité avec les personnes qui comptent le plus pour moi au monde, j'ai profité du climat doux du sud de la Californie et j'ai mangé assez de sandwichs aux restes de dinde sèche pour tenir toute l'année. Et même plus.

Dire au revoir à ma famille est doux-amer, mais Maman et Papa prévoient de venir me rendre visite au printemps, et je dois admettre que la perspective de retrouver Charlie n'est pas exactement une épreuve. Même si je soupçonne que les papillons qui s'agitent comme des fous dans mon ventre chaque fois que je pense à lui pourraient bien avoir besoin d'une pause bien méritée.

Le voir, debout dans le hall d'Heathrow, vêtu de sa tenue de travail formelle — costume, cravate et pardessus —, les lèvres étirées en ce sourire sexy à vous couper le souffle, fait passer ces papillons en surrégime.

Je tire ma valise derrière moi sur le sol poli, incapable d'empêcher un large sourire de s'emparer de mon visage.

Garder mon sang-froid n'est vraiment pas une option en ce moment.

Il m'enveloppe dans ses grands bras puissants, et je respire le parfum qui m'a manqué, ce parfum unique de Charlie Cavendish qui me donne envie de rester dans ses bras et de ne plus jamais le quitter.

Même si ça ne fait qu'une semaine que je ne l'ai pas vu, et que nous n'avons passé que cette seule journée ensemble, être avec lui me semble si naturel.

— Bon retour parmi nous, California Girl, me soufflet-il doucement à l'oreille, et son souffle chaud me provoque des frissons le long de la colonne vertébrale.

— Est-ce que je peux t'appeler London Boy ?

Ses yeux pétillent alors qu'il répond : — Tu peux m'appeler comme tu veux. Il joue les gentlemen avec moi et prend mes bagages alors que nous commençons à traverser le terminal. — J'espère que tu ne m'en veux pas, mais j'étais au bureau, pris par le temps, et je ne voulais pas être en retard pour toi, alors j'ai pris le Heathrow Express.

Je lève les yeux au ciel d'un air amusé. — *Évidemment* que tu travailles le jour du Nouvel An.

Il se désigne du pouce. — Le grand manitou, tu te souviens ?

— Je croyais que tu rendais des comptes au grand manitou ? le taquiné-je.

— C'est une question de sémantique.

Nous nous dirigeons vers la gare souterraine. Nous sommes assis côte à côte dans le train, nos épaules et nos cuisses se touchant, discutant tranquillement, les mains enlacées, savourant la joie d'être de nouveau ensemble. Le trajet passe en un éclair, et en peu de temps, nous arrivons à notre immeuble et nous nous retrouvons devant ma porte, après avoir eu le courage de tenter l'ascenseur avec mes bagages — aucun de nous n'ayant envie de monter ma valise sur cinq étages, même si la dernière fois que nous l'avons fait, ça s'est terminé par notre premier baiser.

— Je reviendrai te chercher à dix-neuf heures pour notre rendez-vous, me dit-il après m'avoir tendrement embrassée sur les lèvres.

Je lui souris de toutes mes dents. — J'ai entendu dire que tu allais m'en mettre plein la vue.

— De qui tu tiens ça ?

— Je crois bien que c'est de toi.

— Eh bien, dans ce cas, j'ai plutôt intérêt à sortir le grand jeu.

— Tu as plutôt intérêt, oui.

— Le réveillon de Noël et maintenant le réveillon du Nouvel An. Ça veut dire qu'on va couvrir toutes les grandes fêtes à partir de maintenant ?

Je lui fais un grand sourire. — Ça me semble amusant.

Il effleure ma joue de ses lèvres. — À tout à l'heure.

Je frissonne à son contact. — Absolument.

Il se retourne pour partir, et je lance : — Qu'est-ce que je dois porter ?

— Surprends-moi.

Je secoue la tête en le regardant. — Ah non. Pas question. Une fille a besoin de se préparer.

— Tout ce que cette fille a besoin de savoir, c'est que ça se passe à l'intérieur.

— Vu qu'il fait environ 4 °C dehors, c'est une bonne chose. Je lui adresse un sourire avant d'insérer ma clé dans la serrure et de pousser la porte de mon appartement. L'instant d'après, je suis attaquée par une chienne très excitée, qui saute, bondit et émet ce son plaintif et bizarre que j'ai appris à aimer.

— Ouah, Lady M, lui dis-je en m'accroupissant pour caresser son corps frétillant. Je ne savais pas que tu serais déjà là. Tu m'as tellement manqué. Comment vas-tu, ma belle ?

Sa réponse est de sauter sur mes genoux et de se mettre à me lécher le visage comme si j'étais une glace pour chien. Peu importe à quoi ça ressemblerait. Dégoûtant, j'en suis sûre.

Après une bonne dose d'amour, Lady M part en courant chercher son nouveau jouet à mâcher préféré sur le sol et s'affale sur son lit pour le ronger.

J'enlève mes bottes et remarque pour la première fois

que l'appartement est chaud et qu'il y a un mot manuscrit sur le comptoir de la cuisine.

Kennedy,

J'ai déposé Lady M ici à quatre heures et demie. Je me suis dit que tu aimerais la voir en rentrant.

Elle a été comme d'habitude pendant ton absence, mais elle voulait sans cesse monter dans ton appartement, alors je l'ai amenée ici chaque jour. J'espère que ça ne te dérange pas ? Elle courait partout à chaque fois pour te chercher.

À bientôt,

Esme

Mon cœur se serre pour elle en pensant à Lady M qui me cherchait partout. Je m'assois par terre à côté d'elle et je caresse sa douce fourrure. — On est de bonnes copines, toi et moi, n'est-ce pas, Lady M ?

Peu après, je défais mes valises et je prends une douche bien méritée, me coiffe et me maquille. Je sais que je ne peux pas m'arrêter, car avec le décalage horaire et le fait qu'il fait déjà nuit, je vais m'endormir en un temps record. La dernière chose que je veux, c'est avoir l'air débraillée et vaseuse pour mon tout premier rendez-vous officiel avec Charlie.

Debout dans l'immense dressing, je fais glisser mes doigts sur mes robes de soirée sur leurs cintres jusqu'à ce que mon choix se porte sur une robe argentée métallisée à manches longues, avec une jupe qui met en valeur mes jambes et un dos nu. Parfait. Je l'enfile et m'admire dans le miroir. Avec sa coupe ajustée et son éclat sexy, j'ai tout à fait l'air prête pour une soirée du Nouvel An, et les manches longues lui donnent un côté chic.

— Qu'en penses-tu, Lady M ? je lui demande alors qu'elle est allongée par terre, le regard levé vers moi. Elle remue son petit bout de queue, mais c'est probablement plus parce que je lui accorde de l'attention que pour me dire qu'elle aime la robe. Parce que bon, c'est un chien, après tout.

Au moment où je glisse mes pieds dans une paire de talons, la sonnette retentit.

Mon trac monte instantanément.

— C'est l'heure de vérité, lui dis-je, avant de remplir sa gamelle et de me diriger vers la porte.

Je l'ouvre à la volée et découvre un Charlie spectaculairement beau dans une chemise blanche au col ouvert sous une veste en velours marron foncé et un pantalon gris anthracite. Il a son manteau et son écharpe drapés sur le bras et, bien sûr, ce sourire dévastateur danse sur ses lèvres à croquer.

— Salut, lui dis-je en l'admirant de la tête aux pieds, mon trac se transformant en excitation.

— Kennedy. Tu es si belle, dit-il, et je me sens aussitôt intimidée.

— Moi ? C'est toi qui as l'air de sortir tout droit de la couverture de *GQ*.

— C'est drôle que tu dises ça, parce que c'est exactement ce que je viens de faire, répond-il, les yeux pétillants. Es-tu prête à être courtisée jusqu'à plus soif ?

Je prends mon manteau et mon écharpe sur le crochet voisin et je passe mon sac de soirée sur mon épaule. — Et comment !

— Prenons l'ascenseur. Pour la nostalgie.

— Et si on reste encore coincés ? Je ne suis pas sûre de pouvoir supporter à nouveau autant de temps avec toi.

— Je suis sûr qu'on trouverait quelque chose à faire. Il hausse les sourcils vers moi, et mon ventre se serre.

Dans l'ascenseur, nous nous tenons côte à côte tandis que nous descendons sans incident. Au moment où les portes s'ouvrent, je m'apprête à sortir quand je sens sa main sur mon bras. — Quoi ?

Il lève les yeux. — Il y a quelque chose qu'on devrait faire, tu sais.

Je suis son regard et je vois le gui, attaché avec un ruban de fête, toujours suspendu au plafond. — On est obligés ? le taquiné-je.

Il me sourit en prenant mon visage dans ses mains. — Oh, oui. On est obligés. Il presse ses lèvres chaudes et douces contre les miennes, et alors que j'inspire son parfum enivrant, je lui rends son baiser.

Cet homme a un tel effet sur moi. Il n'a qu'à me toucher pour que je me transforme en une masse de guimauve frémissante et fondue sur le sol.

Nous nous écartons et je lui souris. — Ce n'était pas si terrible.

— Je mettrais un huit sur dix.

— Une marge de progression, donc ?

— Avec beaucoup de pratique.

— Je serais prête à y consacrer le temps nécessaire, si tu l'étais aussi.

— Je vais vérifier mon agenda.

Je laisse échapper un petit rire content. — Fais donc ça.

Il se penche pour m'embrasser une fois de plus, et au moment où ses lèvres rencontrent les miennes, on entend quelqu'un se racler la gorge. Nous nous arrêtons et nous tournons pour voir Barbara et les Ducks, debout dans le hall, nous observant attentivement à travers leurs lunettes.

On peut dire qu'on s'est fait prendre la main dans le sac.

— Bonne année, dis-je faiblement, alors que six paires d'yeux nous dévisagent d'un air interrogateur.

Toute la bande est là : Barbara, Winnifred, Gertie, Evelyn, Elsey et Maude.

— Eh bien, eh bien, eh bien, dit Barbara, les bras croisés, en tapotant ses doigts contre sa manche. On dirait que les choses ont changé entre vous deux.

— Je le savais ! s'exclame Winnifred en nous pointant du doigt. Je vous l'avais bien dit à toutes, n'est-ce pas ? Il a suffi qu'ils se retrouvent coincés ensemble dans l'ascenseur. Regardez-les. Ils s'embrassent ! Elle tourne ses yeux ronds vers les autres Ducks et ajoute : — Dans l'ascenseur ! comme si c'était le détail le plus scandaleux qui soit.

— Oui, Winnifred, on sait toutes ce que tu penses. Tu nous le répètes assez souvent, gémit Barbara, ce qui lui vaut un regard noir de Winnifred.

— Seulement parce que j'ai raison, bougonne-t-elle.

— Mais c'est Barbara qui a mis le gui là-dedans, dit Evelyn.

— C'est vrai, approuvent quelques-unes des autres.

— Elle a même dû le changer trois fois, ajoute Elsey. — Maude, ma chère, le gui a fonctionné sur ces deux-là, explique-t-elle d'une voix forte.

— Pas besoin d'expliquer. Je reconnais un baiser quand j'en vois un, grogne Maude.

— Je dirais que c'est le gui qui a fait l'affaire, ajoute Barbara. — N'est-ce pas, vous deux ? Elle nous regarde et hausse les sourcils d'un air entendu.

— Eh bien, nous…, je commence en jetant un coup d'œil à Charlie, ne sachant pas trop quoi dire.

— Oui, comme Kennedy le disait, nous… sommes très reconnaissants que tu aies mis le gui dans l'ascenseur, Barbara, sinon nous ne nous serions peut-être pas, tu sais, embrassés.

Je pince les lèvres pour réprimer un sourire. Je n'ai jamais vu Charlie bafouiller. L'apparition soudaine des Ducks l'a clairement décontenancé.

Barbara nous adresse un sourire radieux. — Je suis très

heureuse d'avoir pu aider. J'imagine que je peux maintenant ajouter « Cupidon » à ma liste de réalisations.

Une image de Barbara en couche pour adultes, brandissant un arc et une flèche, me traverse l'esprit.

Je la chasse rapidement.

— Bien joué, Barbara, dit Elsey.

— Bravo, bravo, approuve Gertie, rejointe par un
accord général des autres Ducks. Sauf Winnifred. Elle
pince les lèvres, l'air complètement mécontente de toute la
situation.

— Maintenant, dites-moi, vous deux. C'était votre
premier baiser ? demande Barbara.

— Eh bien, non, répond Charlie, et elle fronce les
sourcils.

— Mais nous sommes bien restés coincés dans l'ascenseur pendant que le gui était suspendu au-dessus de nous et
nous sommes devenus amis la veille de Noël, je propose.

Cela semble la satisfaire. — Eh bien, c'est une bonne
nouvelle. N'est-ce pas une bonne nouvelle, mesdames ?

— En effet, s'accordent-elles toutes, et même Winnifred
répond par un sourire pincé.

— Un nouveau couple dans l'immeuble, ça mérite un
xérès pour fêter ça ! déclare Elsey. — Allez, venez, vous
deux. Chez toi, Barbara ?

— Ça me semble merveilleux, dit Barbara, et elles
commencent toutes à s'entasser dans l'ascenseur autour de
nous, se serrant comme des sardines à lunettes et à colliers
de perles.

Charlie et moi échangeons un regard. Aussi sympathiques que soient les Ducks — sympathiques et de vraies
commères qui semblent penser qu'elles ont manigancé
notre nouvelle relation —, passer le Nouvel An à siroter du
xérès, entourés d'un groupe de femmes de soixante-dix et
quatre-vingts ans dans l'appartement de Barbara n'est pas

exactement l'idée qu'on se fait d'un premier rendez-vous officiel.

Charlie passe à l'action. — Nous adorerions fêter ça avec un xérès, mais voyez-vous, nous devons être quelque part, dit Charlie en jetant un œil à sa montre. Vous savez, la Rolex. — En fait, nous sommes en retard. Une autre fois, peut-être ?

— Je te prendrai au mot, jeune homme, dit Barbara avec un clin d'œil.

— Eh bien, si vous voulez bien nous excuser. Bonne année à vous toutes, dit Charlie en me prenant la main, et nous organisons notre fuite.

Les Ducks nous crient des choses dans le dos.

— Bonne année !

— Xérès vendredi !

— Racontez-nous tout !

— Continuez à vous embrasser !

Une fois en sécurité dans la rue, nous nous mettons tous les deux à rire.

— Ces Ducks sont géniales, je déclare. Un peu folles, mais géniales.

— Si par géniales tu veux dire manipulatrices, alors je suis bien d'accord.

— Je n'arrive pas à croire que Barbara ait mis le gui rien que pour nous. C'est plutôt mignon, en fait.

— Moi, j'y crois sans peine. Maintenant, viens par là. Il fait un geste en direction d'une Mercedes noire et brillante, plus bas dans la rue, dont un homme en costume et chapeau tient la portière arrière ouverte. — On a un rendez-vous, et ton carrosse t'attend.

— La classe, je dis.

Nous montons et je glisse sur la banquette en cuir noir. Nous traversons les rues de Londres jusqu'à un quartier de Westminster près de la Tamise que je ne connais pas. Je lève les yeux vers l'immeuble de bureaux en verre sans âme alors que nous sortons de la voiture. — On est où ?

— Je dois d'abord aller chercher quelque chose au bureau. J'ai besoin de quelques dossiers pour travailler demain. Ça te va ?

— Bien sûr. Je sais déjà que ce mec est un bourreau de travail. Je ne devrais pas être surprise.

Il utilise un badge de sécurité pour nous faire entrer dans le bâtiment plongé dans l'obscurité, et alors que les lumières à détecteur de mouvement s'allument, je remarque une plaque en bronze sur le mur : *The Cavendish Group*.

Nous filons jusqu'au dernier étage dans l'ascenseur. Les portes s'ouvrent sur un bureau sombre, et Charlie me prend par la main, me guidant à travers les bureaux et une kitchenette jusqu'à une grande fenêtre donnant sur la Tamise et les lumières de la ville au-delà. Je peux voir le palais de Westminster, Big Ben et le London Eye, tous illuminés et brillant dans le ciel nocturne.

C'est magnifique, et ça me coupe le souffle.

— Charlie, c'est ça, ta vue, tous les jours ?

— C'est ça.

— Pas étonnant que tu passes autant de temps ici.

— Je passe autant de temps ici parce que je dois le faire, pas pour la vue.

— Tout ce que j'ai à regarder, c'est une cloison de bureau, alors estime-toi heureux, mec.

— Attends-moi ici, d'accord ? demande-t-il.

Je regarde autour de moi, hésitante. — Je pourrais venir avec toi.

— Attends, c'est tout, d'accord ? Je ne serai pas longue. Admire la vue.

Je pince les lèvres et hoche la tête, et je me retrouve

seule avec rien d'autre que l'obscurité derrière moi et la plus incroyable vue de Londres à mes pieds.

Deux minutes plus tard, Charlie revient avec deux personnes qui portent un panier de pique-nique, une couverture, un seau à glace en argent contenant une bouteille de champagne, et des coussins surdimensionnés. Ils se mettent à tout installer sur le sol, devant la grande baie vitrée.

— On va pique-niquer ? je demande, alors que les deux hommes disparaissent par la porte du fond.

— Une femme plutôt belle et ravissante m'a dit un jour que les meilleurs rendez-vous sont les plus simples.

Un sourire se dessine sur mon visage. — Elle a l'air très intelligente.

— Oh, elle l'est. Intelligente et sexy, et un peu fougueuse aussi.

— Je ne suis pas fougueuse.

Il hausse un sourcil.

— D'accord. Peut-être un peu, je concède.

— Assieds-toi.

Nous retirons nos manteaux et nous nous asseyons sur la couverture de pique-nique. Je m'appuie contre l'un des coussins surdimensionnés tandis que Charlie ouvre un panier de pique-nique en osier et commence à en sortir des flûtes à champagne et des en-cas, dont trois boîtes diffé-rentes de chocolats Harrods.

— Ouah, tu dois vraiment aimer le chocolat.

— Comme c'est la première chose que nous avons partagée, j'ai trouvé que c'était tout à fait approprié.

— Bonne idée.

Il fait sauter le bouchon de champagne et nous sert à boire avant de s'adosser à côté de moi.

En me tendant une flûte, il me dit : — Le feu d'artifice du Nouvel An va bientôt commencer.

—J'adore les feux d'artifice !

Il se penche vers moi et effleure mes lèvres des siennes. — Étant donné que tu m'as dit que tu étais obsédée par les illuminations de Noël, je m'en doutais.

Je lui souris en trinquant avec lui.

Je voudrais que ce rendez-vous ne se termine jamais.

— Au fait que nous ne soyons plus ennemis, dis-je.

Il sourit. — Tu n'as jamais été *mon* ennemie.

Alors que je plonge mon regard dans le sien, mon cœur se serre et je sais avec certitude qu'il se trompe sur un point.

Le feu d'artifice a déjà commencé.

Chapitre 20

Les deux semaines qui ont suivi ont été tout simplement merveilleuses. Bien que Charlie s'en soit tenu à son emploi du temps démentiel, se levant alors que les oiseaux dormaient encore pour aller à la salle de sport avant de s'installer à son bureau à sept heures du matin, les soirées étaient à nous.

Enfin, sauf quand je travaillais, bien sûr.

Oui, les rendez-vous arrangés dans la vie nocturne étrange et merveilleuse de Londres ont continué, et bien que Charlie m'ait dit qu'il préférerait m'avoir pour lui tout seul, il a compris que je devais le faire pour mon travail.

Je le régalais de mes histoires quand nous étions blottis l'un contre l'autre sur le canapé après, et je réussissais toujours à le faire sourire.

Les soirs où je n'avais pas à travailler, nous sortions dîner au Black Cat, nous traînions dans nos appartements respectifs et nous promenions Lady M dans la fraîcheur du soir. Charlie a même cuisiné pour moi parfois, et il s'avère que ce n'est pas un mauvais cuisinier. Il m'a surprise un soir avec un délicieux steak de saumon laqué à la marmelade, et un bœuf Wellington le lendemain.

Et je vais vous confier un secret. C'est un grand secret, et il s'est insinué en moi ces dernières semaines.

Je craque pour lui. *Grave.*

Du genre, je pense à lui quand il n'est pas là. Quand je lis quelque chose d'intéressant, c'est la première personne à qui je veux le dire. J'ai un selfie de nous que nous avons pris quand je l'ai forcé à regarder la relève de la garde à Buckingham Palace — il a été bon joueur, même s'il m'a accusée d'être la touriste américaine stéréotypée — et je le contemple b*eauuuu*coup trop souvent.

Il est la première personne à laquelle je pense en me réveillant chaque matin.

Il est sans aucun doute la dernière personne à laquelle je pense avant de m'endormir.

Et vous savez quoi ? Je n'ai pas consulté l'Insta d'Hugo, pas une seule fois. Je n'ai même pas pensé à le faire. En fait, la dernière fois que j'ai regardé son fil d'actualité, c'était dans l'ascenseur, la veille de Noël.

Les mots de Charlie résonnent dans mon esprit. *« Personne ne peut vous faire sentir inférieur sans votre consentement. »* D'accord, ce sont les mots d'Eleanor Roosevelt, mais c'est lui qui me les a dits. Je sais maintenant que, même si j'ai reproché à Hugo et à sa famille de m'avoir rabaissée, c'est *moi* qui leur ai permis de me traiter ainsi. *Moi* qui me sentais inférieure. Je dois en assumer une partie de la responsabilité.

Et alors, s'il a choisi d'épouser une fille issue d'une famille riche ? Je vaux tout autant qu'elle.

Et ça fait un bien fou de vraiment le savoir.

Mais j'ai une chose qu'elle n'a pas : Charlie Cavendish, l'homme le plus merveilleux que je connaisse.

C'est exact. Je peux dire sans risque de me tromper que j'ai tourné la page Hugo Carter, et je ne pourrais pas être plus heureuse. J'ai enfin clos un chapitre de ma vie que j'aurais dû clore il y a très, très longtemps.

Et être avec Charlie ces dernières semaines ? Eh bien, ça a été tout simplement incroyable.

Parfois, cependant, quand je suis seule et que mes pensées s'amoncellent comme un carambolage sur l'autoroute, je me demande si ce n'est pas *trop* incroyable. S'il n'est pas *trop* parfait. Si je ne suis pas trop sous le charme.

Je veux dire, c'est un type plein aux as, profondément honnête et beau gosse, avec un grand sens de l'humour, qui cuisine et organise des rendez-vous géniaux.

Parfois, j'ai l'impression d'avoir découvert le Yéti des mecs canons.

Est-il trop beau pour être vrai ?

Non. *Stop*. Je refuse de laisser mon cerveau hyperactif me gâcher ça.

Je mérite ce bonheur.

Et je le vaux, à cent pour cent.

Ce qui nous amène à ce soir, où je m'apprête à franchir cette grande étape dans une nouvelle relation, connue sous le nom de *Rencontre avec la Famille*.

Je sais, n'est-ce pas ? Je suis morte de trouille, je l'avoue. Nerveuse et excitée. Charlie m'a dit que sa mère a beau mener un train de vie luxueux avec un superyacht en Méditerranée et des maisons disséminées dans le monde entier, elle est facile à vivre et amusante, et déjà prédisposée à m'apprécier.

Jusqu'ici, tout va bien.

Son père, en revanche, c'est une autre paire de manches.

Tout ce que Charlie m'a raconté sur lui me fait trembler d'avance. Non seulement c'est son père, mais c'est aussi son patron. C'est un chef exigeant, qui s'attend à ce que son fils accepte n'importe quel travail qu'il lui confie, et avec le sourire. Même quand il déteste ça.

Mais je suis déterminée à le conquérir, et quand j'ai un objectif en tête, je l'atteins généralement. Donc, le dîner de charité de ce soir au luxueux hôtel Savoy, avec un menu préparé par nul autre que le célèbre chef Gordon Ramsay en personne, est la première étape pour atteindre cet objectif.

Attention, Henry Aloysius William Cavendish, vous allez être sérieusement charmé.

La voiture s'arrête devant la maison des parents de Charlie, et je regarde par la fenêtre un bâtiment qui ressemble plus à un palais pour un membre secondaire de la famille royale qu'à une simple maison. Avec ses trois étages, ses hautes fenêtres et ses colonnes, surplombant Regent's Park, c'est le genre d'endroit qu'on voit dans les magazines de décoration de luxe.

Mon estomac se noue et je lance un regard rapide à Charlie.

— Ne t'inquiète pas. Mes parents vont t'adorer, me dit-il en me serrant la main pour me rassurer.

Le nœud se desserre un peu. — Comment tu le sais ?

Son regard toujours sur moi, il lève la main, la pose en coupe sur mon visage et dépose un doux baiser sur mes lèvres. — Je sais qu'ils t'adoreront, parce que, eh bien, parce que *moi*, je suis en train de tomber amoureux de toi.

Mon cœur s'emballe tandis qu'un large sourire illumine mon visage. — Vraiment ? Mon estomac s'est de nouveau noué, non pas de nervosité cette fois, mais de pure exaltation.

Il est en train de tomber amoureux de moi ? Charlie Cavendish, l'homme que j'ai détesté un jour, est en train de tomber *amoureux* de moi ?

Je cligne des yeux plusieurs fois en le regardant, mon corps en proie à une folle agitation.

— C'est vrai. Je suis en train de tomber amoureux de toi, déclare-t-il simplement, le visage rayonnant et les yeux doux.

Je l'attrape et le tire contre moi, mes lèvres s'écrasant sur les siennes dans un baiser si plein d'émotion qu'il m'en coupe le souffle. — Je suis en train de tomber amoureuse de toi, aussi, lui dis-je.

Parce que c'est le cas. Je sais que c'est le cas. Et je n'ai pas ressenti ça depuis… eh bien, depuis toujours.

Son visage lumineux me renvoie mon sourire. — Une heureuse coïncidence.

Je laisse échapper un léger rire, ayant l'impression de pouvoir flotter hors de la voiture sur un nuage de bonheur. — Si tu le dis.

Il m'embrasse une fois de plus avant de s'écarter avec une réticence évidente. — Autant j'aimerais t'embrasser toute la nuit, autant nous avons un dîner qui nous attend et des parents à te présenter.

Je frotte mes doigts contre son visage. — J'imagine que je devrais t'aider à nettoyer ce carnage de rouge à lèvres, hein ?

— Ce serait une bonne idée.

Je vérifie mon apparence dans mon poudrier et j'applique rapidement une nouvelle couche de rouge à lèvres.

— Prête ? me demande-t-il, la main sur la poignée de la portière.

— Uniquement parce que tu es en train de tomber amoureux de moi, je le taquine.

Il rit en ouvrant la portière, et nous montons les marches qui mènent à la porte d'entrée noire et brillante, flanquée de topiaires dans des pots romains.

Sa mère nous accueille à la porte. Vêtue d'une superbe robe de soie verte, longue jusqu'au sol et aux épaules dénudées, et du plus gros pendentif d'émeraude et de diamants que j'aie vu en dehors des magasins de bijoux de fantaisie, elle sent le Chanel N° 5 et nous offre un sourire accueillant. Je vois d'où Charlie tient sa couleur. Ses yeux sont d'un bleu tout aussi vif, et ses cheveux blonds foncés sont coiffés en un élégant chignon banane.

— Charles, chéri, quelle merveille de te voir, dit-elle en le prenant dans ses bras. Ses yeux se tournent vers moi. — Et vous devez être la jeune femme dont mon fils ne cesse de parler, dit-elle en me saluant d'un baiser sur la joue.

Son fils ne cesse de parler de moi ? Je tourne les yeux vers ceux de Charlie. Il hausse les épaules, le visage rayonnant.

— Bonjour, madame Cavendish. Merci beaucoup de m'avoir invitée dans votre magnifique maison, je roucoule, me souvenant de toutes les leçons de bonnes manières que maman m'a apprises.

— Vous êtes la bienvenue ici, Kennedy. Entrez. Jason va prendre votre manteau. Elle fait un signe à son majordome — son *majordome* — qui prend nos manteaux et nos écharpes dans ses mains gantées de blanc et disparaît quelque part dans l'immense demeure.

— Comment vas-tu, maman ? Tu es resplendissante, comme toujours, dit Charlie alors que nous traversons le sol en marbre à damier noir et blanc. Je fais de mon mieux pour ne pas rester bouche bée. De l'escalier majestueux au plafond à double hauteur, en passant par l'imposante composition florale sur une table ronde au milieu du hall, cet endroit est d'un luxe intimidant.

Je jette un coup d'œil à ma robe blanche et ajustée, celle que je portais le premier soir du tournage de *Dating Mr. Darcy*. Je l'ai trouvée dans le rayon des soldes chez *Nordstrom*, et je me suis toujours sentie sexy et élégante dedans. Mais ce soir, dans ce décor somptueux, je ne peux m'empêcher de me sentir comme une domestique qui jouerait à la grande dame.

— Oh, tu es adorable, mon chéri. Il faut bien essayer d'être à son avantage pour ces dîners de charité, répond-elle en franchissant avec légèreté une double porte ouverte menant au salon.

C'est une pièce immense, parsemée de canapés et de fauteuils bleu marine, avec un miroir doré au-dessus de la cheminée allumée, des tapis persans sous nos pieds et de longs rideaux de soie bleu marine qui balayent le sol, retenus par d'épaisses cordes dorées.

Un homme se tient près de la cheminée, dos à nous, un téléphone à l'oreille. Comme Charlie, il porte un smoking noir, et sa grande silhouette m'indique que c'est son père.

— Oui, je sais, mais vous devez m'écouter. Je ne tolérerai pas une telle contestation. Il est parti. Faites le nécessaire, dit-il dans son téléphone, et je jette un coup d'œil à Charlie. Il me sourit en retour comme s'il n'y avait aucune raison de s'inquiéter.

— Oh, chéri, raccroche donc ce téléphone. Plus de travail pour ce soir. Charlie est là avec Kennedy, lui dit Mme Cavendish.

Le père de Charlie abaisse son téléphone et se tourne pour nous saluer, et je suis immédiatement frappée par sa ressemblance avec son fils. De sa taille à sa carrure, en passant par la forme de son menton et la courbe de son nez, la seule chose qui diffère, c'est que son sourire n'atteint pas ses yeux.

— Charlie, te voilà, dit-il en serrant la main de son fils.

— Bonjour, papa, répond Charlie. Voici Kennedy Bennet. Kennedy, je te présente mon père, Henry Cavendish.

Je lui tends la main et souris pour cacher ma nervosité. — Bonjour, monsieur Cavendish, je suis ravie de vous rencontrer.

— Vous êtes américaine, constate-t-il.

— On m'a déjà accusée de pire, je réponds en riant.

— Tu savais qu'elle était américaine, dit Mme Cavendish en s'asseyant dans un fauteuil en cuir à haut dossier. De Californie, n'est-ce pas, Kennedy ?

— C'est exact. De San Diego, en Californie, réponds-je.

— Tu vois, Henry ? Au moins, l'un de nous prête attention à notre fils unique, lui lance-t-elle. Asseyez-vous, tous les deux. Qu'est-ce que vous prendrez à boire ? Henry va vous servir. N'est-ce pas, chéri ?

— Bien sûr. Que prenez-vous ?, me demande M. Cavendish.

Charlie et moi nous asseyons sur l'un des canapés bleu marine et je lui dis ce que je veux boire.

— Charles ? Il faut que je te parle de l'affaire Palmer. Les choses ont considérablement évolué depuis la réunion de cet après-midi, dit M. Cavendish, et à peine Charlie s'est-il assis à côté de moi qu'il se relève aussitôt. Il me lance un regard rapide pour s'assurer que je vais bien, puis me laisse pour aller parler avec son père au bar.

— Ne faites pas attention à eux, me dit Mme Cavendish. Ils parlent toujours boutique. Vraiment, si Charlie ne travaillait pas pour Henry, je ne suis pas sûre de quoi ils pourraient bien parler.

— Charlie travaille vraiment dur.

— Bien sûr qu'il travaille dur, répond-elle, comme si j'avais énoncé une évidence. Alors, Kennedy. Parlez-moi de vous. Que faites-vous ici à Londres ?

— J'ai trouvé un travail de journaliste pour un magazine : *Claudette*. Je suppose que vous le connaissez, vu que votre entreprise en est propriétaire.

Ses sourcils remontent vivement jusqu'à la naissance de ses cheveux parfaitement coiffés. — Bien sûr que je connais *Claudette*. Il est en kiosque depuis que je suis toute petite, répond-elle avec aisance.

— J'ai toujours adoré ce magazine. Même si c'est un magazine britannique, ma mère me l'achetait quand j'étais préadolescente. Elle découpait les articles les plus osés, mais j'adorais toute la partie mode et beauté, et j'ai beaucoup appris grâce à leurs articles intéressants. J'ai, en quelque sorte, grandi avec, je suppose. Quand j'ai vu qu'ils cherchaient une rédactrice, j'ai sauté sur l'occasion de travailler pour eux.

— Un rêve d'enfant qui se réalise.

— Exactement.

J'aborde le sujet qui, je le sais, doit lui trotter dans la tête. — Vous savez, Charlie et moi avons convenu de ne jamais parler boulot, donc le fait que je travaille pour *Claudette* n'est pas un problème pour nous.

— Oh, j'en suis sûre, répond-elle aimablement. Je trouve qu'il est préférable de ne pas me mêler moi-même des affaires de famille. C'est tellement plus simple.

Charlie me tend un verre de vin. — Je suis désolé, mais Papa et moi devons discuter dans son bureau. Il y a deux ou trois choses à régler. Prends un verre avec Maman et ensuite nous irons dîner. D'accord ?

Me sentant à l'aise avec sa mère — enfin, aussi à l'aise que je peux l'être avec la mère impeccablement vêtue de l'homme dont je suis en train de tomber amoureuse et que je veux désespérément impressionner — je lui dis de prendre tout le temps dont il a besoin, et Mme Cavendish et moi entamons une conversation pour apprendre à nous connaître.

Plus nous parlons, plus je me rends compte à quel point nos vies sont différentes. Elle-même est issue d'un milieu manifestement très privilégié, n'ayant travaillé comme adjointe de direction dans l'une des entreprises de M. Cavendish que quelques années avant de l'épouser et d'abandonner rapidement sa carrière pour, je cite, « se consacrer à son rôle de mère et aux œuvres de charité ». C'est ce qu'elle fait depuis trente-cinq ans, une occupation entrecoupée de multiples voyages cinq étoiles à travers le monde et de dîners avec des têtes couronnées.

Comme tout le monde, quoi.

Elle est comme la mère de Hugo sous stéroïdes, laissant la richesse et le statut social des Carter loin derrière. Mais contrairement à la mère de Hugo, il n'y a aucune pointe de supériorité, et elle m'appelle par mon prénom, pas avec le condescendant « ma chérie » que Mme Carter maîtrisait à la perfection.

Trente minutes et deux verres plus tard, elle se lève et me dit qu'il est temps de partir.

— Et les hommes ? je demande, alors que Jason arrive avec mon manteau et m'aide à l'enfiler — parce que, de toute évidence, c'est trop difficile pour que je le fasse toute seule.

— Jason, voulez-vous aller dire aux hommes que nous partons ? demande-t-elle.

Il incline la tête. — Bien sûr, madame.

Je lui souris comme si envoyer le majordome faire une course était pour moi une chose banale.

Quelques instants plus tard, Charlie et son père arrivent dans le vestibule.

— Trop de travail et pas de plaisir rendent les hommes Cavendish bien ennuyeux, gronde Mme Cavendish, et je me permets un petit sourire.

Je suis entièrement de son avis.

— Nous avons une affaire assez importante en cours en ce moment, ma chérie, répond M. Cavendish sèchement.

— Assez parlé boulot pour ce soir. La voiture attend, réplique Mme Cavendish, avant de tourner les talons et de descendre les marches d'un pas chaloupé pour monter dans une Rolls-Royce noire et brillante avec chauffeur.

Elle nous emmène à travers les rues jusqu'à l'hôtel Savoy sur le Strand.

Je m'assois à côté de Charlie et lui serre légèrement la main. Je veux qu'il sache que je m'en sors bien, et que sa mère et moi nous sommes bien entendues. Il m'adresse un sourire crispé.

Alors que nous sortons de la voiture devant l'hôtel, où sont alignées des Rolls-Royce et d'autres voitures tout aussi chères, je murmure : — Ça va ?

— Ça va, répond-il.

Ce n'est pas du tout convaincant.

— Je sais que c'est difficile quand ton père veut tout le temps parler de travail, mais pourquoi n'essaierais-tu pas d'oublier ça pour ce soir ?

— Bien sûr. Tu as raison. Je suis désolé.

— Tu n'as pas à être désolé. Ta mère a dit qu'on allait danser, et comme tu ressembles à une star de cinéma sur le tapis rouge ce soir, je dois en profiter.

Il me sourit, ses yeux se plissant. — Danser avec toi me semble merveilleux.

Nous entrons dans la salle de réception étincelante, et Mme Cavendish dit : — Venez rencontrer quelques-uns de nos amis, Kennedy.

Avant même que je m'en rende compte, on m'entraîne loin de Charlie pour faire le tour et rencontrer des femmes aux prénoms tels que Prunella et Bunny. Elles me toisent de la tête aux pieds quand sa mère leur dit que je suis l'*élue* de Charlie, mais je leur souris gentiment à toutes... et je m'efforce de chasser les souvenirs de toutes ces femmes qui leur ressemblaient tant et que j'ai rencontrées quand j'étais avec Hugo.

Plus tard, assise à table, je parviens enfin à passer un peu de temps avec Charlie. Il se penche vers moi et me dit :

— J'ai une question à te poser.

— Tant que ce n'est pas pour savoir dans quelle école je suis allée ou qui sont « mes fréquentations », ça me va.

— On t'a demandé ça ce soir ?

— Oh, que oui.

— Je suis désolé. J'espère que ça a été. J'ai été un peu distrait ce soir.

Je repense à la façon dont il est resté collé à son père pendant la moitié de la soirée.

— Tout va bien ?

Ses traits sont marqués par l'inquiétude.

— Je..., commence-t-il, avant de refermer la bouche d'un coup sec.

— Charlie ? Qu'est-ce qu'il y a ?

— Je ne peux rien dire, répond-il mystérieusement, et mon estomac se noue aussitôt.

Mes angoisses prennent le dessus.

— C'est à propos de nous ? J'ai dit quelque chose de travers ? Tes parents ne m'aiment pas ?

Il pose sa paume chaude dans mon dos.

— Ça n'a rien à voir avec ça. Crois-moi. Tu es

merveilleuse, et ma mère m'a déjà dit à quel point elle t'apprécie.

La tension se transforme en une douce chaleur.

— Elle a dit ça ?

— Pourquoi ça te surprend ?

Je hausse les épaules, sachant pertinemment pourquoi. La mère de Hugo m'avait bien fait comprendre qu'elle n'aimait pas « cette serveuse », comme elle m'appelait. Entendre que la mère de Charlie non seulement m'approuve, mais qu'en plus elle m'apprécie, est une douce musique à mes oreilles.

— Ça me fait tellement plaisir d'entendre ça, je lui dis. Si nous n'étions pas entourés par deux cents amis de tes parents, je t'embrasserais sur-le-champ.

La tension sur son visage s'estompe alors que sa bouche s'étire en un sourire.

— Ça me plaît bien, ça.

— Si tu te tiens à carreau, monsieur, je pourrai te prévoir une séance de roulage de pelles pour plus tard.

Il rit en passant son bras autour de ma taille.

—Je compte bien là-dessus.

Mais nous n'en avons pas l'occasion.

Juste après le repas, avant même que le bal ait commencé, le père de Charlie lui dit qu'il a besoin de lui pour travailler sur le contrat, et même s'il est évident pour moi qu'il n'en a aucune envie, il fait ce que son père lui demande. — Je suis vraiment désolé de devoir t'abandonner. Je me rattraperai, promis, dit-il en m'ouvrant la portière arrière d'une voiture.

Je ravale ma déception. Charlie travaille pour son père, et il travaille dur. Je suis bien placée pour le savoir. La moindre des choses est de le soutenir.

Je passe mes mains autour de son cou et l'attire pour l'embrasser.

— Vas-y, négocie. On se retrouve demain soir après le travail.

Il me lance un regard tendu, et mon cœur se serre pour lui.

— Bonne nuit, dis-je.

— Bonne nuit, répète-t-il.

Je me glisse dans la voiture et il ferme la portière. Je le regarde par la fenêtre, debout devant l'enseigne argentée et brillante du Savoy pendant que la voiture s'éloigne, une silhouette solitaire dans son smoking. Ses traits sont tendus, et ses larges épaules semblent porter tout le poids du monde.

Chapitre 21

Le lendemain matin, je me surprends à sourire dans le métro en allant au travail. Les navetteurs londoniens maussades me lancent quelques regards étranges, mais je m'en fiche. Je suis heureuse. *Vraiment* heureuse. Et le monde entier peut le savoir.

Bien sûr, voir Charlie stressé par le travail hier soir n'était pas idéal, et je ne pense pas que j'aimerai un jour la façon dont son père n'a qu'à claquer des doigts pour qu'il obéisse sans poser de questions. Mais ça fait partie de lui et je dois l'accepter.

Alors que je sors de la station de métro, mon téléphone émet un bip pour signaler un message.

Charlie : *On peut se voir pour un café ? Au Starbucks près de ton bureau à neuf heures ? Xoxo*

Moi : *J'ai du travail, tu sais. Je ne peux pas partir en vadrouille pour retrouver des hommes sexy dans des cafés.*

Charlie : *Promets-moi que tu seras là. Quoi qu'il arrive.*

Je fronce les sourcils. C'est bizarre comme phrase.

Moi : *Quelque chose ne va pas ?*

Puis ça fait tilt. C'est son père. L'affaire n'a pas dû bien se passer hier soir. Le pauvre, il a probablement besoin que je sois là pour lui, pour le rassurer pendant qu'ils règlent les détails.

Moi : *Je serai là.*

Charlie : *Promets-le-moi. Quoi qu'il arrive.*

Un sourire s'étale sur mon visage. Est-ce terrible que j'aime à ce point qu'il ait besoin de moi ?

Moi : *Je te le promets. xoxo*

J'arrive dans un bureau qui bourdonne de chuchotements. Les gens sont en petits groupes, parlent à voix basse et jettent des regards nerveux autour d'eux. Je salue deux ou trois personnes en passant, et elles me lancent des regards tendus.

Qu'est-ce qui se passe ?

À mon bureau, je laisse tomber mon sac à main et mon manteau sur ma chaise et je contourne la cloison jusqu'au bureau de Shelley. Il est vide, mais je sais qu'elle est là en apercevant sa veste drapée sur le dossier de sa chaise.

Je me dirige vers la kitchenette, où je la trouve près de la fontaine à eau avec Sandra, l'adjointe de direction de l'étage. Elles aussi ont l'air guindées, la tête baissée, chuchotant entre elles.

— Salut, les filles, dis-je en m'approchant d'elles.

Qu'est-ce qui se passe ici aujourd'hui ? Tout le monde a l'air super bizarre.

Shelley et Sandra échangent un regard tendu.

Mon regard navigue entre les deux. — Les filles ? Vous m'inquiétez.

C'est Shelley qui prend la parole. — Une rumeur circule, et ce n'est pas une bonne nouvelle.

— C'est plus qu'une rumeur, ma belle, la corrige Sandra.

Shelley paraît consternée. — Alors, c'est vraiment en train d'arriver ?

Sandra acquiesce d'un hochement de tête sinistre. — Je dirais que c'est vrai à quatre-vingt-dix-neuf pour cent.

J'observe leur échange, jusqu'à ce que mon besoin de savoir de quoi elles parlent éclate. — Dites-moi ! j'insiste.

Shelley souffle et dit : — Ils ferment le magazine. *Claudette*, c'est fini. Foutu. Terminé.

Je fronce les sourcils, n'en croyant pas un mot. — Non, c'est faux. C'est de la folie.

Shelley me dit : — C'est de la folie, mais c'est vrai.

— Mais *Claudette* existe depuis toujours, je proteste. On ne jette pas un magazine à la poubelle à cause de quelques mois de mauvaises ventes. On est en pleine reconstruction.

— Tout ce qu'on sait, c'est que nous devons toutes aller bientôt dans la salle de réunion, et je parie que c'est pour une annonce, lance Sandra en haussant les épaules.

Le martèlement de mon cœur résonne à mes oreilles.

— Mais... comment est-ce possible ?

Perdre mon travail signifie que je perds le parrainage de mon permis de travail, ce qui signifie... Non, je ne veux même pas penser à ce que ça implique.

— On sait toutes que le lectorat était en baisse quand le magazine a été racheté il y a quelques mois, dit Sandra, et la nouvelle direction essayait de redresser la barre. Apparemment, ça n'a pas suffi.

— Ouais, je le savais. Bien sûr que je savais que le lectorat était en baisse, mais je ne pensais pas que le magazine allait si mal que ça. Et même si c'était le cas, Edina n'en a jamais parlé lors de nos réunions.

Charlie non plus.

Charlie.

Mon souffle se coupe dans ma gorge alors que le martèlement de mon cœur devient presque assourdissant.

Pourquoi ne m'en a-t-il pas parlé ? Bien sûr, nous avions décidé de ne pas discuter du travail pour éviter de compliquer les choses, mais ça ? C'est énorme. *Gigantesque.* Le fait que le magazine ferme et que je perde mon emploi aurait dû être, au minimum, un sujet de conversation.

Si ce que les filles me disent est vrai, n'aurait-il pas dû au moins me prévenir ?

Et puis tout s'emboîte. *L'affaire Palmer.* Palmer doit être un nom de code. C'est de ça que Charlie et son père parlaient hier soir. Ils parlaient de la fin de *Claudette* pendant que je discutais avec les amis snobs de ses parents des pièces de théâtre à l'affiche et de l'endroit où chacun comptait passer ses vacances d'été.

Je ravale la boule qui monte dans ma gorge.

Pourquoi ne m'en a-t-il pas parlé ?

— Tiens, voilà Edina, dit Shelley, ses mots tranchant dans mes pensées comme un couteau dans du beurre.

Je me retourne pour voir ma patronne nous faire signe de la suivre. — Salle de réunion, les filles. Maintenant, dit-elle, la voix neutre, les traits tirés.

— Ça y est, les filles, nous dit Shelley, alors que nous traversons le sol recouvert de moquette.

Nous entrons dans la pièce dans un silence de mort, comme si nous marchions vers l'échafaud. Les sièges sont déjà tous pris, alors Shelley, Sandra et moi restons debout au fond de la salle, en attendant notre sort.

— Fermez la porte, s'il vous plaît, Phil, dit Edina depuis l'avant de la salle.

— À quoi bon ? Tout le monde de cet étage est déjà là, répond-il.

— Très bien, dit-elle, les lèvres pincées. Elle nous regarde tous, une mer de visages attendant leur funeste destin. — J'imagine qu'à présent, tout le monde dans cette pièce a entendu la rumeur selon laquelle *Claudette* va fermer ses portes.

Je retiens mon souffle, en espérant que tout cela n'est qu'une terrible erreur. En espérant qu'elle va nous dire que ce n'est pas du tout le cas. Que la rumeur n'est rien de plus qu'une rumeur, sans aucun fondement.

Parce que si c'est vrai, ça veut dire que je perds mon travail.

Ça veut dire que je vais perdre mon visa.

Ça veut dire que je ne pourrai pas rester en Angleterre.

Mais par-dessus tout, ce qui fait vraiment mal, c'est que ça veut dire que je ne suis pas assez importante aux yeux de Charlie pour qu'il partage cette nouvelle avec moi. Qu'il m'a caché un énorme secret, quelque chose qui va changer ma vie pour toujours.

Edina glisse ses cheveux derrière ses oreilles et pince les lèvres en une grimace. — Je ne vais pas y aller par quatre chemins. Je vais vous le dire sans détour. La vérité pure et simple. Ce que vous avez entendu est vrai.

Je la dévisage, la mâchoire pendante.

C'est vrai ?

— *Claudette* va fermer.

Au moment où elle prononce ces mots, mon cœur se brise.

Comme ça.

Brisé en deux.

Comment a-t-il pu me faire ça ? Comment a-t-il pu me laisser l'apprendre de cette façon ?

— Les propriétaires ont informé Pilar hier soir que le magazine n'avait pas obtenu les résultats escomptés, malgré les changements que nous avons apportés, et que par conséquent, il allait fermer. Le numéro du mois prochain sera notre dernier.

Des vagues de murmures choqués parcourent la pièce.

— Pourquoi ? Pourquoi nous ? Est-ce qu'ils gardent les autres magazines ? demande quelqu'un.

— J'ai bien peur que oui. *Claudette* est le seul qui ne s'en sortira pas.

Un tollé s'élève dans la pièce, et Edina lève les mains pour nous faire taire. — Ils ont emprunté pour financer l'achat du groupe de presse, et les bénéfices de l'entreprise ne sont pas à la hauteur. La banque réclame le remboursement des prêts, et ils doivent faire quelque chose, sinon ils risquent de perdre tout le portefeuille de magazines. *Claudette* est l'agneau du sacrifice.

— Mais *Claudette* est une institution ! s'exclame quelqu'un.

Tandis qu'un autre insiste, sous des murmures d'approbation : — Nous sommes importants !

— Mais pourquoi nous ? demande quelqu'un, et un murmure général d'assentiment parcourt la pièce.

— Nous n'avons pas été performants. C'est aussi simple que ça, répond Edina en haussant les épaules.

— Qu'est-ce qui va arriver à nos emplois ?

— Je ne vais pas vous mentir. Je ne vais pas enrober la pilule. Je ne vais pas y aller par quatre chemins. La plupart d'entre nous perdront leur emploi, mais pas tous. Quelques-uns auront la possibilité d'être intégrés dans un autre magazine, mais il ne s'agira que du personnel administratif.

Je regarde droit devant moi, abasourdie, les rouages de mon cerveau tournant à cent à l'heure.

Charlie m'a laissée me faire jeter aux loups avec le reste de l'équipe.

Edina répond aux préoccupations de chacun, mais franchement, quand on perd son emploi en un claquement de doigts, que reste-t-il à discuter ?

La réunion terminée, je sors de la pièce comme une automate, à peine capable de me concentrer sur ce qui m'attend.

— Tu y crois, toi ? dit Shelley alors que nous arrivons à nos bureaux. — Neuf heures un vendredi matin et on nous balance cette nouvelle de merde. Qu'est-ce que je vais faire, maintenant ?

— Il est neuf heures ? je demande.

Elle me jette un regard de côté. — L'heure n'est pas le problème. Le problème, c'est qu'on est sur le point de perdre notre travail, Kennedy. Un mois et puis c'est fini.

— C'est vrai.

Neuf heures au Starbucks. C'est ce que Charlie a dit. Il m'a fait promettre d'y être.

Je suis submergée par un besoin soudain et urgent de le voir.

Je me lève de mon bureau et enfile lentement mon manteau.

— Où est-ce que tu vas ? demande Shelley.

— Dehors, est ma seule réponse, alors que je me dirige vers l'ascenseur.

Dans la rue, j'inspire l'air froid du matin, le cœur lourd tandis que mon cerveau s'emballe pour tenter de comprendre ce qui vient de se passer. Trente minutes plus tôt, j'étais une journaliste heureuse et employée chez *Claudette*, tombant amoureuse de l'homme de mes rêves.

Maintenant ?

Maintenant, je ne sais même plus qui je suis.

Je pousse les portes du Starbucks et il est là, attendant près du comptoir de retrait des cafés, en costume-cravate. Il me regarde, l'appréhension peinte sur son visage aux traits tendus.

En un éclair, il est à mes côtés. Il me serre dans une étreinte maladroite. — Tu es venue.

Je reste raide, et il me lâche. Je pince les lèvres et hoche la tête.

— Je nous ai trouvé une table.

Je suis du regard son geste, qui désigne une table et des chaises sur lesquelles sont posés deux gobelets de café.

— Je t'ai pris le café que tu aimes, avec un supplément de crème.

Je replonge mon regard dans le sien. — Pourquoi tu ne m'as rien dit, Charlie ? Pourquoi ? Ma voix est faible, à peine un murmure, gorgée de sentiments auxquels je refuse de donner un nom.

— Je ne pouvais pas.

— Pourquoi pas ?

— C'était un accord confidentiel. S'il te plaît, crois-moi, je me suis battu pour le magazine. J'ai essayé de le sauver, mais mon père était bien décidé. Il connaît si bien les affaires, et je dois me fier à son jugement. Il fait ça depuis avant ma naissance. Il essaie de prendre ma main, mais je la retire d'un coup sec. — Kennedy. S'il te plaît.

— S'il te plaît ? je crache, ma multitude d'émotions fusionnant en un seul et unique sentiment : la colère.

La colère qu'il ne m'ait rien dit.

La colère de perdre mon travail.

— J'ai perdu mon travail, Charlie. Mon. Travail. Je serre la mâchoire et lui lance un long regard glacial. — Et tu sais ce qui fait mal ? Tu sais ce qui est le pire dans tout ça ? C'est que tu savais que ça allait arriver, et tu ne m'as pas prévenue.

— Je ne le savais pas. Pas avant hier soir. Mon père avait pris sa décision et je ne pouvais rien faire pour l'en empêcher. S'il te plaît, essaie de comprendre mon point de vue. Je travaille pour lui. Je dois faire ce qu'il me dit. Il doit pouvoir compter sur ma loyauté indéfectible.

Ses mots me frappent comme un coup de poing au visage.

Ma loyauté indéfectible.

— Même si ça veut dire que tu ne peux pas me parler de quelque chose qui change ma *vie* ? J'essaie de cacher la peine dans ma voix, mais elle se brise alors que des larmes me piquent les yeux.

Il pose ses mains sur mes bras. — Laisse-moi t'aider. Nous avons beaucoup d'entreprises. Je peux te trouver un autre poste. N'importe lequel. Tu n'as qu'à demander.

Je ricane, incrédule. — Tu penses sincèrement que tu peux juste me proposer autre chose et que tout ira bien ?

Il a la décence de baisser la tête. — J'imagine que non.

— Tu aurais pu me le dire hier soir, Charlie. Quand tu m'as raccompagnée à la voiture et que tu m'as souhaité une bonne nuit, tu aurais pu au moins me mettre la puce à l'oreille.

— Mon père a insisté pour que ça reste confidentiel jusqu'à l'annonce. Si j'en avais parlé à qui que ce soit, ça aurait pu compromettre l'accord. Et en plus de ça, j'aurais agi directement contre sa volonté. S'il te plaît, comprends que j'étais dans une situation impossible. Ça devait rester confidentiel.

— Confidentiel pour moi ? je demande, d'une petite voix, l'estomac noué.

— Il m'a tant donné, je lui dois ma loyauté. S'il te plaît, sois raisonnable.

Je laisse échapper un rire amer. Je suis vaguement consciente que les gens autour de nous regardent notre dispute se dérouler, mais je m'en fiche. Mon monde est en train d'imploser. — Tu veux que je sois raisonnable sur le fait que tu ne m'as rien dit alors que ma vie était sur le point de changer pour le pire à tout jamais ?

— Kennedy, c'est un travail. Tu peux en trouver un autre. Je peux t'aider.

Je le dévisage, les yeux écarquillés d'incrédulité. — Ce n'est pas juste un travail pour moi, Charlie. C'est le travail de mes rêves. Sans lui, je dois rentrer chez moi.

Son front se plisse. — Pourquoi ?

Ça, il ne l'avait pas vu venir.

Ma victoire est de courte durée.

Je pince les lèvres, mon regard furieux planté dans le sien. — *Claudette* sponsorise mon permis de travail. Pas de *Claudette*, pas de permis, ce qui veut dire pas de Londres pour moi.

— Je-je ne savais pas. Mais c'est une raison de plus pour me laisser te trouver un autre travail.

Je secoue la tête tandis que les larmes qui menaçaient de couler glissent lentement sur mes joues. Je les essuie rageusement. — Tu ne comprends pas, n'est-ce pas, Charlie ? La question n'est pas de savoir si tu peux m'obtenir un travail.

— C'est parce que je ne t'ai rien dit. Je sais.

Soudain, tout est devenu d'une clarté limpide. Une fois de plus, je suis la petite personne qu'on peut écraser. La petite personne qui ne compte pas. Charlie a fait passer sa famille en premier, et il en sera toujours ainsi.

Tout comme Hugo, pour qui je n'ai jamais été à la hauteur.

Pour Charlie, *je ne serai jamais assez bien.*

— Kennedy, je t'en prie. On peut surmonter ça. Laisse-moi t'aider.

Je secoue lentement la tête, les larmes coulant à flots sur mon visage. — Non. Il ne s'agit même pas de moi. Je ne suis qu'un dommage collatéral dans ton petit jeu. Ce jeu où tu n'as pas le cran de tenir tête à ton père pour quelque chose qui compte pour *moi.*

Il m'agrippe les bras. — On peut surmonter ça.

J'ai le cœur en miettes. — On est trop différents. J'ai déjà vécu ça, et je sais comment ça se termine. Et laisse-moi te dire que ce n'est pas moi qui m'en sors gagnante.

— Ce n'est pas juste. Tu sais bien que je ne suis pas ton ex.

— Non. Tu as raison. Tu ne l'es pas. Lui a choisi une autre femme plutôt que moi. Toi, tu as choisi d'être loyal à ton père, même en sachant que ça me blesserait.

Son regard est méfiant, la douleur gravée sur son visage. — Qu'est-ce que tu veux dire ?

J'essuie les larmes de mes joues du revers de la main. Je lève le menton et le regarde droit dans les yeux. — Je veux dire adieu.

Puis je tourne les talons et sors du café, les jambes tremblantes, vers l'inconnu.

Chapitre 22

Je ramasse de ma main gantée le bâton couvert de bave de chien et le lance à travers le parc, en regardant Lady M sprinter à sa poursuite sur l'herbe humide, aussi vite que ses petites pattes peuvent la porter. Elle est talonnée par Stevie, le chien de Zara, qui sautille joyeusement sur place, comme si c'était le meilleur jeu du monde.

Ah, la belle vie de chien insouciant.

— Regarde-moi un peu Lady M, dit Lottie. Ce matin, on dirait une mini-vache sous caféine.

Tabitha rit. — Une mini-vache sous caféine. J'adore.

J'esquisse le plus grand sourire que je puisse arborer ces

temps-ci, ce qui, au mieux, n'est qu'une piètre imita-
tion. — Delphine sera contente de t'entendre dire ça
quand elle rentrera la semaine prochaine. Elle adore les
vaches.

— Pourquoi faut-il qu'elle rentre plus tôt ? demande
Lottie. Elle ne sait pas à quel point on a besoin de toi ici ?

— Delphine est ce qu'on pourrait appeler « luna-
tique », explique Tabitha.

— Elle devait partir pour six mois, et la voilà de retour
après moins de trois, se plaint Zara. Stevie revient à ses
pieds, lâche une balle de tennis tout aussi baveuse et lève
un regard plein d'attente vers Zara. — Laisse-moi deviner,
Stevie. Tu veux que je te la lance ?

Stevie sautille sur place. Zara ramasse la balle avec son
lanceur et la projette sur la pelouse. Stevie s'élance aussitôt
à sa poursuite.

— C'est comme ça, les filles, et franchement, ce n'est
pas comme si je pouvais rester beaucoup plus longtemps,
je leur dis. Vous vous souvenez ? Pas de travail. Pas de
visa. Et maintenant, nulle part où vivre. C'est le tiercé
gagnant des raisons pour lesquelles je dois rentrer
chez moi.

— Je n'arrive pas à croire que tu nous quittes, dit
Tabitha d'un air maussade, les mains enfoncées dans les
poches de sa doudoune noire pour se protéger du froid.

— C'est tout simplement pas juste, bougonne Lottie.

— Tu fais partie des London Babes. Qu'est-ce qu'on va
faire sans toi ? demande Zara.

— Dis que tu restes, commence Lottie. Dis que tu
pardonnes à Charlie d'avoir été un parfait crétin pour toute
cette histoire de magazine et que vous vivrez heureux
jusqu'à la fin des temps ici à Londres, avec nous.

Réchauffée par l'amour de mes amies, je secoue la
tête. — Si seulement je pouvais, les filles.

— Tu pourrais rester illégalement, et on pourrait te cacher dans le grenier ? propose Tabitha.

Je lui lance un regard noir.

Elle plisse le nez. — Je m'en doutais.

— Et Charlie ? demande Lottie.

Tabitha réagit immédiatement. — Ne prononce pas ce nom, Lottie. Il est mort pour nous. Mort ! N'est-ce pas, Kennedy ?

— Exact, dis-je en hochant fermement la tête, tandis qu'une horrible sensation de vide, bien trop familière, s'empare de ma poitrine.

Depuis une semaine, depuis ce moment horrible au Starbucks où mon monde a implosé, j'ai fait de mon mieux pour ne pas penser à lui.

J'ai essayé, et j'ai échoué.

Il ne cesse de s'immiscer dans ma conscience, jour et nuit. Peu importe à quel point j'essaie, je n'arrive pas à me défaire de ce terrible sentiment de perte qui envahit chaque partie de mon être. C'est une lourdeur si profonde qu'elle a aspiré toute mon énergie, me laissant comme un ballon dégonflé, triste et vide, oublié sur le sol froid et dur.

Ce jour fatidique où je l'ai quitté, j'ai réussi, à travers mes larmes aveuglantes, à mettre un pied devant l'autre et à retourner en titubant au bureau. Je me suis suffisamment ressaisie pour dire à Edina et Shelley que j'allais travailler de chez moi pour le reste de la journée, puis j'ai rassemblé mes affaires et je suis partie de là aussi vite que possible.

J'ai appelé Lottie en allant vers le métro, sanglotant de façon incohérente au téléphone jusqu'à ce qu'elle me dise de m'arrêter là où j'étais et d'attendre qu'elle vienne me chercher, ce qu'elle a fait trente minutes plus tard, un café et un brownie au chocolat à la main.

J'ai fondu en larmes à l'instant même où mes yeux se sont posés sur elle, bien sûr, parce que voilà à quel point je suis stable ces jours-ci. Un tas de morve, de larmes et de sanglots incohérents.

Lady M et moi logeons chez Lottie, Zara et son chien, Stevie, depuis ce jour, et Tabitha a pratiquement campé avec nous tout ce temps pour me soutenir, moi et mon cœur brisé.

Nous avons mangé assez de sucre pour nous plonger dans un coma diabétique permanent et regardé toutes les comédies romantiques que Netflix a à offrir, pour tenter de me remonter le moral, et nous avons parlé, parlé et parlé comme le font les filles face à un problème.

Ai-je mentionné que mes amies sont les *meilleures* au monde ?

Sérieusement, sans elles, je ne sais pas comment j'aurais surmonté tout ça.

— Il t'a recontactée ? me demande Zara.

Je pense aux messages et aux appels que j'ai reçus de lui la semaine dernière, et auxquels je n'ai jamais répondu. — J'envoie ses messages directement à la poubelle.

— Alors, il n'y a vraiment aucun espoir que vous vous réconciliez ? demande Lottie alors que nous marchons lentement dans le parc à chiens, notre souffle visible dans l'air gris et maussade de l'hiver. Vous formiez le couple parfait.

Je hausse les sourcils en la regardant. — Arrête-moi si je me trompe, mais ne l'ai-je pas déjà dit, genre, cent fois ?

— Oh, si, tu l'as dit, répond Zara. Je crois que la dernière fois que tu as dit que tu ne t'approcherais plus jamais de Charlie Cavendish, c'est quand tu as mis sur pause la scène où Mindy rencontre ce type dans la librairie dans *The Mindy Project* pour nous dire que tu n'irais jamais dans une librairie avec Charlie parce qu'il trahirait le propriétaire et qu'ils finiraient par devoir mettre la clé sous la porte.

— Non, je crois que c'était quand on se demandait si on devait prendre l'Eurostar ce week-end pour aller à Disneyland pour la journée, puis manger trop de fromage et boire trop de vin à Paris en faisant un dîner-croisière sur la Seine, et que tu as dit que si on emmenait Charlie, on pourrait le jeter par-dessus bord, dit Tabitha. Ce pour quoi je vote totalement, d'ailleurs.

— Paris ou jeter Charlie par-dessus bord ? demande Zara.

— Les deux, évidemment, répond-elle.

Lottie secoue la tête. — Non. Ce n'était ni l'un ni l'autre, les filles. C'était ce matin quand je t'ai proposé une tasse de café et que tu as dit qu'ils devraient interdire le gui, pour que les gens ne s'embrassent pas dessous dans les ascenseurs et ne gâchent pas tout.

— Quel est le rapport entre le gui et une tasse de café ? demande Zara.

Lottie secoue à nouveau la tête, sa queue de cheval rebondissant. — Ce n'était pas clair.

Je grimace. — Je l'ai mentionné un peu trop souvent ?

— Oh, mais non, pas du tout, répond Lottie, tandis que Zara et Tabitha acquiescent vivement.

— Juste de temps en temps. Tu l'as à peine mentionné.

— Charlie qui ?

Je sais qu'elles sont juste gentilles.

— C'est normal, ma puce. Tu étais à fond sur lui, et il t'a laissé tomber de façon spectaculaire, dit Zara.

Je laisse échapper un long soupir, les épaules basses. — Quelle idiote je fais, pas vrai ? Tomber amoureuse de son ennemi n'est jamais recommandé. Je lève les yeux et vois mes amies échanger un regard. — Quoi ? je demande.

— Tu es tombée amoureuse de lui ? demande Tabitha.

— Genre, tu as des sentiments, tu as vraiment accroché, tu es… *amoureuse* de ce type ? Les grands yeux interrogateurs de Lottie sont braqués sur moi.

Mon regard passe de l'une à l'autre de mes amies. Chacune me regarde attentivement, attendant ma réponse avec une bonne dose d'impatience. Je pousse un grand soupir. — On a été ensemble seulement quelques semaines, j'explique. On ne peut pas tomber amoureux de quelqu'un aussi vite.

Alors que ces mots logiques et rationnels sortent de ma bouche, même moi, je ne crois pas ce que je dis. Je suis tombée amoureuse de lui, corps et âme. Totalement et complètement.

Je suis amoureuse de la mauvaise personne.

Et pire encore, c'est le genre d'amour qu'on peut passer toute sa vie à chercher. Le genre d'amour qui vous comble et vous procure un sentiment de paix profonde et merveilleuse. Le genre d'amour sur lequel on peut compter, quoi qu'il arrive.

Sauf que Charlie ne ressentait pas la même chose, parce que si c'était le cas, il ne m'aurait pas caché ce secret qui a changé ma vie.

Lottie se mordille la lèvre avant de répondre, l'inquiétude dans le regard : — Mais c'est ce qui s'est passé, n'est-ce pas, Kennedy ? Tu es tombée amoureuse de Charlie.

Je pince les lèvres, ma douleur habituelle refaisant surface, les larmes menaçant de couler. Avec une boule qui se forme dans ma gorge, je ne me sens pas capable de parler, alors je hoche simplement la tête.

— Oh, ma chérie, dit Zara en me serrant dans ses bras. Je ne savais pas que c'était à ce point.

— L'amour n'est jamais à ce point. C'est magnifique, nous dit Lottie.

Je lui lance un regard noir.

— Ça n'aide pas, Lott, dit Zara.

— Ce n'est pas si magnifique quand le type dont tu es amoureuse te cache un énorme secret qui te fait perdre ton travail et t'oblige à quitter tes meilleures amies, dit Tabitha.

Zara me frotte le bras. — Exactement. Kennedy ne peut pas aimer quelqu'un comme ça.

Je laisse échapper un ricanement à travers mes larmes. Le son est bizarre. — J'arrêterais de l'aimer si je le pouvais.

— Comment tu fais ça ? Comment tu arrêtes d'aimer quelqu'un qui est mauvais pour toi ? Parce que moi, bon sang, je n'en ai aucune idée, dit Tabitha, la mine sombre.

Zara hausse les épaules. — J'sais pas.

— Moi non plus, approuve Lottie.

— Vous êtes d'une grande aide, les filles, dis-je avec un rire qui se brise.

Lady M revient vers moi au petit galop, le bâton, deux fois plus long que son petit corps, dépassant de chaque côté de sa gueule. Elle le laisse tomber à mes pieds et lève les yeux du bâton vers moi, puis à nouveau vers le bâton, tout son corps frétillant à chaque battement de sa queue.

Je me penche pour le ramasser et le lui lance une fois de plus, en la regardant foncer dessus. — La vie ne serait-elle pas tellement plus simple si nous étions tous des chiens ? je demande, plus pour moi-même que pour mes amies. — On ne se soucierait que de courir après des bâtons, de savoir d'où viendrait notre prochaine friandise et où nous ferions notre sieste de l'après-midi. Le bonheur.

— Pourquoi tu ne restes pas ici pour Lady Moo ? demande Lottie. — Tu l'adores, et ça se voit qu'elle t'adore.

Je regarde Lady M serrer le bâton entre ses dents, secouer la tête et se laisser tomber immédiatement au sol pour le ronger. C'est vrai. Même si nos débuts ont été difficiles, avec l'éviscération fréquente de Winnie l'Ourson et cette réserve d'yeux à laquelle je ne veux plus jamais penser, la petite chienne est devenue une partie importante de ma vie. La quitter sera super dur, même si je sais qu'elle retournera avec Delphine.

— J'adorerais rester pour Lady M, mais ce n'est pas au programme.

— Je vais te dire ce qui est au programme, commence Zara. — Un bon chocolat chaud réconfortant avec un supplément de guimauves au The Black Cat. Dis que tu viens, Kennedy. Il te reste encore une semaine avant de nous abandonner.

— D'accord. Je viens.

— Ooh, leur chocolat chaud est bon là-bas, approuve Lottie. — Et on peut emmener Lady M et Stevie, aussi. C'est ça qui est génial avec les pubs britanniques : on peut venir avec son chien.

— C'est presque la loi, approuve Tabitha en riant.

J'appelle Lady M et elle accourt vers moi en bondissant, comme si mon appel était la meilleure chose qu'elle ait jamais entendue de sa vie. Je clipse sa laisse, et nous descendons la rue toutes les six. Mon cœur est bel et bien réchauffé par les amitiés que j'ai nouées pendant mon séjour à Londres. Je sais que ces amies, cette petite chienne et cette ville vont me manquer plus que je ne pourrai jamais le dire.

Chapitre 23

LE DÉVIDOIR de ruban adhésif fait un bruit de déchirement lorsque je le passe sur le carton, ce qui fait se dresser les oreilles de Lady M.

— Ça va, ma belle, lui dis-je en caressant la fourrure chaude de son dos. On pourrait croire qu'avec tous les cartons que j'ai scotchés cet après-midi, tu serais habituée à ce bruit maintenant. Je m'affale sur le sol du salon de Delphine et je tapote mes genoux pour qu'elle y grimpe. Alors qu'elle s'assoit et me regarde, sa longue langue rose sortant de sa bouche pour tenter de me lécher le visage, je lui adresse un sourire triste.

— Tu vas me manquer, tu sais ? Mais ta maman va rentrer tout à l'heure, et qui sait ? Elle te laissera probablement même t'attaquer à ce placard plein de Winnie l'Ourson derrière moi. Je la gratte à son endroit préféré, juste derrière les oreilles, et une expression de pur bonheur envahit sa petite frimousse écrasée. Sois une gentille fille pour ta maman, d'accord ?

Elle est trop aux anges pour répondre. Soit ça, soit elle n'a aucune idée de ce que je dis parce que, tu sais, ce n'est qu'un chien après tout.

On frappe à la porte.

— C'est peut-être ta maman, maintenant ? lui dis-je en la prenant dans mes bras et en la portant à travers la pièce, faisant de mon mieux pour ignorer le pincement au cœur que provoque le fait de dire au revoir à ce petit terrier.

J'ouvre la porte. Ce n'est pas Delphine. Dans le couloir se tiennent non pas une, non pas deux, ni même trois, mais les six Canards au complet. Elles me sourient toutes, leurs perles et leurs lunettes bien en place.

Lady M leur remue la queue en émettant un de ses gémissements caractéristiques.

— Bonjour, ma chère, et bonjour à toi, Lady Meuh, me dit Barbara avec un sourire. On s'est dit qu'on allait passer te dire bonjour. Elle tend la main et gratte Lady M sous le menton.

— Enfin, au revoir, plutôt, corrige Winnifred.

— C'est ce que je voulais dire, Winnifred, renifle Barbara.

— J'allais passer vous dire au revoir à toutes, je réponds. Delphine ne va pas tarder. Vous voulez entrer un instant ? Je balaie le groupe du regard et j'ajoute : Toutes ?

— Il ne faut pas nous le demander deux fois, dit Elsey,

en s'engouffrant par la porte ouverte tandis que les autres la suivent en se dandinant.

— Bonjour, ma belle, dit Evelyn.

— Contente de te voir, Kennedy, ajoute Maude.

— Quelle jolie vue vous avez d'ici, observe Elsey en regardant par la fenêtre.

— Regardez tous ces cartons. C'est Gertie qui parle. Tu crois qu'elle va nous offrir une tasse de thé ?

— Oh, une bonne tasse de thé ne me ferait pas de mal, répond Barbara.

Je repose Lady M sur le sol, et elle se met aussitôt à sautiller entre les Canards, cherchant toute l'attention qu'elle peut obtenir. — Je suis vraiment désolée, mesdames. Je n'ai ni thé, ni café, ni rien à vous offrir, leur dis-je.

— Pas de thé ? demande Gertie.

— C'est exact. Pas de thé, confirme Barbara.

— Qu'est-ce que tu as dit ? interroge Maude.

— Elle a dit pas de thé, répète Barbara, assez fort pour que Maude entende.

— Mon Dieu. C'est très étrange, déclare Maude, les yeux écarquillés en me regardant d'un air soupçonneux.

— Elle est Américaine, explique Evelyn. Là-bas, c'est café et Jim Beam, vous savez.

Barbara agite la main dans les airs. — Ne t'inquiète pas pour le thé, ma chère. On s'en passera très bien. N'est-ce pas, mesdames ?

— Absolument, approuve Elsey.

— Je viens juste de boire une tasse, alors je suis fraîche comme une rose, renifle Winnifred.

— Tant mieux pour toi. Moi, je suis assoiffée, grommelle Gertie.

— Eh bien, tu te feras une tasse en rentrant, alors, la gronde Barbara. Elle examine les cartons éparpillés dans le salon, qui contiennent toutes mes possessions terrestres, destinées à des climats plus chauds. Des climats californiens plus chauds, pour être précise. Je vois que c'est vrai, alors. Tu nous quittes.

— Ça explique *tout*, dit Elsey, en lançant un regard entendu aux Canards.

— Ça explique quoi, Elsey ? Tu sais, tu devrais vraiment être plus précise. Tu pourrais parler de n'importe quoi, se plaint Winnifred.

— Elle a tendance à généraliser, observe Gertie, tandis que les autres acquiescent de la tête.

Elsey lève le menton. — Merci à toutes pour ces commentaires si utiles, dit-elle sur un ton qui montre clairement qu'elle ne les trouve *pas* du tout utiles. Ce que j'allais dire, avant d'être si grossièrement interrompue, c'est que ça explique pourquoi Charlie se promène comme un ours mal léché depuis la semaine dernière.

— Il avait l'air bien abattu quand il s'est pointé à notre club de tricot lundi soir, dit Barbara.

— Oh que oui, approuve Gertie.

Je cligne des yeux, totalement incrédule. Charlie est vraiment allé au club de tricot des Ducks ? — Charlie était là ? je demande.

— Oh, oui. Il est arrivé sans son tricot, dit Elsey. C'était des plus étranges.

— Je pense qu'il voulait juste un peu de compagnie, propose Gertie.

— Oh non, il était en mission de reconnaissance, ça ne fait aucun doute, dit Winnifred.

— C'est vrai, acquiesce Elsey.

— Qu'est-ce qui est vrai ? demande Maude.

— Charlie voulait avoir des nouvelles de Kennedy, explique Winnifred d'une voix forte.

— C'est vrai qu'il a posé beaucoup de questions,

répond Maude. Et aucune ne concernait le tricot. Très bizarre.

Une partie de moi a envie de savoir quelles questions sans rapport avec le tricot Charlie a posées, cette partie de moi qui n'a toujours pas compris que lui et moi, c'est fini.

Mais ma partie rationnelle me dit que ce que Charlie fait de son temps libre ne le regarde que lui et ne me concerne absolument pas. S'il veut aller au club de tricot des Ducks sans son tricot et faire jaser les commères en posant des questions sur je ne sais quoi, c'est son problème. Pas le mien.

Barbara hausse les sourcils en me regardant. — Tu ne veux pas savoir sur quoi il posait des questions ?

Je lui adresse un sourire aimable. — Il n'y a pas besoin de…

— C'était toi ! déclare Winnifred, avant que j'aie eu le temps de finir ma phrase. Il voulait savoir comment tu allais, ce que tu faisais, si l'une d'entre nous t'avait vue et si tu allais bien. N'est-ce pas, les filles ?

— Si, c'est ça, confirme Barbara.

— C'était Kennedy par-ci, Kennedy par-là, ajoute Gertie.

— *Tellement* de questions, dit Elsey.

— Ça devenait un peu lassant au bout d'un moment, ajoute Evelyn.

— On a dû lui demander de changer de sujet, explique Elsey.

— Oh, mais il avait l'air si triste, dit Winnifred.

— Mais il n'avait même pas apporté de tricot, dit Maude.

Mes yeux oscillent entre les Ducks, une boule se formant dans ma poitrine à l'idée que Charlie soit triste. Mais elle n'est pas entièrement pesante. Si je suis tout à fait honnête, savoir qu'il est allé au club de tricot des Ducks exprès pour prendre de mes nouvelles me procure une fugace sensation de joie. Jusqu'à ce que je me souvienne qu'il n'a jamais su tenir tête à son père et faire passer mes besoins en premier, et qu'il pense pouvoir tout arranger en agitant une baguette magique qui trouve un nouveau travail.

Ouais, *ça*.

— Il nous a raconté tout ce qui s'est passé, dit Barbara.

— Tout. Il était assez bouleversé. Pas vrai, les filles ? dit Elsey.

— Il n'a même pas bu son café, observe Evelyn.

— Personnellement, je préfère une tasse de thé, dit Gertie en me lançant un regard entendu.

— Oh, je prendrais bien une tasse de thé, dit Maude.

Je coupe court à la conversation sur les boissons. Personne n'a besoin de relancer ce débat. — Écoutez, Charlie et moi, c'est fini, donc ce n'est pas la peine de me dire ce qu'il demandait. Sérieusement.

Winnifred m'ignore complètement. — Il nous a dit qu'il faisait ce que son père lui demandait, et qu'il t'a blessée au passage, ma chère Kennedy. Et tu sais ce que je lui ai dit ?

— On sait toutes ce que tu lui as dit, Winnifred. On était toutes dans la pièce avec lui, se plaint Barbara. Est-ce que tu deviens sénile avec l'âge ?

— Elle n'est pas vieille, lance Gertie. Elle n'a que quatre-vingt-deux ans. C'est une jeunette.

— Pas de toi, espèce de vieille chèvre, renifle Winnifred. De Kennedy. Elle ne sait pas ce que je lui ai dit.

— Eh bien, vas-y. Raconte-lui, l'enjoint Barbara.

— Je lui ai dit qu'il s'était couvert de ridicule. Qu'il avait tout gâché avec toi. Et tu sais ce qu'il a répondu ? Il a dit qu'il était entièrement d'accord et qu'il le regrettait profondément.

— Profondément, confirme Elsey, tandis que les autres hochent la tête. Il a dit que tu ne répondais pas à ses appels.

Tous les regards dans la pièce se tournent vers moi.

—Je… je n'en voyais pas l'intérêt, je murmure.

— Pourquoi ça ? Cet homme est amoureux de toi ! s'exclame Winnifred.

Mon cœur se serre, et cette sensation familière de vide me noue l'estomac. — Ça ne sert à rien.

— Est-ce que tu l'aimes ? demande Elsey.

J'inspire une grande bouffée d'air avant d'acquiescer d'un petit signe de tête.

Barbara se tape sur les cuisses. — Eh bien, voilà !

— Vous savez, avant, je ne l'appréciais pas, dit Evelyn.

— Aucune de nous, déclare Elsey.

Gertie secoue la tête. — Il était très impoli.

— Très asocial, nous informe Winnifred.

— Mais terriblement beau. Ça, c'est Elsey qui le dit. Si j'avais cinquante ans de moins…

— Écoute-toi un peu ! Cinquante ans. Plutôt soixante, se moque Winnifred.

— Je vais vous dire qui vieillit cette semaine, et c'est toi, Maude, pas vrai ? dit Evelyn.

— C'est son 95e anniversaire et nous allons toutes fêter ça avec un bon verre de xérès, m'annonce Barbara.

Je reste assise pendant que les « Coin-Coin » papotent entre elles, reconnaissante que la conversation se soit détournée de Charlie et moi, jusqu'à ce que mon téléphone bipe pour signaler un message.

Zara : « *En retard. J'arrive dans dix min max. Rejoins-moi dans la rue avec le premier chargement et j'enverrai Asher monter chercher le reste.* »

Moi : « *Ok. J'arrive.* »

J'annonce aux « Coin-Coin » qu'il est temps pour moi de partir, et je les raccompagne jusqu'à la porte.

— Ça va vraiment me manquer de ne plus te voir dans le coin, ma petite, dit Barbara en me serrant dans ses bras. C'est difficile de croire que tu n'es là que depuis quelques mois.

— Vous allez me manquer. Toutes. Je les serre dans mes bras une par une, puis je reste sur le seuil de la porte et leur fais un signe de la main pour leur dire au revoir. En refermant la porte, je suis instantanément replongée dans le silence, à l'exception des ronflements de Lady M dans son panier, épuisée par l'excitation de voir les « Coin-Coin » plus tôt.

Je soulève la dernière de mes valises du lit, je sors sa poignée et je la fais rouler sur le sol jusqu'à la porte d'entrée. Je prends une deuxième valise et l'empile sur la première. Lady M dresse les oreilles à ce bruit.

— Je reviens vite. Ne t'inquiète pas. Je vais juste descendre ce premier chargement dans le hall.

J'attrape mes clés sur la console de l'entrée et j'ouvre la porte, pour m'arrêter net.

C'est lui, debout sur mon paillasson.

Charlie.

Son visage se plisse en un sourire hésitant. Vêtu d'un jean, d'un pull bleu marine à col en V et de baskets, sa beauté me coupe le souffle.

Mon cœur bondit dans ma gorge.

— Salut, Kennedy, dit-il de cette voix grave et familière. Barbara m'a dit que tu étais revenue.

Barbara la traîtresse. Pourquoi a-t-il fallu qu'elle fasse ça ? Et plus important encore, pourquoi diable faut-il qu'il soit aussi canon ?

Il jette un coup d'œil à mes valises. — Je peux t'aider avec ça ?

Malgré la tourmente émotionnelle qui fait rage en moi, je lève le menton et réponds : — Ça va aller, merci. Je… je dois y aller. Avec autant de sang-froid que possible, je tire la poignée de ma valise et passe devant lui alors que la porte de mon appartement se referme derrière moi.

Il me suit dans le couloir jusqu'à l'ascenseur, où j'appuie sur le bouton et attends.

— S'il te plaît, Kennedy. Je te promets que je ne vais pas te manger.

Les portes de l'ascenseur s'ouvrent et j'entre, suivi par lui.

Mon cœur s'emballe dans ma poitrine. Il bat la chamade, un mélange de choc, d'angoisse et de terreur, mais aussi d'espoir. L'espoir qu'il soit venu pour arranger les choses.

Bien que la manière dont il pourrait y parvenir me dépasse complètement.

— Kennedy ?

Je ferme les yeux très fort, le souffle court. — Ouais ?

Il tend le bras, appuie sur un bouton, et l'ascenseur s'arrête brusquement dans une secousse.

— Qu'est-ce que tu fais ? je demande en m'agrippant à ma valise pour garder l'équilibre. Alors que les secousses de l'ascenseur s'apaisent, je lève les yeux vers les siens, et ce que j'y vois me coupe le souffle.

De l'amour, pur et simple.

— J'ai essayé de te parler, de te dire certaines choses, mais tu n'as répondu à aucun de mes appels ou de mes messages.

— J'ai rendez-vous avec Zara en bas. Elle et Asher m'aident à déménager, je murmure, sans même savoir pourquoi je lui dis ça.

— Je vois ça. Je… j'ai besoin de te dire quelque chose,

Kennedy. Je sais que tu pars, et je ne veux pas rater l'occasion d'arranger les choses entre nous.

Je baisse les yeux. — Je ne suis pas sûre que tu puisses.

— S'il te plaît, écoute juste ce que j'ai à te dire…

Je relève la tête et tords la bouche, feignant une assurance que je n'ai pas. — Nous sommes dans un espace confiné et tu viens d'appuyer sur le bouton d'arrêt. Je crois que je suis un public plutôt captif en ce moment. Vas-y.

Un sourire étire ses lèvres, ce qui me touche en plein cœur. Violemment. — Ça, c'est la Kennedy que je connais. Il fait un pas vers moi, et je suis immédiatement frappée par son odeur si agréable, par la douceur de son regard, par le fait que sa proximité me donne envie de le serrer contre moi et de ne jamais le lâcher.

J'avale ma salive, me forçant à rester calme.

Enfin, aussi calme que je peux l'être dans un espace confiné avec l'homme que j'ai si récemment aimé et perdu.

— Kennedy, je suis vraiment désolé pour ce que je t'ai fait. C'était mal. J'ai suivi aveuglément les volontés de mon père en ne disant à personne que nous allions fermer *Claudette*, et j'aurais dû ignorer ce qu'il a dit en ce qui te concernait. Tu méritais de savoir ce qui se passait, et j'aurais dû avoir la force de lui tenir tête et de te prévenir.

Je me mords la lèvre. — Oui. Tu aurais dû.

— Et puis j'ai empiré les choses en pensant que je pouvais tout arranger en t'offrant simplement un autre travail. C'était totalement insensible de ma part. Je pensais bien faire pour toi, mais je ne faisais que remuer le couteau dans la plaie. S'il te plaît, pardonne-moi.

— Bien sûr, je lui dis en pinçant les lèvres et en régulant ma respiration.

— J'ai réalisé quelque chose la semaine dernière, et c'est grâce à toi.

— Moi ?

Il hoche la tête. — J'ai passé toute ma vie professionnelle à essayer de rendre mon père fier de moi. En reprenant ce qui aurait dû être la place de James, je n'ai jamais été à la hauteur. Pas aux yeux de mon père, et certainement pas aux miens. James était un leader né, d'une manière que je n'ai jamais pensé pouvoir être, et papa n'a cessé de me rappeler mes échecs en ne faisant pas confiance à mon instinct, en ne suivant pas mes idées, en ne me laissant pas m'exprimer. À la fin, j'ai abandonné. C'était plus facile comme ça, plus facile de m'en remettre à lui, ce que je fais sans discuter depuis longtemps maintenant. Jusqu'à toi. Tu m'as appris que je pouvais avoir une voix, que je pouvais prendre un risque et défendre ce qui est important pour moi.

— Mais… *Claudette* ?

Il secoue la tête, la bouche affaissée. — J'aurais voulu pouvoir la sauver pour toi, pour tous ceux qui y travaillaient, mais ce n'était pas financièrement viable pour nous.

— Alors, tu as soutenu la décision de ton père de la vendre ?

— C'était la bonne décision. Mais j'ai merdé. J'aurais dû te prévenir de ce qui se passait.

Une douleur me serre la poitrine et ma gorge devient brûlante à cause des larmes que je retiens. — Ouais, tu aurais dû.

Il baisse la tête avant de relever les yeux vers moi, les larmes lui montant aux yeux.

— Je ne veux pas te perdre, Kennedy. Je ne peux pas te perdre. Je sais que ce qu'il y a entre nous est nouveau et je sais que j'ai eu tort de ne pas agir pour te protéger, mais tu comptes beaucoup trop pour moi pour te laisser partir sans me battre.

Il tend la main vers la mienne et la prend dans les siennes.

— Parce que je me bats pour toi. Je ne veux pas te perdre parce que j'essayais d'être à la hauteur des attentes de mon père.

Mon cœur menace de sortir de ma poitrine. J'avale ma salive, la gorge sèche.

— Je comprends que ton père soit une force motrice dans ta vie. Vraiment. Mais tu ne vois pas que ce que tu as fait m'a donné le sentiment de ne pas être importante ?

— Je t'ai fait passer au second plan, et je t'ai donné l'impression d'être moins que ce que tu es.

Il a tapé en plein dans le mille. Mon estomac se noue face à la douloureuse vérité qui plane entre nous.

Il serre ma main plus fort tandis que son regard s'intensifie, pénétrant en moi pour s'agripper à mon cœur.

— Je ne te ferai plus jamais passer au second plan, Kennedy. Jamais.

— Promis ? je demande, ma sombre humeur se dissipant.

Les coins de sa bouche se relèvent.

— Promis.

Alors que je plonge mon regard dans le sien, je suis frappée par un tel sentiment d'amour et d'acceptation que j'en ai presque le souffle coupé.

— Je dois aussi m'excuser, lui dis-je.

— Non, pas du tout.

— Si. Je t'ai jugée injustement presque dès l'instant où j'ai posé les yeux sur toi. Je m'attendais à ce que tu me traites comme Hugo me traitait. Quand tu ne m'as rien dit pour le magazine, j'ai automatiquement supposé que c'était parce que je n'étais pas assez importante pour toi.

— Mais tu l'es. Tu es si importante pour moi.

Il tend la main et la pose sur ma joue.

— Je t'aime toujours.

— Vraiment ?, demandé-je, la voix haletante, alors qu'un immense sourire éclate sur mon visage.

— Énormément, en fait. Je t'aime. Je te veux. Je ferai n'importe quoi pour te retrouver.

Ma respiration devient courte et saccadée tandis que mon cœur menace de s'échapper de ma poitrine.

— Mais… ton père.

Il prend mes deux mains dans les siennes. Son contact me parcourt d'une décharge électrique.

— Je lui ai raconté ce qui s'était passé, comment le fait de suivre aveuglément ses instructions avait détruit la chose la plus importante de ma vie. Je lui ai dit que je ne pouvais pas te perdre, qu'en ne te prévenant pas de ce qui se passait avec le magazine, tu avais perdu toute confiance en moi. Je lui ai dit que je ne pourrais plus jamais faire ça. Que je ne le referais *plus jamais*.

— Tu lui as tenu tête.

— Oui.

Ses yeux d'un bleu intense me transpercent, et toute la colère, le ressentiment et le chagrin que je ressens depuis ce jour terrible s'évanouissent. Ils sont remplacés par un amour féroce et brûlant pour cet homme qui confesse ses torts et cherche mon pardon, ici même, dans l'ascenseur où tout a commencé.

— Je… je t'aime aussi, Charlie, je murmure, alors que des larmes coulent sur mes joues.

Son visage se fend de son magnifique sourire avant qu'il ne comble l'espace entre nous, passant ses bras autour de moi et me serrant contre lui alors que ses lèvres trouvent les miennes, m'enveloppant dans le baiser le plus sincère, le plus émouvant et le plus rempli d'amour de toute ma vie.

Épilogue

Nous marchons main dans la main le long du sentier en direction de l'immense statue blanche, qui s'élève à au moins une trentaine de mètres au-dessus de nous. Vêtus de shorts, de T-shirts et de baskets, nous ressemblons à tous les autres touristes qui nous entourent, tandis que le soleil du petit matin illumine la pierre, conférant à la statue une magnificence surnaturelle et indéniable.

— N'est-ce pas incroyable ? dit Charlie en levant les yeux avec émerveillement. Et c'est sans même parler de la vue d'ici.

Je serre sa main et il détache son attention de la statue démesurée du Christ Rédempteur pour me regarder. — Est-ce que ça valait la peine d'attendre ? je lui demande.

— Tu plaisantes ? Ça fait dix ans que j'ai prévu de venir ici, mais chaque moment de cette attente en a valu la peine pour être au sommet du mont Corcovado avec toi.

Je lui souris, radieuse, le cœur complètement comblé. — Allons voir cette vue.

Nous nous frayons un chemin à travers la foule jusqu'au bord de la plateforme de la statue et contemplons la ville de Rio de Janeiro en contrebas. De la baie de Guanabara au Pain de Sucre, en passant par la ville et les plages célèbres, c'est comme si nous étions au sommet du monde, à regarder en bas.

— Tout simplement époustouflant, je souffle. Je passe mon bras autour de la taille de Charlie, et il passe le sien autour de mes épaules, me serrant contre lui.

Depuis ce jour où nous nous sommes remis ensemble dans l'ascenseur de l'immeuble, il s'est passé tant de choses. Dès l'instant où nous avons commencé à nous embrasser, les Mémés ont essayé de nous « sauver » de l'ascenseur, qu'elles supposaient une fois de plus en panne. Mais quand elles nous ont vus en sortir ensemble, rayonnants comme le couple amoureux que nous sommes, elles se sont agitées autour de nous avec joie, Winnifred et Barbara se chamaillant pour savoir laquelle des deux nous avait réunis.

L'e-mail d'Elsey de mardi nous apprend que la dispute fait toujours rage.

Charlie m'a aidée à emménager dans l'appartement de Zara et Lottie ce jour-là, et nous sommes ensemble chaque jour depuis. Cela inclut le voyage de Charlie dans les

Amériques, longtemps reporté. Nous avons passé une semaine avec ma famille à San Diego après avoir visité la côte Est, et maintenant nous sommes ici à Rio, notre première étape de notre aventure sud-américaine.

Le téléphone de Charlie vibre dans sa poche, ponctuant notre moment.

— Je sais que tu as envie de répondre, je lui dis avec un sourire.

— Tu sais que j'ai dit à mon père que j'étais en mode sans travail pendant les six semaines de notre voyage.

— Mais c'est peut-être au sujet de ton nouveau poste.

Il sort son téléphone de sa poche et son visage s'illumine en lisant l'écran. — Tu m'en voudras beaucoup si je réponds ?

— Bien sûr que non. Cavendish Travel ne va pas se monter toute seule. Ils ont besoin de leur nouveau PDG.

Il répond à son téléphone : — Bonjour, Hilda. Pourriez-vous patienter un instant ? Il y a quelque chose que je dois faire avant que nous ne parlions. Son téléphone contre sa poitrine, il glisse sa main derrière ma tête, se penche et effleure mes lèvres des siennes d'une manière terriblement tentante. — Joyeuse Saint-Valentin, ma chérie, me dit-il.

— Joyeuse Saint-Valentin.

— Je t'aime. Tu le savais, ça ?

— J'ai un peu compris quand tu l'as annoncé à toute ma famille la semaine dernière pendant le déjeuner à l'Aldridge Country Club, même si rassembler tout le personnel pour entendre l'annonce était peut-être un peu exagéré.

— Je voulais que tout le monde sache ce que je ressens pour toi, me dit-il.

Je laisse échapper un rire satisfait. — Va parler à Hilda. Mets le feu au monde du voyage.

Il me sourit en portant le téléphone à son oreille et se

retourne pour s'éloigner. — Désolé pour ça, Hilda. Quelles sont les dernières nouvelles ?

Je le regarde s'éloigner, admirant ses larges épaules, la façon dont son T-shirt en coton moule son dos musclé, s'affinant en une taille fine et ce fessier parfait qui est le sien. Je laisse échapper mon deuxième soupir de contentement de la matinée inspiré par Charlie, et ce n'est encore que l'aube.

C'est difficile de croire à quel point les choses ont changé depuis que nous sommes redevenus officiellement un couple. Le fait que Charlie ait tenu tête à son père a été le premier domino qu'il a fait tomber, ce qui a mené à une discussion franche et ouverte avec lui et son oncle sur la direction qu'il voulait donner à sa carrière. Pour faire court, cette conversation a abouti à sa démission du poste de directeur des opérations du groupe Cavendish et à la direction d'une entreprise qui le passionne : la nouvelle société Cavendish Travel.

Bien sûr, il travaille toujours dur. Il se lève toujours à une heure absurde du matin pour aller à la salle de sport avant d'aller au travail. Les vieilles habitudes ont la vie dure. Mais la grande différence, c'est qu'il est heureux, *vraiment* heureux, et il fait tout cela pour les bonnes raisons ; il n'essaie pas de prendre la place impossible à remplir de James pour plaire à son père.

Pendant ce temps, les choses ont changé pour moi aussi.

Avec le reste de l'équipe de *Claudette*, nous avons tout donné pour que le dernier numéro soit le meilleur possible, et j'en ai acheté vingt exemplaires à sa sortie en kiosque pour les offrir à mes amis et à ma famille comme souvenirs historiques.

Sauf qu'il s'est avéré que ce n'était pas le dernier numéro du magazine que j'aimais depuis mon enfance.

Voyez-vous, après que le groupe Cavendish eut annoncé publiquement la fin du magazine, une autre société, basée dans mon État natal de Californie, rien de moins, a proposé de le racheter. La plupart de nos emplois ont été sauvés, y compris le mien, et le lectorat du magazine a explosé sous la nouvelle direction.

Tout le monde n'a pas eu la chance de rester, cependant. Tout comme Sandra a été mise à la porte, Edina a subi le même sort, et j'ai maintenant un nouveau patron, un certain Ted Fairhall, qui me laisse écrire sur les sujets qui m'intéressent. Et je suis heureuse de vous annoncer qu'il n'y a plus eu non plus de rendez-vous arrangés gênants avec des inconnus rencontrés sur Internet dans les restaurants et bars à thème de Londres.

Bien que je me demande parfois ce que devient Carl, l'homme au Speedo doré, avec son ex… et son chat aux mille abonnés sur Instagram.

Donc, je continue moi aussi à vivre mon rêve de journaliste dans mon magazine londonien préféré. Et je dois dire que *ne pas* avoir à garder secrète ma relation avec le patron du patron de mon patron de mon patron au travail a été une véritable bouffée d'air frais californien.

Alors que je m'imprègne de la vue sur la ville et l'océan Atlantique qui s'étend jusqu'à l'horizon brumeux, des bras chauds entourent ma taille. Je me retourne et lève les yeux pour voir Charlie qui m'adresse un grand sourire.

— Tous les voyants sont au vert pour notre retour à Londres dans quelques semaines.

— Ça veut dire qu'on aura largement le temps pour notre voyage à Lima et au Machu Picchu avant de devoir repartir.

— Et ton nouvel appartement sera prêt pour que tu puisses y emménager avec Lady M, aussi.

Je souris en pensant au petit Boston Terrier aux taches de vache qui a bel et bien conquis mon cœur.

— Je passe des vacances incroyables avec toi, mais je dois avouer que le petit toutou me manque.

— Je suis si content que cette écervelée de Delphine ait déménagé à New York et t'ait donné son chien-vache, même si c'est parce que Lady M est devenue « hors de son image de marque » auprès de ses abonnés YouTube.

— Pas vrai ? Elle et moi allons être très heureuses de vivre au-dessus du Black Cat, j'en suis sûre.

— Tu es sûre qu'elle n'aura pas une sorte de crise existentielle canine parce qu'elle vit dans un endroit qui porte le nom d'un chat ?

Je laisse échapper un petit rire.

— Ça ira pour elle, et on pourra aussi manger autant de hachis parmentier qu'on voudra.

— C'est une douce musique à mes oreilles, répond-il. Maintenant qu'elles savent que tu vas vivre à un pâté de maisons de là, les Mamies te rendront souvent visite, tu sais.

— Je te propose un marché. Je viendrai les voir au prochain club de tricot dans ton appartement, dis-je pour le taquiner.

— Tu sais bien que je ne suis allé à leur club de tricot qu'une seule fois et que c'était uniquement pour glaner des informations sur toi, n'est-ce pas ?

— Bien sûr, réponds-je en riant. Je t'imagine très bien avec un collier de perles et des lunettes à grosse monture, en train de papoter avec Barbara et Winnifred tout en tricotant des mailles à l'envers et des mailles glissées.

Son rire grave et chaud se répercute en moi.

— Vraiment ?

— Carrément. Les mecs qui tricotent sont super sexy.

Je me hisse sur la pointe des pieds pour déposer un baiser sur ses lèvres.

Cette fois, c'est mon téléphone qui vibre. Je le sors de mon sac.

— Un message des London Babes, je lui dis.

— Quelles sont les dernières nouvelles ?

Je fais défiler la conversation. Mes copines ont bien papoté. Mais bon, ce n'est pas différent de d'habitude.

— On dirait que Zara et Asher passent un séjour de Saint-Valentin super romantique à Paris, Tabitha a encore la gueule de bois, et Lottie pense à laisser tomber Matt, le mec du boulot pour qui elle a un faible depuis une *éternité*, même si elle reste très vague sur la raison.

— Donc, rien que du très banal, alors.

— Eh bien, elles *sont* en train d'organiser une fête pour notre retour, donc ça, c'est nouveau. Verres au Black Cat.

— Tu n'auras pas à aller bien loin pour celle-là.

Je jette un coup d'œil à la statue derrière nous. Elle est absolument majestueuse, brillant dans la lumière du matin.

— Je sens qu'un selfie s'impose.

Je tends mon téléphone à Charlie et il le tient à bout de bras pendant que nous nous serrons l'un contre l'autre en souriant.

— Bon, guide touristique. Quelle est la prochaine étape ? je lui demande, alors que nous commençons à retourner vers le train qui nous a amenés ici.

— Petit-déjeuner, ensuite le Pain de Sucre en téléphérique, et après j'aimerais bien aller à la plage.

— Copacabana ou Ipanema ?

— Célèbre plage de sable doré ou célèbre plage de sable doré. — Il soupèse les options dans ses mains. — Choix difficile.

Je ris. — On n'est pas trop à plaindre en ce moment, hein ?

Il m'attire de nouveau contre lui et, alors que ses lèvres rencontrent les miennes, je respire son odeur délicieuse et unique, celle de Charlie, tandis que le bonheur pétille en moi. — Pas mal du tout.

C'est ça. C'est ça que je cherchais. C'est ça qui me manquait. Et qui aurait cru que je le trouverais avec le mec que je pensais autrefois détester, le mec qui me rappelait mon ex. Le mec qui s'est avéré n'avoir rien à voir avec lui.

Charlie Cavendish, mon Grand Amour.

Plus de titres dans la série Cœur à prendre

Ne jamais craquer pour son faux fiancé

Surtout pas à la Saint-Valentin

Autrice bestseller du USA Today

KATE O'KEEFFE

Ne jamais craquer pour celui qui vous a échappé

Surtout s'il était bon premier amour

Autrice bestseller du USA Today

KATE O'KEEFFE

De la même auteure

La série Sœurs et cœurs

La série Royalement amoureux

LA SÉRIE AMOUR EN DIRECT

LA SÉRIE POUR TOUJOURS... OU PRESQUE

TROIS FOIS POUR TOUTES

USA TODAY Bestselling Author
KATE O'KEEFFE

QUATRE FOIS POUR TOUTES

USA TODAY Bestselling Author
KATE O'KEEFFE

FINI LES MAUVAIS RENCARDS

Autrice bestseller du USA Today
KATE O'KEEFFE

FINI LES RENCARDS CATA

Autrice bestseller du USA Today
KATE O'KEEFFE

FINI LES RENCARDS DÉSASTREUX

Autrice bestseller du USA Today
KATE O'KEEFFE

ROMANS INDÉPENDANTS

De la même auteure en anglais

Royal Romcoms:

The Backup Princess
Royally Matched
The Royal Runaway
Royally Off-Limits

Hockey Romcoms:

Mistletoe Face Off
The Rebound Play
Offside and Off-Limits

Small Town Romcoms:

Faking It With the Grump
Faking It With My Best Friend
Faking It With the Guy Next Door

Romcoms Set in Britain:

Dating Mr. Darcy
Marrying Mr. Darcy
Falling for Another Darcy
Falling for Mr. Bingley (spin-off novella)
Never Fall for Your Back-Up Guy

Never Fall for Your Enemy

Never Fall for Your Fake Fiancé

Never Fall for Your One that Got Away

Romcoms Set in New Zealand:

One Last First Date

Two Last First Dates

Three Last First Dates

Four Last First Dates

No More Bad Dates

No More Terrible Dates

No More Horrible Dates

Co-Authored with Melissa Baldwin:

One Way Ticket

À propos de l'auteur

Kate O'Keeffe est une auteure multi-récompensée et bestseller du *USA Today*, reconnue pour ses comédies romantiques amusantes et feel-good, débordantes d'humour, d'émotion et de fins heureuses. Originaire de Nouvelle-Zélande, Kate a créé de nombreuses séries populaires, s'attirant un lectorat international dévoué.

Avec un talent pour les dialogues spirituels et des héroïnes irrésistibles naviguant dans les hauts et les bas des rencontres modernes, les romans de Kate mettent en scène des amitiés solides, des situations comiques et bien sûr la route parfois cahoteuse mais toujours pleine d'espoir vers l'amour.

Quand elle n'écrit pas, on peut souvent trouver Kate en train de lire des comédies romantiques, de regarder ses séries préférées en binge-watching, ou de passer du temps avec ses amis et sa famille dans la magnifique région de Hawke's Bay en Nouvelle-Zélande.

Note aux lecteurs

JE SUIS RAVIE de partager ces livres en français ! N'ayant moi-même qu'un français scolaire (qui ne m'a jamais servi qu'à commander à déjeuner et trouver les gares) j'ai utilisé la technologie de traduction IA comme point de départ, puis j'ai fait réviser et polir le texte.

Mon objectif était d'offrir ces histoires aux lecteurs francophones de la manière la plus fluide possible. Si jamais vous remarquez une petite bizarrerie dans la formulation, c'est pour cette raison, mais j'espère que l'âme de l'histoire reste exactement la même.

Kate xoxo